KB242988

금단의 페트

금단의 페트

금단의 페트 3
배진국 판타지 장편 소설

초판 1쇄 찍은 날 § 2004년 6월 25일
초판 1쇄 펴낸 날 § 2004년 7월 5일

지은이 § 배진국
펴낸이 § 서경석

편집장 § 문혜영
편집책임 § 유경화
편집 § 장상수 · 서지현
마케팅 § 정필 · 강양원 · 이선구 · 김규진 · 홍현경

펴낸곳 § 도서출판 청어람
등록번호 § 제1081-1-89호
등록일자 § 1999. 5. 31
어람번호 § 제1-0507호

주소 § 경기도 부천시 원미구 심곡1동 350-1 남성B/D 3F (우) 420-011
전화 § 032-656-4452 팩스 § 032-656-4453
http://www.chungeoram.com
E-mail § eoram99@chollian.net

ⓒ 배진국, 2004

ISBN 89-5831-110-X 04810
ISBN 89-5831-107-X (SET)

배진국 판타지 장편 소설

금단의 페트

The forbidden pet

3

검술 대회

도서출판
청어람

목차

3
검술 대회

Chapter 1

원죄(原罪:Original Sin)

원죄(原罪:Original Sin)

　용솟음치는 활화산과도 같이 뜨겁고도 뜨거운 것이 천천히 온몸을 타고 흐르다 손 바깥으로 뻗어나 뭉치며 자신의 열기를 과시하기 시작했다.

　알몸으로 사막에 내팽개쳐진 것 같은 엄청난 더위, 땀은 비 오듯이 온몸을 타고 흘러내려 타닥을 축축이 적시고 있었다. 마법 연습이고 나발이고 다 집어치우고 편히 그늘에서 쉬고 싶은 것이 지금의 솔직한 심정이었지만. 여기서 마법을 중단하다가는 목숨이 위험할지도 모른다는 것을 난 충분히 알고 있었기 때문에 남아 있는 최후의 마력과 정신을 쥐어짜며 거의 반강제로 마법을 형성시키고 있는 것이다.

　"하아아압―!"

　가슴속 응어리진 무엇인가를 내뱉는 것처럼 그렇게 지옥의 마귀같이 고함을 지르는 나. 그리고 그 기세로 신들린 것처럼 팔을 뻗어 불덩어리를 목표물을 향해 내던졌다.

콰쾅—!

고막이 울릴 정도로 엄청난 소리와 함께 목표물은 말 그대로 산산조각이 났다. 팽팽히 당겨져 있던 긴장의 끈이 느슨해지자 갑작스런 엄청난 피로감에 몸을 가눌 수 없었다.

아무렇게나 바닥에 드러누워서 천천히 숨을 고르기 시작했다.

'아직 너무 부족해.'

마법을 제대로 써도 이렇게 회복이 느리다면 실전으로서의 값어치는 제로라고 봐도 무방하다. 물론 확실히 한 방에 적을 죽일 수 있는 상황이라면 이야기가 다르겠지만 일단 마법을 완성시키는 데 드는 시간이 너무 긴 까닭에 바보나 굼벵이가 아닌 이상 사정거리 밖으로 도망칠 것이 불 보듯 뻔한 사실이었다.

이 한 방은 내 생명이라고 봐도 무방할 것이다. 최후의 히든카드, 절망 가득한 어둠 속에서 한줄기 빛. 조금 과장인 것이 아니냐고 비웃는 사람도 있겠지만, 죽고 죽이는 그런 위험천만한 상황에서 믿을 만한 것은 역시 자신의 실력밖에 없다는 것을 얼마 되지 않은 실전 경험 속에서 나 스스로 뼈저리게 느꼈던 것이다.

"후훗, 그렇게 무리하게 마법을 쓰면 몸에 안 좋을 텐데."

언제부터 보고 있었던 것인지 진짜 도둑 뺨 치는 기척 숨기는 재주라니까.

"친구로서 조언하는 것이니 너무 그렇게 인상 쓰지는 말게나."

뭐, 네 녀석이 한 말이 옳다는 것은 나도 알고 있는 사실이니까. 그리고 내가 인상을 찌푸린 건 조언 때문이 아니라고. 단지 너의 존재 그 자체가 마음에 안 드는 것일 뿐!

"알고 있어."

"흠. 뭐, 내가 더 무슨 말을 해도 무시할 듯하니 이 건에 대해선 나중에 말하기로 하지."

"마음대로."

"대신 몇 가지 궁금한 것이 있는데… 알려줄 수 있겠는가?"

"일단 말해 봐."

카루 녀석은 덥수룩한 머리를 벅벅 긁으며 털썩 주저앉아 있는 내게 다가오기 시작했다.

"자네, 엘프들의 숲에 다녀온 적이 있다고 전에 말했었지?"

"그래."

"카이츠님이나 델리만님도 만나뵈었나?"

"응."

내가 순순히 고개를 끄덕이며 대답하자 카루 녀석은 팔짱을 끼고는 짐짓 심각한 표정을 지으며 무언가 골똘히 생각하기 시작했다.

"사실 내게 검술과 주가를 가르쳐 준 사람이 그 카이츠님과 조금은 친분이 있는 분이라네."

"헤에, 그런가."

"응, 성질 급한 마녀지. 언제나 날 괴롭히지 못해 안달인……."

태평 그 자체라고 말할 수 있는 성격의 카루 녀석이 저렇게 안색을 굳히며 심각한 표정을 짓는 걸 봐도 어떤 의미로든 굉장한 사람일 거라는 추측을 할 수 있었다. 그러고 보니 카루 녀석, 나랑 상당히 비슷한 처지가 아닌가? 못된 사부에게 괴롭힘당하는 불쌍한 제자. 흔한 패턴은 아니라고 생각했건만 평소에 그렇게 여유로워 보이는 녀석이 나랑 똑같은 입장이라니……. 약점을 잡아 녀석을 심하게 약 올린 일이 주마등처럼 떠올라 가슴 한구석이 조금 뜨끔한 순간이었다.

"여하튼 자세히 이야기하면 한도 끝도 없을 듯하니 대충 넘어가도록 하고……."

카루 녀석은 처량한 표정으로 쓴웃음 지으며 그렇게 얼버무리는 것이었다. 흑흑, 불쌍한 녀석. 앞으로는 이 형님이 조금만 놀리도록 하마.

"혹시 카이츠님을 또 만날 수 있는 기회가 생긴다면 '시크릿' 아줌마는 잘 지내고 있다고 전해줄 수 있겠나?"

"시크릿?"

"응. 내 사부 아줌마 이름이라네."

"뭐, 그렇게 하도록 하지."

대충 감사의 말을 내게 전한 후 카루 녀석은 힘없는 발걸음으로 천천히 연습실을 빠져나가기 시작했다. 나 역시 마력을 거의 다 써버린 후라 더 이상 마법 쓸 힘이 없었기 때문에 일어나지 않는 몸을 억지로 일으켜 식당으로 돌아가기 위해 걸음을 옮겼다.

겨울도 이제 얼마 남지 않은 늦가을의 오후였다. 그리 크지 않은 길에는 생기있는 표정의 사람들이 저마다 목적지를 가지고 어딘가를 향해 그렇게 걸음을 옮기고 있었다.

겨울 방학은 여름 방학보다 훨씬 더 긴 편이었다. 이 나라 최고의 기사 양성 학교답게 수많은 지방 귀족의 자제들이 기숙사에서 생활하고 있었기 때문에, 또 보충 수업이 없는 1학년이었던 까닭에 예전에 다니던 마법 학원보다는 비교조차 할 수 없이 방학 기간이 길었던 것이다.

그 방학은 이제 채 한 달도 남지 않은 상태였다. 성적이 뒤떨어진 학생들은 2학년 진급을 하기 위해 코피를 쏟으며 마지막 시험을 준비하고 있었지만, 학기 초부터 다른 애들에 비해 두 배는 더 노력한 것이 헛된 일이 아니었음을 증명하는 듯 내 진급은 이미 보장돼 있었다.

검술 상급반의 수업이 힘들긴 했어도 기르디 녀석의 지옥 같은 훈련에 비하면 천국이라고 말할 수 있었다. 입에서 단내가 날 정도로 몰아세우는 혹독한 수업 방식과 피하지 못하면 맞아야 하는 '훈련' 이라는 이름의 구타 중 어느 것이 힘들 것 같냐고 질문한다면 백이면 백 후자를 택할 것이 불 보듯 뻔한 사실이었기 때문이다. 뭐, 매도 맞아본 놈이 잘 맞는다고 요즘 들어 그래도 어느 정도 '덜 아프게 맞는 법' 을 깨우치긴 했지만.

여하튼 방학 전에 빅 이벤트라고 하면 정확히 세 가지를 꼽을 수 있었다.

기말 시험, 검술 대회, 그리고 루그레크 데이.

기말 시험은 말 그대로 2학년 진급이 달린 마지막 시험이고, 검술 대회는 일 년마다 한 번씩 학생들 중 최강자를 꼽는, 그런 땀내 나는 사내 취향의 날.

그리고 루그레크 데이는……

"……"

그 저주스러운 단어는 머리 속에서 지우도록 하자. 더 깊이 생각하면 피눈물이 흐를 테니까. 으윽! 젠장, 이런 재수없는 날을 도대체 누가 만든 거야? 쌍, 인기없는 남자는 서러워서 어디 살겠나!

여하튼 일단 내게 제일 시급한 문제는 2학년 생활을 대비해 실력을 키우는 것뿐이다.

힘없고 돈없고 실력없는 사람은 낙오되는 개 같은 세상. 그렇다면 왜 난 이런 세상에 태어난 거야? 라고 투덜거리기만 하는 인생은 그것보다 열 배쯤 더 개 같다고 말할 수 있다.

현실에 안주하는 것, 또 포기하는 것, 모두 다 자신의 가능성을 한없이 갉아먹는, 아니, 지금의 내게는 절대 필요하지 않은 그런 요소들이다.

그러니까 나는 전진해야 한다. 현실이 어떻든, 신분이 어떻든 소중한 사람을 지키고 또 나 자신의 성장을 위해서 절대 뒤를 돌아보거나 머뭇거려서는 안 된다.

"휴……."

요즘 들어 장래 문제 때문에 머리가 아픈 것은 사실이다. 학교를 무사히 졸업한다고 해도 나는 무엇을 해야 하나, 라는 문제 때문에 쉽사리 잠을 이룰 수 없을 정도였다.

기사가 되는 것, 용병이 되는 것, 식당에서 셀브렛 녀석과 노닥거리며 대충 사는 것, 또 고향으로 돌아가서 대충 일을 하며 사는 것 등. 생각만 해도 머리가 아파올 정도로 수많은 갈래 길이 있지만 그중에서 딱히 '이것이다' 라고 말할 수 있을 정도로 임팩트를 주는 그런 미래는 없었던 것이다.

눈을 감고 어두운 길을 무작정 달리는 사람의 처지가 지금의 나와 같다고 할 수 있을까? 조금 과장된 감이 없지 않아 있는 듯하지만, 확실히 이렇다 할 목적도 없이 무작정 이렇게 노력하는 것은 바보들이나 하는 무모한 행동인 것이다.

손가락질하며 뒤에서 쑤군거리는 고향 사람들이 틀렸다는 걸 증명하기 위해 예전에는 이 기사 학교를 졸업해 일류용병이 되는 것을 꿈꿨었지만 지금 생각해 보니 그것도 별로 내키지 않는 일이었다.

"……."

이것저것 골똘히 생각하다 보니 어느덧 '엘프의 눈물' 의 간판이 눈에 들어왔다. 복잡한 생각을 떨쳐 버리기 위해 고개를 한 번 휘젓고는 천천히 식당의 문을 향해 걸음을 옮기기 시작했다.

"앗! 변태 오빠다!"

고양이가 허리에 좋다는 말을 언뜻 들은 것도 같은데, 가뜩이나 몸도 피로한데 저 녀석 잡아서 몸보신이나 해볼까? 휴~ 관두자, 관둬. 저런 녀석 잡아 먹어봤자 괴상한 병이나 걸릴 것이 분명하니.

셀브렛 녀석은 힘없이 식당의 안쪽으로 걸음을 옮기는 나를 눈을 동그랗게 뜨고 당황하며 바라보기 시작했다. 평소 같으면 꿀밤을 맞거나 그에 준하는 괴롭힘을 받는 것이 당연한 반응일 텐데 아무런 보복도 당하지 않는다는 것이 믿어지지가 않는 모양이다.

뭐, 피곤하고 기분도 우울해서 나중에 벌 주기로 하고 일단 방으로 먼저 가는 것일 뿐인데 말이다. 사람이 안 하던 짓을 하면 역시 주위의 놀라움을 사는 것인가?

대충 옷을 갈아입고는 침대에 몸을 던지자 갑작스레 엄청난 졸음이 몰려와서 참지 못하고 나는 그렇게 잠들어 버렸다.

눈을 비비고 일어나 보니 시간은 이미 어둑어둑한 저녁. 붕 뜬 머리를 추스르지도 않고 허겁지겁 옷을 입은 후 식당으로 내려와 보니,

"……."

예상외로 가게가 한산한 터라 나는 안도의 한숨을 쉬었다. 바닥을 닦고 있던 아이린 씨가 다가와 걱정스런 어조로 물었다.

"피곤해 보이던데 이제 괜찮아?"

"그냥 깨워주시지."

"헤에, 너무 피곤한 것 같아서. 셀브렛이 오늘 하루 온종일 '저건 베리 오빠의 탈을 쓴 몬스터야' 라고 중얼거렸을 정도라니까."

"그 녀석 어디 있습니까?"

"아, 지금 막 잠들었을걸? 당분간 오빠 얼굴 안 보고 살 테니 뭐 적당히 농땡이 부려도 괜찮아."

"기르디님이오? 무슨 일이 있는 겁니까?"

"아니, 특별히 그런 건 아니고 숲에 볼일이 있어서 그런 것 같아."

"그렇습니까."

잠시 고개를 숙이며 한숨 쉬자 아이린 씨가 조금은 넉살 좋은 미소를 지으며 물었다.

"왜, 좋은 거야? 싫은 거야?"

"글쎄요… 좋기도 하고 싫기도 하고."

기르디가 있고 없음으로 해서 이 식당의 분위기가 엄청 바뀐다는 사실은 종업원 전부가 인정하고 있는 것이다. 그 녀석이 있음으로 해서 일의 효율이 올라간다는 것은 부정할 수 없는 사실이기 때문이다. 나

쁘고 좋고를 떠나 일을 함에 있어 단체에서 꼭 필요한 사람이라고나 할까?

검술은 더욱 그렇다고 할 수 있다. 한 대라도 더 때리면서 안 좋은 습관과 다른 점을 보완해 주기 때문이다. 몸이 괴로운 것은 분명하나 그래도 그 실력의 상승 폭이 비약적으로 크니 나같이 빠른 시간 내에 속성으로 검술을 배우기에는 제일 적합한 상대라고 할 수 있다. 물론 인정하고 싶지 않은 사실이긴 했지만.

유명한 무가의 귀족 자제들과 아무것도 없는 백지의 나. 일 년도 되지 않는 기간 동안 최대한 실력을 그 정도 수준에 맞게 끌어올리기 위해선 저런 과격한 지도가 필수 불가결한 요소일지도 모른다는 사실 때문에 요즘에는 기르디 녀석을 많이 이해했다고 할까? 뭐, 그렇다고 사정도 이야기하지 않고 단순 무식하게 사람을 패는 것은 아직도 매우 마음에 안 들긴 하지만. 여하튼 예전의 녀석에게 퍼부었던 저주와 분노가 희석된 것은 사실이다.

손님도 얼마 없고 더 이상 올 것 같지도 않아서 오늘은 특별히 식당을 일찍 닫기로 모두와 합의하고 아이린 씨는 내 머리를 한 번 쓰다듬어 주고는 자신의 방으로 가버렸다.

대충 몸을 추스르고는 뒷정리를 간단히 한 후 나도 다시 내 방으로 돌아왔다.

방으로 돌아와 침대에 몸을 묻었지만 역시 잠은 오지 않았다. 오후 내내 일은 하지 않고 뒹굴거리며 잤으니 당연한 결과지만 예전에는 잠은 자면 잘수록 더 자고 싶었던 것 같은데 말이다. 내 체질이 조금 변한 듯한 것 같기도 하다.

심심해서 방을 뒤적거리던 중 낡은 가방 안에 넣어둔 하프를 발견했다.

예전에 심심할 때 종종 연주하던 어머니의 유품이라고 아버지께 언뜻 들은 아름다운 하프. 악기는 관리가 생명이라고 들은 듯한데 반 년도 넘게 가방 속에 처박아둔 것치고는 굉장히 깔끔한 편이었다.

정신을 집중하고 천천히 머리 속에 외워두고 있던 곡을 연주하기 시작했다.

예상한 대로 음악은 엉망진창 그 자체였다. 예전에는 그래도 들어줄 만한 수준이었던 것도 같은데 한참을 쉬다가 연주하다 보니 실수도 많고 잘 생각이 나지 않는 부분도 많았다.

집에 틀어박혀 있던 이 하프를 배우기로 마음먹은 동기는 꽤나 단순했던 것 같다. '취미 독서, 특기 없음' 이란 단순 명료한 나 자신의 모든 것을 변화시키고 싶어서 무작정 아무거나 배우기로 마음먹고 생각에 빠져 있었던 때 즈음, 이왕이면 뽀대나고 실용적인 것을 배워보는 것이 좋을 듯해서, 그냥 그렇게 하프를 배우게 된 것이다.

생각하면 할수록 나란 녀석은 단순 그 자체인 것도 같지만 뭐, 기본적인 욕망에 충실해서 사는 편이 좋은 것도 같으니 말이다.

하지만 곧 청승맞게 방에 혼자서 하프를 만지작거리는 것도 따분해지자 목검을 들고 천천히 뒤뜰을 향해 걸음을 옮기기 시작했다.

삐거덕—

기름칠을 요하는 듣기 싫은 소리와 함께 문을 열고 밖으로 나와보니 꽤 쌀쌀한 추위가 온몸을 파고들었다.

숨을 쉴 때마다 하얀 입김이 안개처럼 근처를 맴돌다 사라지고 여름 내내 축축했던 땅도 딱딱하게 굳어 있어 너무 과격하게 움직이는 것은 자제해야겠다고 생각했다. 괜히 무리하게 하다가 넘어지기라도 한다면 찰과상 입는 것은 당연할 테니 말이다.

빛의 구를 띄워 시야를 확보하고는 천천히 몸을 풀 겸 뒤뜰 주위를 왕복해서 달리는 나. 적당히 몸이 데워졌다는 것을 느끼고 목검 쥔 손에 힘을 주며 찌르고 베는 기본적인 연습을 하기 시작했다.

떠들썩한 검술 대회 따위는 참가하고 싶지 않았지만, 상급반 아이들은 전부 의무적으로 참여해야 한다는 빌어먹을 규칙 때문에 어쩔 수 없이 눈물을 삼키며 동의해야 했다.

대전 운이 좋다면 모를까 초전부터 왕자나 카루 녀석이 걸린다면 단번에 깨질 것이 분명한터 말이다. 가장 좋은 것은 왕자와 카루 녀석의 정반대 조에 속하는 것이겠지만, 마지막에 모든 사람들의 주목을 받으며 패하는 것도 앞의 상황 못지않은 보기 흉한 일 같으니…….

어찌 됐든 내 실력만큼만 열심히 하자, 하고 조금은 소심한 계획을 세우는 것밖에 도리가 없었다.

몸이 뜨겁게 달아오르기 시작하자 방금 전에 느껴졌던 쌀쌀한 추위는 더 이상 움직임에 방해가 되지 못했다.

처음에는 얼간이같이 목검 하나 제대로 못 휘두르던 나였지만 일 년 내내 검술 연습을 한 덕분인지 근육도 꽤 붙고 키도 큰 까닭에 전체적으로 체중이 늘어서 이제는 과격하게 검을 휘두르기도 했다.

물론 진검을 휘두르는 것은 아직도 힘들다. 레이피어같이 무게가 적게 나가는 것도 아니고, 어찌 보면 쇳덩어리라고 말할 수 있는 장검을 마음대로 휘두를 만큼 힘이 세고 기량이 좋은 것은 절대 아니었으니까.

　신체적인 요건도 강함에 무시 못할 요소 중 하나였다. 키가 크면 당연 체중이 더 붙고, 또 그럴수록 근력이 강해지는 것은 당연한 일이니 말이다. 물론 몸집이 클수록 민첩성은 조금 떨어지는 것도 사실이지만, 그래도 근력이 있음으로 해서 생기는 파괴력은 적을 단번에 해치울 수 있기에 전투에 있어서 강점 그 자체라고 말할 수 있다.

　슈퍼 괴물 엘프 삼인조같이 이론을 박살 내는 고수들은 열외인 사항이겠지만 나 정도의 실력인 어중이떠중이들에게는 승부를 결정짓는 요소인 것이다.

　가능하다면 키도 크고 싶고 체중도 불어서 근육도 더 생겼으면 좋으련만, 인간이 그런 것을 마음대로 정할 수 있다면 신체적인 콤플렉스라는 것은 딴 세계 이야기일 테다.

　"하압—!"

　잡념을 떨쳐 버리기 위해 더욱 힘껏 검을 휘두르며 연습에 정진하기 시작했다. 바람을 가르는 예리한 소리와 함께 목검은 어둠 속에서 춤추듯 움직이고 있었다.

　"헉헉……."

　비 오듯 쏟아지는 땀과 바람 앞의 갈대처럼 흔들리는 다리, 목검은커녕 젓가락 하나도 제대로 못 들 것 같은 상황에 나는 털썩 하고 땅바닥에 주저앉을 수밖에 없었다.

　꾸준히, 그리고 적당히 하는 것이 실력 향상에 제일 좋다는 말을 언뜻 들은 것도 같지만, 왠지 모르게 쌓인 스트레스 덕에 몸이 말을 안 들을 정도로 연습을 한 것이다.

　조금은 자신의 몸을 추스르는 편이 무병장수에 도움이 되기도 하겠지만. 여하튼 무엇인가 꽉 막혀서 멍하니 있는 것보다는 이 편이 더 나을 것도 같아서 말이다.

바닥에 발라당 누운 채 눈을 감고 가만히 거친 숨을 조절하자, 차가운 바람이 온몸을 식혀주는 것이, 기분이 상쾌해졌다.

혹독하게 몸을 움직인 후 가만히 숨을 고르는 것이 언제부터 기분 좋다고 느껴지기 시작했는지 잘 기억은 나질 않지만, 이런 일이 계속될수록 내가 강해지는 것은 분명한 사실이었다.

"……."

문득 천천히 내 쪽으로 다가오는 기척을 느낄 수 있었다. 조금은 가벼운 움직임. 식당에 사는 사람 중 이런 걸음을 할 사람은 단 한 명밖에 없었다.

지척까지 다가와 숨을 고르는 나를 향해 조용히 한숨 짓는 녀석.

"그러다가 감기 들겠어요."

"괜찮아, 바보는 감기 안 든다고 했으니까."

쓴웃음 지으며 바라보는 시아 녀석. 손수건으로 조용히 나의 얼굴을 닦아주기 시작했다. 어린아이 취급받는 것 같아서 조금 얼굴이 붉어지기도 했지만, 새삼스레 뭐라 말하기에도 이상한 듯해 그냥 조용히 눈을 감고 명상을 하는 척하는 수밖에 도리가 없었다.

땀과 먼지가 섞여 지저분해진 얼굴을 다 닦아내고는 시아 녀석은 누워 있는 내 옆에 주저앉았다.

조금은 수척해진 녀석의 얼굴을 보고 말했다.

"왜 안 자는 거야?"

"……."

"악몽이라도 꾼 거야?"

흠칫 놀라 내 두 눈을 마주 바라보는 시아 녀석. 그냥 넘겨짚은 건데 맞힌 모양이다.

"헤에— 아직 어린아이구나."

장난기 넘치는 내 말에도 녀석은 씁쓸한 미소를 지으며 고개를 저을 뿐이었다.

"무슨 악몽인데 그래? 말해 봐."

누군가에게 말하면 안정될 것도 같아서 생각없이 나는 그렇게 말했다. 추위 탓인지 녀석의 어깨는 미세하게 떨리고 있었다.

한참이 지나도록 입을 열지 않다가 녀석은 조용히 고개를 숙이며 말했다.

"너무 선명하고 실제인 것같이… 마치 다른 사람의 눈에 모든 것이 비춰진 것처럼……."

아무도 없는 싸늘한 뒤뜰. 순간 나는 왠지 녀석의 말에 위화감 같은 것을 느꼈다.

"불타고, 죽고, 없어지는 꿈… 강렬한 증오, 슬픔, 죄책감. 왜 그렇게 돼야 하는지 전혀 알 수 없지만… 아니, 분명히 알고 있긴 하지만 아직 눈치 챌 수 없는……."

"그만 해."

나는 조용히 자리에서 일어나 고개를 숙인 채 중얼거리는 녀석의 몸을 안아주었다. 시체처럼 녀석의 몸은 차가웠다.

추위 때문이 아니라는 것을 알 수 있었다. 온기가 느껴지지 않는 얼음 같은 녀석의 몸. 왠지 모르게 나도 가슴이 갑갑해지는 것 같았다.

"소중한 사람을 지킬 수 있어?"

"내가 지켜줄 테니까 괜찮아. 옆에 있을 테니까."

한참 그렇게 중얼거리다 진정된 듯 녀석은 내 품에서 조용히 잠들었다.

작게 한숨 짓고는 녀석을 안아 든 채 천천히 걸음을 옮기기 시작했다. 막 식당으로 통하는 문을 열었을 때 반대편에서 조용히 고개를 숙인 채 사색에 잠겨 있는 아이린 씨를 발견할 수 있었다.

유쾌하던 평소의 분위기와는 달리 그녀는 위압감을 느낄 정도로 심각한 표정을 짓고 있었다.

뭐라 말을 걸까 생각하다 그만두는 편이 좋을 듯해서 나는 방을 향해 걸음을 옮겼다.

*　　　　　*　　　　　*

노크도 하지 않은 채 문을 열고 들어오는 사내를 바라보며 노인은 거부감을 감추지 않고 이마를 찡그렸다.

이 숲의 모든 엘프들이 노인을 존경하고 있었다. 저 한 사내만 제외한다면 말이다.

"기르디, 이 버르장머리없는 녀석."

사내는 씨익 하고 웃으며 노인을 향해 입을 열었다.

"내게 예의라는 것을 바라나? 그보다 어서 용건이나 말하시지."

인간들과 어울리면서 제일 성격이 많이 변한 엘프 중 하나였다. 냉정한 성격이긴 했지만, 그래도 중도를 알던 녀석이었는데…… 카이츠

녀석도 그렇고, 왜 솜씨가 쓸 만하면 성격이 다 저 모양 저 꼴인지.

델리만은 한숨 쉬며 쑤셔오는 머리를 짚었다.

"며칠 전부터 숲이 이상해서 조사해 보니 침입자가 있는 듯하다. 소규모의 인원만으로 서쪽 늪으로 가는 것 같다."

"골빈 놈들이군. 거긴 '살로빈'의 영역이잖아?"

블랙 드래곤(Black Dragon) 살로빈. 얼마 남지 않은 대륙의 드래곤 중 손꼽히는 강한 드래곤 중 하나. 소규모의 인원으로 그런 그의 영역을 향해 간다는 것은 '나 죽여주십쇼'라는 말과 동일하다고 볼 수 있었다.

자살을 하려면 조용히 자기 집에서 할 것이지 왜 귀찮게 여기까지 와서 하는 것이냐. 기르디는 인상을 찌푸리며 그렇게 생각했다.

"생명이 있는 것이라면 숲에 들어왔을 때부터 나에게 포착되었을 것이다. 고대에 남겨진 마법이나 아티펙트를 이용하지 않는다면."

"보통 것들은 아니라는 소리군."

"그렇다. 리치나 그에 준하는 녀석들이겠지. 보통 녀석들이라면 숲에 들어오자마자 와이번이나 트롤 같은 몬스터들에게 습격당할 테니."

하지만 아무리 강하더라도 드래곤을 죽일 수는 없다. 비록 지금 깊은 잠에 빠져 활동하지 않는 녀석이긴 하지만 보통 방법으로는 절대 녀석의 늪까지 도달할 수 없을 것이 분명하니 말이다.

살로빈의 강함은 기르디, 카이츠, 델리만, 그리고 적어도 그에 준하는 실력을 가진 존재가 두 명은 있어야 어느 정도 승률을 점칠 수 있다. 물론 어느 쪽이 이기든 막대한 피해를 입을 테지만.

"조용히 있는 녀석이 깨어나더라도 그것 나름대로 골치 아프고, 침입자들이 녀석을 죽여도 그것 나름대로 골치 아프다. 제일 좋은 것은 침입자들이 도중에 몬스터들의 습격에 죽어버리는 것이지만 이 녀석들의 실력도 무시할 정도는 아닌 것 같으니 말이다."

"귀찮게 된 듯하군."

사태의 심각성을 깨달은 것인지 기르디가 살짝 인상을 찌푸렸다.

블랙 드래곤은 천성적으로 악행을 즐긴다. 귀찮은 것은 질색인 드래곤의 습성 때문에 함부로 숲 밖에서 활동하지는 않았지만, 녀석이 깨어나면 엘프들이 마음껏 돌아다니며 행동하기가 어려워지는 것은 사실이었다.

"실력 행사를 할 필요가 있겠군요."

"너까지 노크도 안 하고 들어온 거냐, 카이츠?"

"아, 실례. 문이 열려 있기에."

기르디와 델리만의 시선이 쏠리자 카이츠는 무안한 듯 하얀 이를 드러내며 미소 지었다.

"여하튼 맞는 말이다. 여기가 남의 집 안방도 아니고 마음대로 들락날락할 수야 없지."

숲에 허락도 받지 않고 침입해 온 이상 공격받을 동기는 충분히 가지게 된 것이다. 엉덩이를 차 내쫓든지, 으름장이 안 통하면 그냥 죽여버리든지 해결할 방법은 수도 없이 많았다.

"일단 녀석들의 확실한 위치를 포착하는 것이 중요하다."

그 말을 끝으로 세 명은 사색에 잠겨 대책을 세우기 시작했다.

*   *   *

“크흑—!”

새처럼 비상하던 목검이 천장에 부딪쳐 펠시의 옆으로 떨어질 때까지 모두는 꿀 먹은 벙어리처럼 그 광경을 멍하니 바라볼 수밖에 없었다.

검술 상급반의 선생은 그런 펠시를 마음에 안 든다는 눈초리로 노려보고 있었다.

“감사합니다.”

고개를 숙이며 작게 말하는 펠시. 곧 그녀는 바닥에 떨어진 자신의 목검을 조심스레 주워 들었다. 선생은 그런 펠시를 코웃음 치며 비웃더니 멍하니 바라보고 있는 아이들에게 소리쳤다.

“연습하지 않고 뭐 하나!”

아, 뜨거라, 놀라며 산산이 흩어져 열심히 검을 휘두르는 척하는 우리의 불쌍한 학생들. 그런 아이들이 더욱더 마음에 안 든다는 듯 선생은 큰 소리로 뭐라뭐라 윽박질렀다.

한참을 그렇게 아이들을 괴롭히더니 종이 울리자 인사도 받지 않고 나가 버리는 선생. 지친 아이들은 바닥에 털썩 주저앉아 숨을 고르기 시작했다.

나는 구석에서 아무렇지도 않다는 듯 앉아 있는 펠시에게 다가갔다.

“양호실 가야지?”

“…….”

전혀 아프지 않다는 듯 시치미 떼고 있어도 내 눈은 속일 수 없지. 천장까지 목검이 솟구쳐 올랐을 정도인데 팔목이 무사할 리가 있나.

대련이란 명목 아래에 실컷 괴롭혀 줄 생각이었던 선생은 펠시가 의외로 자신의 공격을 잘 피해내자 참지 못하고 실전처럼 공격했던 것이다. 학교 선생이란 작자가 그렇게 손속에 자비를 두지 않다니. 당장 달려가서 도와주고 싶었지단 내 보잘것없는 위치 때문에 구석에서 분만 삼키며 바라볼 수밖에 도리가 없었다.

중반까지는 그런 선생의 날카로운 공격을 센스있게 잘 무마시켰던 펠시였지만, 시간이 흐를수록 체력이 고갈되어 얼마 가지 못해 균형을 잃고 검을 놓치게 된 것이다. 여하튼 자신의 학생을 이렇게 혹독하게 괴롭히는 선생도 참 드물 것이다.

"베리 군 말이 맞는 듯합니다. 레이디 펠시 양, 제가 에스코트해 드리죠."

갑작스레 카루 녀석이 등 뒤에서 나타나 그렇게 말했다. 거절하기가 힘들다는 것을 알고 그녀는 시선을 돌린 채 살짝 고개를 끄덕였다.

아무리 힘들어도 입 한 번 벙긋하지 않았던 그녀가 걸음을 옮길 때마다 참지 못하고 신음성을 흘리자 나는 그 빌어먹을 선생에 대한 분노가 저절로 끓어올랐다.

우리 상급반에는 여자가 그녀 한 명밖에 없다. 두 개로 나누어진 검술 상급반에 몇 명의 여자가 더 있는지 정확히 알진 못해도 남자에 비해 압도적으로 적은 수다.

신체적으로 남자가 여자보다 유리한 것은 사실이니까. 또 여성 기사라는 것도 굉장히 드문 견어 속하니 어찌 생각하면 당연하다고도 할 수 있다.

사회적인 편견도 무시할 수는 없다. 여자는 결혼해서 애 낳고 내조 잘하는 것이 최고라는… 대륙의 다른 나라에 비해 그렇게 심한 정도는 아니지만, 이 빌어먹을 나라도 남녀 차별은 당연하다는 의식이 만연해 있었다.

문득 엘프들의 숲에서 지냈던 날들이 생각났다. 여자든 남자든 가리지 않고 해야 할 일만 열심히 하던 엘프들. 공부 방식도 그렇고 인간들도 엘프들에게 배울 점이 참 많은 듯했다.

양호실의 문을 열고 들어가자 한 소녀가 바쁘게 뛰어다니며 문서들을 정리하고 있는 광경이 눈에 들어왔다.

"환자가 있어서 그러는데… 선생님은 어디 계시죠?"

그제야 우리 셋을 눈치 챈 듯 고개를 돌린 소녀는 멋쩍게 붉은 머리를 긁적이며 입을 열었다.

"예전의 선생님은 급한 볼일 때문에 내년까지 안 돌아오신… 앗! 그런데 당신, 언제 보지 않았어요?"

그 단정한 외모의 소녀는 말을 하다 말고 내 얼굴을 뚫어지게 쳐다보기 시작했다. 그러고 보니 나도 어디선가 본 얼굴인 것 같긴 한데. 언제였더라?

"앗! 그 검술 상급반 테스트 날에 본 학생이구나. 다시 만나서 반가워."

아아— 그 붉은 머리의 소녀 성직자! 그 검술 상급반 테스트 날, 내 상처를 성력으로 치료해 줬었지. 얼굴이 단정하고 성격이 활발해서 인상이 깊었는데, 이렇게 다시 만날 줄은…….

"다시 만나게 되어서 정말 반갑습니다, 레이디."

"다, 당신은 누구시죠?"

“으윽! 절 잊어버리신 겁니까?”

“하하, 농담이에요. 그 노래 잘하는 떠버리 학생이군요.”

카루 녀석의 성격을 벌써 파악하다니. 정말 보통 여자가 아니군. 아니, 몇 번 경험하면 금방 눈치 챌 수 있는 것이긴 했지만.

“으윽.”

옆에서 인상을 찌푸리며 고통을 호소하는 펠시를 그제야 눈치 채고 화들짝 놀란 난 입을 열었다. 사람이 아파 죽겠는데 한가롭게 잡담이나 나누고 있었다니 참 나란 녀석은 바보 같기도 하다.

“급한 환자입니다, 어서 치료를.”

장난기 넘치는 미소를 거두고 그녀가 입을 열었다.

“어디를 다친 거죠?”

“오른쪽 팔목인 듯합니다.”

“뭐 하다가 다친 거죠?”

“검술 연습을 하다가…….”

‘선생이란 녀석하고 대련하다가 다친 거라우’ 라고 말할 수는 없는 노릇이니.

붉은 머리의 그녀는 펠시의 팔목을 요리조리 세밀하게 살펴보더니 말했다.

“다행히 뼈가 상한 것은 아닌 듯하군요. 치료 마법을 써보도록 하겠습니다.”

다친 쪽 팔목에 자신의 손을 살짝 얹더니 그녀는 눈을 감고 뭐라 주문을 외우기 시작했다.

그리고 얼마 후, 그녀의 주문에 따라 마나가 초록빛으로 화해 펠시의 팔목을 감쌌다. 시간이 점점 흐를수록 부기는 빠지고 펠시의 안색도 좋아지는 듯했다.

"휴— 이제 움직일 수 있겠습니까?"

아무런 대답 없이 펠시는 서서히 자신의 팔목을 움직여 보기 시작했다.

"감사합니다."

움직일 때마다 고통을 호소할 정도로 심했던 상처가 말끔히 치료되자 펠시는 감사의 인사를 했다.

"헤헤. 이게 제 할 일이니까요."

역시 이 여자 사이비는 아닌 듯하다. 나이에 비해 엄청난 성력이다. 사실 성직자라고 하더라도 아무나 저렇게 쉽게 치료 마법을 쓰는 것은 아닌 걸로 알고 있으니 말이다. 심한 상처를 순식간에 치료할 정도의 자질은 신앙이 깊고 재능이 뛰어난, 말 그대로 스스로의 노력과 천부적인 소질이 뒷받침돼야 가능한 것이다.

"음음, 그럼 정식으로 인사하도록 하죠. 제 이름은 미레시아, 오늘부터 정식으로 이 학교 양호 선생님 대리 역을 맡게 되었답니다. 저 말고 대리 역으로 신부님 한 분이 더 오셨는데… 교무실에 가신 것인지 지금은 안 계시네요."

모두 각자 자신의 이름을 밝히자 미레시아는 눈을 가늘게 뜨고 웃으며 입을 열었다.

"에에, 모두 저보다 나이가 어리시니까 아무쪼록 '누나' 와 '언니'로 불리었으면 하는 소망이 있네요. 괜찮죠?"

뭐라 반박하기도 전에 미리 다짐을 받아두는 그녀였다.

“아아, 이해해 줘서 고마워. 그러면 나도 사양하지 않고 말을 낮추도록 할게. 호호호.”

“…….”

언제 승낙했다고 그런 말을 하는 거냐! 겉보기와는 달리 참 고단수인 듯하군. 여하튼 수업도 전부 끝나고 할 일도 없었기 때문에 모두는 한가로이 양호실에 앉아서 시시콜콜한 잡담을 나누기 시작했다.

“신전에서의 생활은 불편하지 않았습니까?”

“불편하기보다는 무료했지. 대화를 나눌 또래의 친구들도 없었고, 바뀌지 않는 단조로운 생활 대문에 할 일이 없어서 굉장히 심심했거든. 그래서 이 일을 지원하게 된 거고 말이야.”

그건 대충 알 만한 사실이군. 아예 없는 것은 아니었지만 그래도 여자 성직자는 드문 편에 속하니 말이다.

“아아, 젊음을 불사르는 아이들을 두 눈으로 직접 볼 수 있게 될 줄이야……. 정말 이제 죽어도 여한이 없다니까. 남학생들 외모도 굉장히 멋있는 것 같고.”

“…정말 성직자 맞아요?”

“헤헤. 뭐, 어때. 그 정도로 말도 못하게 기쁜 게 사실이라구. 더도 말고 덜도 말고 네가 대신전에서 한 달만 살아보렴. 그 기계같이 딱딱 정해져 있는 단조로움의 극치! 한 달은커녕 일주일도 못 되어서 뛰쳐나올 것이 뻔하다니까.”

“하하핫. 참 고상하신 것 같군요. 하지만 이제 그런 걱정은 마십시오. 입은 거칠지만 알고 보면 따뜻한 마음씨를 가진 저 베리 군과 사나이 중의 사나이 이 카루, 그리고 저 레이디 펠시 양이 모두 미레시아님의 친구가 되어드리겠습니다!"

"정말?"

미레시아는 안 그래도 푸른 눈을 정말 보석같이 초롱초롱 빛내며 모두를 바라보며 말했다.

'나 무진장 친구가 필요해! 거절하면 진짜 슬퍼할 거야!'

라고 간절히 말하는 듯한 눈빛. 어쩔 수 없이 난 한숨 쉬며 말했다.

"뭐, 친구가 되어드리는 것은 어렵지 않죠."

"응응, 진짜 눈물이 나올 것 같아."

그리고 잠시 후, 정말로 그녀의 커다랗고 푸른 두 눈에서 방울 진 눈물들이 뚝뚝 떨어지기 시작했다.

'수, 순진한 건가?! 이런 걸로 감격해서 울다니.'

좋은 분위기에서 갑작스럽게 눈물을 흘리는 그녀 때문에 나와 카루는 입을 벌리며 당황할 수밖에 없었다. 거짓이라고는 눈 씻고 봐도 찾아볼 수 없는 그녀의 순수한 반응에 무어라 웃으며 대충 말하는 것은 결례가 되는 일일 것 같았기 때문이다.

"나 정말 기뻐. 대신전에서는 친구가 한 명도 없었거든. 신부님들이 전부 좋은 분이시긴 했지만……."

아, 순간 난 왠지 모르게 그녀의 마음을 이해할 수 있을 것 같았다.

저렇게 마음이 여린 여자 아이가 절제되고 단조로운 삶을 끊임없이 살아가는 것. 조그만 실수도 용납되지 않은 엄격한 분위기 속에서 친구 한 명 없이 의지할 사람 하나 없이 지낸다는 것은 그 어떤 고문보다도 참기 힘든 일일 것이다.

"……."

언제부터인지 펠시는 그런 미레시아의 손을 꼭 부여잡고 있었다. 감정을 이기지 못하고 흐느끼는 그녀의 하얗고 작은 손을 놓치지 않겠다는 듯 강하고 따뜻하게, 그렇게 꼭 붙들고 있었다. 순간 나는 왠지 모르게 저 둘이 닮은 것 같다고 느꼈다.

참 별난 사람 같기도 했지만, 여하튼 친한 사람은 많으면 많을수록 좋은 것일 테니 긍정적으로 생각하는 것이 좋겠지.

싱거운 미소를 지은 차 나는 그 둘을 한참 바라보았다.

*   *   *

"흔적이 없어."

서쪽 늪으로 통하는 모든 길을 이 잡듯이 뒤졌지만 엘프들은 침입자가 남긴 흔적을 전혀 찾을 수 없었다.

숲에서 평생을 지냈던 엘프들이 소수의 무리를 뒤쫓지 못한다는 것은 말이 되지 않는 일이다. 마법을 사용한다면 모를까, 평범한 존재라면 최소한 아주 사소한 것이라도 흔적을 남기게 마련이기 때문이다.

"젠장!"

정령과의 대화, 델리만의 탐지 마법으로조차 단서 하나 잡아낼 수 없으니 기르디는 사태가 점점 심각해져 가고 있다는 사실을 인정할 수밖에 없었다.

평소라면 숲의 즘승들이 즉각 침입자가 왔다는 사실을 알려주었을 것이다. 엘프들 못지않게 낯선 자들을 심하게 경계하는 녀석들이니까.

엘프 일행은 추적을 중지하고 잠시 휴식을 취했다.

"막막하군."

"……."

카이츠의 말에 기르디는 아무런 대답조차 하지 않았지만 침묵을 긍정으로 여기는 듯, 카이츠는 쓴웃음 지으며 말을 이었다.

"이렇게 흔적없이 숲을 지나가는 녀석들은 살면서 단 한 번도 보지 못했던 것 같군 그래. 휴, 이제 어떻게 할 텐가? 살로빈의 레어 앞에서 녀석들이 올 때까지 기다릴 수밖에 없는 것 같은데."

"누군가 오고 있다."

기르디는 카이츠의 말을 그렇게 끊고는 허리에 찬 검을 뽑아 들었다.

휴식을 취하던 엘프들은 난데없는 그의 행동에 잠시 당황할 수밖에 없었지만 곧 능숙하게 제각각 무기를 빼거나 적절한 행동을 취하기 시작했다.

풀숲을 헤치고 무엇인가 이쪽으로 접근해 오고 있었다. 델리만이 소속되어 있는 다른 조와 만나기로 한 때도 아직 한참 이른 시각. 모두는 그 사실을 충분히 알고 있었기에 잔뜩 긴장하며 다가오는 무리를 경계할 수밖에 도리가 없었다.

"……."

마침내 모습을 드러낸, 미소 지은 채 자신을 향해 손을 흔들며 걸어오는 낯익은 그 얼굴에 기르디는 실소하며 검을 집어넣을 수밖에 없었다. 그녀의 옆에 로브를 꾹 눌러쓴 정체 불명의 한 녀석이 더 있었긴 하지만 그다지 경계해야 할 필요성을 느끼지 못했다.

"여어~ 또 보는군, 기르디."

검은색 피부, 허리까지 내려오는 긴 은발의 인물……. 주위에 있던 다른 엘프들이 인상을 찌푸리며 경계의 눈초리를 보냈지만 개의치 않는 그녀에게 카이츠와 기르디는 쓴웃음 지으며 대답했다.

"오랜만이군요, 베르니아."

"죽고 싶은 모양이군, 다크 엘프가 이 숲에 오다니."

확실히 이곳 에르쥬나는 모든 숲의 엘프들의 고향. '저주받은' 다크 엘프들과는 절대 어울리지 않는 곳이기도 하다.

"모든 룰에는 예외가 있는 법이잖아. 너무 그렇게 무섭게 노려보지들 말라고. 나와 이분은 도움을 주기 위해서 온 것이니까."

"무슨 꿍꿍이인지 몰라도 너와는 상관없는 일이다. 어서 돌아가는 편이 무병장수에 좋을 거야."

"아니, 나와 상관있는 일이야. 지금 벌어지고 있는 일을 너무 가볍게 여기지 않았으면 좋겠어, 기르디."

분노하는 다른 엘프들을 달래고는 카이츠가 미소 지은 채 그런 그녀를 향해 입을 열었다.

"원치 않는 도움과 간섭은 때로는 독이 될 수도 있다는 것을 알아주시길 바랍니다, 베르니아."

"호호. 너무 그렇게 딱딱하게 굴 건 없지 않나요, 카이츠님. 일단 사정 정도는 들어주는 것이 주인으로서 예의 아닐까요?"

한결 부드러워진 그녀의 말에 카이츠는 씁쓸한 미소를 지은 채 고개를 끄덕였다.

"몇 년 전에 작고 평범한 인간 마을이 있었어요. 나무꾼과 사냥꾼, 그리고 화전민 몇이 사는, 깊은 산속에 흔히 있는 그런 마을."

난데없는 그녀의 말에 모두는 잠시 멍한 얼굴을 하며 주춤할 수밖에 없었다. 그런 모두의 반응을 무시하며 베르니아는 다시 천천히 입을 열었다.

"그런데 마을에 한 인간 사냥꾼이 깊은 산속까지 무리해서 사냥을 하고는 꽤 짭짤한 수확을 얻고 기분 좋게 마을로 돌아왔을 때, 마을에는 아무도 남지 않았던 거예요."

"산적이 습격이라도 했나 보지 뭐."

퉁명스레 대꾸하는 한 엘프를 향해 그녀는 부드러운 얼굴로 싱긋 미소 지으며 대답했다.

"일반적으로 인간 산적은 노인이나 어린 남자 아이는 잡아가지 않죠. 그리고 산적이 습격했다면 저항한 흔적은 있어야 할 텐데 그 마을은 그렇지 않았어요. 아주 깔끔하게, 애초에 아무도 없었던 것처럼 그렇게 모두 사라져 버린 겁니다."

자신을 바라보는 엘프들의 궁금하다는 얼굴에 그녀는 입가의 미소를 거두고 조금은 진지한 얼굴로 다시 입을 열었다.

"그런 마을이 하나둘씩 늘기 시작한 거죠. 그것도 대륙 어느 곳이든 위치에 구애받지 않고 말이죠."

"그래서?"

"그리고 최근에 꽤 큰 인간 도시에까지 그런 일이 일어나 버린 겁니다. 남녀노소 할 것 없이 도시 안에 있는 인간이란 인간은 전부 사라져 버리는 거죠."

모두의 얼굴은 천천히 굳어가기 시작했다. 적어도 수백, 아니, 수천 명의 인간들이 살고 있는 도시에 사람들이 아무런 흔적조차 없이 어느 날 돌연 유령처럼 사라져 버렸다는 것. 말로 설명하는 것은 간단할지 몰라도, 그것은 시체가 썩고 노린내가 진동하는 참상보다 더 끔찍한 일일 것이다.

"믿기 힘든 일이죠. 하지만 그건 사실입니다."

"그리고 그 일이 이번 사태와도 관련이 있다는 것입니까-?"

자신을 뚫어져라 바라보는 엘프들을 향해 그녀는 입을 열어 짧게 대답했다.

"네."

엘프들의 얼굴이 일그러지는 것을 보고 그녀는 즐겁다는 듯 더욱 진한 미소를 입가에 띠었다. 잔시 침묵이 흐른 후 베르니아는 미소를 거둔 채 엘프들을 향해 입을 열었다.

"그런데 이상하다고 생각하지 않으세요?"

"뭐가 이상하다는 거지?"

"그렇게 무섭게 노려보지 말라고, 기르디. 잘 생각해 봐. 숲에 침입자가 왔다는 것은 직접 봐서 눈치 챘을지도 모르지만 그들이 살로빈을 노리고 있다는 사실은 어떻게 알았는지, 뭔가 이상하다고 생각하지 않아?"

"너희 쪽에서 먼저 손을 쓴 것이겠지."

살짝 인상을 찌푸리며 자신을 바라보는 기르디를 향해 그녀는 고개를 끄덕이며 순순히 맞장구쳤다.

"맞아. 우리 쪽에서 일부터 유출한 정보지. 선의로 한 것이니까 너무 그렇게 나쁘게만 생각하지 않았으면 좋겠어."

확실히 믿을 수는 없지만 그래도 이대로 엉덩이를 걷어차 내쫓을 수만은 없는 일이다. 일단 상대는 우리가 없는 정보를 쥐고 있다.

"적대 관계라고 해도 공통의 적이 있다면 잠시 동료가 될 수 있는 법이지. 그 사실은 너도 충분히 알고 있을 텐데, 기르디?"

확실히 그럴 수도 있는 법이긴 하지. 하지만 그것보다 더 중요한 것은, 내부의 적만큼 무서운 것도 없다는 사실이야. 기르디는 그녀의 말에 코웃음 치며 생각했다.

"그런데 질문이 있습니다만."

"네, 말씀하세요, 카이츠님."

"저기 저 뒤에 서 계시는 분은 누구시죠? 베르니아 씨의 동료입니까?"

카이츠의 질문에 그녀는 싱긋 상큼하게 웃으며 대답했다.

"조커랄까요?"

기르디는 찡그린 얼굴을 한 채 검고 거대한 로브를 뒤집어쓴 괴상한 자를 주시할 수밖에 없었다. 나무에 기대어 아무런 말조차 하지 않는 정체 불명의 괴한. 아무런 표정도 짓지 않고 다른 곳을 주시하고 있는 그였지만, 그런 평범한 모습조차 다른 누군가와 비교할 수 없는 위압감 같은 것을 내뿜고 있었다.

"……."

갈수록 복잡해지는 일 때문에 기르디는 이마에 주름살이 생길 정도였다.

*　　　　*　　　　*

"크아아! 드디어 끝이구나!"

종이 울리고 선생이 나가자 리체 녀석은 시험지를 들고 곧장 자리에서 일어나 천장을 보며 그렇게 한 마리 괴수처럼 울부짖기 시작했다. 퍽 잘 어울리는 모습이라 생각되어 나는 피식 웃었다.

"네, 네놈! 날 비웃는 거냐?!"

"아니, 뭐… '절망의 끝에서 오는 것이 진짜 희망인 법이다' 라는 말이 생각났다고 할까? 그래도 유급은 면한 모양이군. 리체. 너도."

"흑흑, 며칠 동안 피를 토하며 고생했던 것을 생각하면 진짜 눈물이 앞을 가리는구나."

"호오―"

눈물을 글썽이며 입으로 잘근잘근 시험지를 씹는 리체 녀석. 뭐, 그동안 나에게 '특별 과외 지도' 를 받느라 고생한 것이 사실이긴 하니까 말이다.

"휴, 그러게 평소에 공부 좀 하지 그랬어. 어린아이도 아니고 벼락치기라니 말이야."

한숨 쉬며 말하는 엘리를 향해 무성의하게 리체 녀석이 대답했다.

"헤헤. 뭐, 다음부터 결심히 하면 되지. 그보다 기말 시험도 끝났으니까 열심히 노는 것이 마땅한 일 아니겠어?"

저 녀석 머리 속에는 놀고 먹고 자는 것같이 지극히 원초적인 욕망만 가득 차 있는 모양이다.

"뭐얏! 왜 '한심하군, 한심해' 라고 하는 것처럼 고개를 절레절레 흔드는 거야, 너희 둘!"

"아니, 정말 한심해서 그런 건데."

"그렇지."

"베리 녀석이야 그렇다 쳐도, 엘리 너까지 비단결 같은 내 마음에 상처를 주는 거야? 앗! 설마 둘이 사귀는 건가? 흑흑, 친구 따윈 이제 필요없다 이거지! 캑캑, 숨 막혀! 놔줘! 항복! 항복!"

무서운 얼굴을 한 채 리체 녀석의 목을 조르는 엘리. 역시 자신의 처지를 생각하지 않고 함부로 입을 놀리는 것만큼 무모한 행동도 세상에 없는 것 같다.

"하이~"

고개를 숙인 채 목 언저리를 만지며 숨을 고르는 리체 녀석의 등 뒤를 갑작스레 미소 띤 얼굴로 덮치는 루시아 녀석.

"캐액! 뭐야, 이건 또!"

질겁하며 거머리처럼 달라붙은 루시아를 떼어내는 우리의 불쌍한 리체. 그 괴로워하는 모습에 왠지 모르게 흐뭇한 미소가 떠오르는 것은 내가 성격이 좋은 놈은 아니라는 걸 알려주는 증거인 듯하다.

"소녀의 몸을 거부하다니. 너무해요, 리체 군."

"연극은 강당에서나 해! 아리따운 '레이디' 라면 모를까 너 같은 녀석을 내가 받아줄 것 같냐?"

"흑흑. 너무 그렇게 몰아세우지 마세요, 리체 군. 저같이 천한 존재를 그 아름다운 '레이디' 에 비유하시다니요."

내 손에 진검만 있었어도 저 두 녀석의 목을 당장 베어버리는 건데⋯⋯. 농담이 아니라, 지금 이 순간 나는 지옥의 불꽃보다 강렬한 분노를 마음속 깊이 불태우고 있었다.

"베리 정말 화낼 것 같다. 이제 그만 좀 해."

"훗, 모름지기 남자라면 대범해야지! 이런 사소한 일로 화를 낸다는 건 자신의 소심함을 증명하는 꼴이라고!"

"맞아요, 리체 군."

둘이서 참 잘도 맞아떨어지는군. 유유상종. 역시 사람은 비슷한 사람들끼리 모여 노는 것 같다. 물론 정상적인 나와 엘리는 제외하고 말이다.

"하하하하! 여기에 모여들 있군!"

저 둘 만만치 않게 이상한 녀석이 나타나 버렸군.

"카루, 너는 시험 잘 봤어?"

"훗, 이런 시험쯤이야 가볍게 해치웠지."

"와아~ 겉보기와는 달리 열심히 공부 한 모양이구나?"

"진급하지 못하면 '죽는다' 라는 마음가짐으로 임했다고나 할까."

신기한 눈초리로 자신을 바라보는 리체를 향해 카루 녀석이 조금은 비장한 얼굴을 하고 그렇게 답했다.

'훗.'

네 녀석이 아무리 강요를 받았다고 해도 나만큼 심했을 리는 없지.

'2학년 진급도 못한다면 살 가치가 없다. 내 손으로 친히 베어주마.' 그렇게 말하던 기르디 녀석의 무표정한 얼굴이 지금도 생생히 떠오르는 것 같았다.

"아, 그나저나."

엘리 녀석이 손뼉을 치며 주위를 환기시키고는 싱긋 웃으며 입을 열었다.

"모두 루그레크 데이에 선물 줄 사람은 있어?"

"……."

꿀 먹은 벙어리처럼 아무런 말도 하지 못하는 사람들. 순간 싸늘한 한기가 그런 모두를 스치고 지나가는 듯했다.

정적을 깨고 머리를 긁적이며 리체 녀석이 먼저 입을 열었다.

"아, 뭐, 나는 관심없다고나 할까?"

"나도 동감. 다른 남자에게 주렁주렁 받을 것이 뻔한데 한 사람만 줄 수는 없는 노릇이니 말이야. 특별히 마음에 드는 남자는 없으니까."

"흐음, 이래서야 여자 쪽은 전멸이군. 남자 쪽은 어때?"

루그레크 데이 때 내가 과자나 초콜릿을 받아본 적이 있었던가? 어렸을 때 한 번 받아본 것도 같은데, 제대로 기억은 나지 않는군.

"그런 불건전한 날 따위 베리 군과 나는 절대 참여하지 않을 겁니다! 대박을 얻기 위해 발버둥 치는 퇴폐적인 상인들의 술수! 정말 그것에 속고 있는 순진한 사람들을 생각해 봐도……!"

"헤에, 그런 거야?"

이봐, 카루 녀석아. 그건 인기없는 남자의 푸념일 뿐이라는 거 너 스스로도 잘 알고 있지 않냐? 그냥 솔직히 자신없다고 해. 그럼 동정표 쿠키라도 받을지 모르니까.

"뭐, 자신없어서 포기할 예정입니다. 하나라도 받으면 좋겠지만."

"힘내라고, 인기없는 소년. 쥐구멍에도 언젠가 볕들 날 오겠지."

힘없이 중얼거리는 나를 향해 리체 녀석이 팔짱을 끼고 오만 방자한 폼으로 그렇게 입을 열었다. 여학생이 남학생에 비해 월등히 그 수가 적긴 했어도, 저 삼 인방이 남자 사이에서 신격화될 정도로 인기가 좋은 건 사실이었으니 말이다. 분하지만 '강자의 여유'라고 여기는 수밖에.

"아, 그러고 보니 리체, 요즘 눈에 불을 켜고 '기사 카쉬엘르'에서 나온 레이디의 정보를 수집하는 남자들이 있지 않아? 어제도 그 레이디의 정체를 밝히라고 연극부실로 쳐들어온 남자가 있다니까."

"그치, 루그레크 데이 때 선물 주고 고백하려 하는 놈들도 있을걸."

"호호. 그 '레이디'는 정말 좋겠네."

"아아, 그 정체 불명의 신비로운 레이디 말씀이십니까? 연극 부원들도 다 모르는 걸 보면 소문이 사실인 것 같군요. '신비의 미소녀가 학교 어느 곳에 숨어 있다'라는 소문 말입니다."

크아악!! 젠장! 어쩌자고 그런 망할 소문이 퍼진 거야? 혹시 저 녀석들이 몰래 퍼뜨린 것은 아니겠지? 그 정체 불명의 레이디가 나라는 사실은 리체와 엘리, 그리고 연극 부원들 정도밖에 알지 못할 텐데.

"……."

짐짓 심각한 표정으로 째려보니 자신은 결백하다는 듯 손을 가로젓는 녀석들. 불신감, 배신감 등 말로 표현할 수 없는 비참한 기분이 가슴을 후벼 파는 듯했다.

하지만 그래도 일단은 믿는 수밖에. 증거도 부족하고 저런 무책임한 소문을 퍼뜨릴 정도로 녀석들이 사악한 성격이라고는 생각할 수 없으니.

"휴……."

정말 내 인생에 진정한 행복이 찾아올 그날은 언제일런지……. 하루가 멀다 하고 불행한 일이 연속으로 벌어지니 세상을 살 낙이 없는 것 같았다.

이게 바로 죽지 못해 사는 자의 비참함이라는 건가. 크아아! 하늘이여, 땅이여, 그리고 혹시 있다면 신이여! 제발 나를 그냥 멋대로 살게 놔두란 말이다~!

두 손으로 머리를 감싸 쥔 채 고뇌하는 나를 모두는 이상하다는 듯 바라보고 있었다.

*   *   *

"크크, 아직도 포기를 못하나?"

"……."

"이백 년 동안 지옥 같은 고통 속에서 허덕였으면 이젠 슬슬 포기할 때도 된 거 아닌가?"

짙은 어둠 속에서 쇠를 긁는 듯한 목소리가 사방으로 천천히 메아리 쳤다. 피 냄새, 시체 썩는 냄새, 그리고 자신을 옭아매고 있는 푸른빛 의 족쇄. 그 모든 것을 처연하게 받아들이며 성수(聖獸)는 고개를 가로 저었다.

"이 빌어먹을 유니콘 같으니! 왜 거절하는 거야, 왜! 도대체 왜!"

소리가 날 정도로 이를 갈며 채찍질하는 검은 인영(人影). 온몸에 피 가 배어 나올 정도로 끔찍한 아픔이었지만 티리엔은 아무런 표정도 짓 지 않은 채 그 모든 것을 감내했다.

"도대체 왜 나를 거부하는 거야?! 내가 끔찍하고 잔인한 블랙 드래 곤이라서 그런 건가? 아니면 도대체 왜!"

"……."

모든 유니콘의 지배자 티리엔은 그 인영의 말에 조용히 고개를 가로 저었다.

"저는 아무도 사랑할 수 없습니다."

"이백 년 동안 같은 말만 하는군!"

"몸은 속박할 수 있을지 몰라도 마음은 속박할 수 없으니까요. 아무리 강한 당신이라고 해도."

고통을 주고 설득하고 다시 죽지 못하게 치료를 하고… 그 어떤 방법으로 회유를 한다고 해도 티리엔의 대답은 한결같았다.

살로빈은 그런 티리엔의 모습에 분노와 더불어 표현할 수 없는 수치를 느꼈다.

"크큭, 좋아. 그 오만 방자한 대답이 언제까지 계속되는지 어디 두고 보자고. 나는 절대 포기하지 않을 테니 말이야!"

그런 살로빈의 말에 티리엔의 아름다운 얼굴이 미세하게 굳어지는 듯했다.

끝이 없는 팽팽한 줄다리기. 티리엔이 아무리 완강하게 거부한다고 해도 살로빈은 그것을 인정하지 않았다. 절대자의 자존심인지 아니면 그 연정이 표현하지 못할 만큼 대단한 것인지 티리엔으로서는 알 수 없는, 아니, 알고 싶지도 않은 그런 사실이었다.

"호오, 내 레어를 향해 누군가가 접근해 오고 있군. 아무것도 느껴지지 않는 걸 보면 평범한 존재는 아닌 것 같은데."

살로빈의 갑작스런 말에 티리엔은 가늘게 어깨를 떨며 동요했다. 어쩌면 자신을 구하기 위해 온 자일지도 모른다는 생각이 들었기 때문에.

"뭐, 좋아. 가뜩이나 기분이 더러운데 마침 잘됐군."

비릿한 미소를 지으며 살로빈이 그렇게 말하자, 티리엔의 얼굴은 새

하얗게 굳어져 갔다. 침입자가 누구인지는 몰라도 절대적인 살로빈의 무력을 알고 있는 티리엔으로서는 상상하기 싫은 끔찍한 광경이 펼쳐질 것이란 예감이 들었기 때문이다.

"그럼 조금 있다가 다시 보도록 하지."

그 말을 끝으로 살로빈은 주문을 외워 티리엔의 시야에서 사라졌다.

"저… 그 살로빈이란 드래곤이 도대체 뭐기에 이렇게 많이들 가는 겁니까? 델리만님, 카이츠님, 기르디님 모두 대륙에서 손꼽힐 정도로 강한 존재 아닙니까?"

한 엘프 청년이 머리를 긁적이며 앞장서 걸음을 옮기는 긴 금발의 여자 엘프를 향해 물었다.

악마조차 일격에 베어버린다고 하는 카이츠의 압도적인 무력. 대륙에서 제일 강한 일곱 마법사 중 으뜸이라고 할 수 있을 정도로 굉장한 마법사인 델리만, 그리고 앞서 말한 두 사람과 비교해도 거의 손색없을 정도로 강한 검사 기르디.

추가로 수십 명의 뛰어난 실력을 가진 엘프가 살로빈의 레어를 향해 걸음을 옮기고 있었다.

이 정도의 인원을 효율적으로 사용한다면 한 도시의 병력을 괴멸시키는 것도 가능할 정도다. 물론 숲에서 싸운다는 가정을 하고 말이다.

그 점에서 엘프 청년의 물음은 당연한 것이라 볼 수 있었다.

"바보 같으니!"

자신의 머리를 내려치는 금발의 여자 엘프를 향해 엘프 청년은 얼굴을 찡그리며 투덜거렸다.

"크으, 솔직히 맞는 말 아닙니까? 드래곤이란 게 그렇게 강한 존재인가요?"

"살로빈은 고대의 끔찍한 참사를 겪어본 드래곤 중 하나다. 게다가 잊혀진 언어의 마법들을 사용하는 법을 알기도 하지. 델리단님의 보호 마법으로도 아마 얼마 버티긴 힘들 거야."

"에에?! 고대의 마법들 말입니까?"

"그래. 게다가 살로빈의 산성 브레스는 늪 주변을 초토화시킬 정도로 강력하지. 뭐, 요즘에는 이상하게 조용한 것도 같지만. 예전에는 대륙의 인간들도 살로빈 때문에 엄청나게 피해를 입은 모양이더군."

"인간들에게 어떤 피해를 준 겁니까?"

엘프 청년의 질문에 금발 여자 엘프는 아름다운 이마를 살짝 찌푸리며 답했다.

"워낙 오래전이라, 또 나도 어렸을 때라 잘 기억이 나지 않지만 마음에 들지 않는다는 단순한 이유로 인간들의 왕 중 하나를 죽이고 그 나라의 수도를 쑥대밭으로 만들었던 것 같군."

"맙소사!"

이제야 사태의 심각성을 깨달은 듯 엘프 청년의 얼굴이 흙빛으로 물들기 시작했다. 자신의 생명조차 위험하다는 예감이 들었기 때문이다.

"훗, 너무 그렇게 걱정하지 마. 우리 쪽 멤버도 살로빈 못지않은 강자들이니까 말이야."

"그건 그렇지만……."

고대의 잊혀진 언어로 만들어진 마법의 위대함은 엘프 청년도 대충 알고 있는 사실이었다. '마법'이라고 표현하기에는 너무나도 압도적인, 신의 그것과 비교해도 손색이 없을 정도로 대단한 파괴력을 가지고 있는 그것.

고대로부터 남겨진 유산이 워낙 없는 까닭에 그 실체를 아직까지 발견하지 못하고 있지만, 단 한 가지 사실만은 분명하다는 것을 엘프 청년은 잘 알고 있었다.

고대의 마법을 얻는 자가 세상을 지배한다!

"정말 굉장한 존재인 것 같군요, 살로빈이라는 드래곤은."

"뭐, 말로 표현할 수 없을 정도로 압도적인 능력을 가지고 있지만, 그녀에게도 약점은 있어."

"약점이라뇨?"

"고대의 마법은 물질계에서 함부로 사용하지 못하지. 인과의 법칙 때문에."

"인과의 법칙은 또 무엇입니까?"

"세상의 균형을 깨뜨려 버릴 정도로 엄청난 마법은 술자의 생명을 단축시키지. 함부로 남용하다가는 견디지 못하고 육체가 그냥 터져 버릴걸."

그 말을 듣자 엘프 청년의 안색이 조금은 밝아지는 듯했다.

다시 한참 늪을 향해 걸음을 움직이다가 또다시 궁금하다는 듯 엘프 청년이 눈을 동그랗게 뜨고 물었다.

"그런데 '그녀' 라니요? 살로빈이 여자였습니까?"

"세상에서 제일 무서운 '레이디' 중 하나지."

미소 띤 얼굴로 금발을 쓰다듬으며 여자 엘프가 입을 열었다. 그런 그녀의 대답에 엘프 청년은 쓴웃음 지으며 고개를 끄덕일 수밖에 없었다.

*　　　*　　　*

"잊혀진 고대의 마법?"

셀브렛 녀석을 꼭 껴안으며 의자에 앉아 있던 아이린 씨는 갑작스런 내 질문에 눈을 동그랗게 뜨며 그렇게 반문하는 것이었다.

"네, 알고 싶습니다."

"헤에, 갑자기 그런 것은 왜?"

"책을 뒤져 봐도 그것에 대해서는 언급이 없는 것 같아서요. 그냥 고대에 쓰였던 마법이라고만 적혀 있고……."

"흐음, 그럴 만도 하지."

아이린 씨는 품에서 타동거리는 셀브렛 녀석을 더욱더 꼭 껴안으며 입을 열었다.

"그것은… 그러니까 인간들이 기억하기에는 너무나도 오래된 옛날에 쓰였던 마법이지. 물질계에 신의 축복이 지금보다 비교할 수 없을 만큼 강했던 시절이라고나 할까?"

"……."

"상상할 수 없을 정도로 강력한 마법인 것이지. 그러니까 그것은 마음이 여린 인간들에게 주어서는 안 될 그런 힘이었어."

씁쓸히 미소 지으며 달하는 아이린 씨. 포기한 것인지 셀브렛 녀석은 그런 그녀의 품속에서 조용히 눈을 감고 있었다.

"나도 정확히 알지는 못하지만, 인간의 어리석은 행동은 신의 분노를 일으켰고 또 그것 때문에 물질계에 있는 존재 대부분이 소멸되었다고 해."

"인과응보인 셈이군요."

"뭐, 그렇다고도 볼 수 있겠지. 여하튼 덕분에 신의 축복은 예전과 비교할 수 없을 정도로 약해졌고 강력한 아티펙트들도 대부분 파괴되어서 인간들은 더 이상 마법에 의지해 생활하는 것이 불가능해졌지."

어느새 잠든 것인지 새근새근 잠에 빠진 셀브렛 녀석의 머리를 쓰다듬으며 아이린 씨는 다시 입을 열었다.

"사용하지 못하는 마법 따위, 시간이 지날수록 점점 잊혀져 가기 시작했지. 그리고 그렇게 세월이 흐르고 흘러서 인간들에게 있어서 '마법'이란 것은 더 이상 평범한 것이 아니게 되어버린 거야."

"그렇군요."

"덕분에 고대의 마법을 기억하는 존재는 현재 물질계에 거의 없다고 봐도 무방해. 델리만님 정도라면 사용하는 방법을 조금 아실지 모르겠지만 말이야."

그 성격 안 좋아 보이던 늙은이가? 악마를 소환하고 공간 이동 주문을 쉽게 사용하는 것을 봐도 보통 마법사는 아닐 거라 생각은 했지만……

"뭐, 드래곤 정도가 전부일 테지."

드래곤이라……. 예전에 봤던 무시무시한 와이번을, 그야말로 생쥐처럼 가지고 논다는 존재 말이지? 소설이나 이야기에서만 나오는 그런 가상의 것인 줄로만 알았는데 정말 이 세계에 존재하고 있긴 한 모양인 것 같다.

나는 잘 알았다고 대답한 후 검술 연습을 하기 위해 뒤뜰로 발걸음을 옮겼다.

'지루하고 재미없는 인생이구나'라고 여기는 사람이 있을지는 잘 모르겠지만, 여하튼 검술 연습은 강해지기 위해선 하루도 빼먹을 수 없는 중요한 일이다. 게다가 몸이란 것이 상당히 정직한 면이 있어서 꾸준히 하면 할수록 반응과 운동 신경이 민첩해지기 때문에 말이다. 왕자나 기르디 녀석에 비하면 발끝에도 미치지 못하는 실력이긴 하지만 언젠가는 따라잡을 수 있다는 희망을 가지고 열심히 하는 것이 긍정적인 삶일 테니 말이다.

뒤뜰에는 자룬 왕자가 나보다 먼저 나와 조용히 검을 휘두르고 있었다. 어떤 인기척을 내기도 전에 왕자는 고개를 돌리고 나를 향해 입을 열었다.

"간만에 보는군."

"네."

요 며칠간 왕자는 학교에서밖에 얼굴을 보지 못했다. 아이린 씨가 미리 귀띔을 해줘서 그냥 그런가 보다 하고 생각했지만, 왠지 모르게 얼굴이 굳어 있는 왕자의 모습을 보니 그동안 무슨 일이 있긴 있었던 모양이다.

"……."

학교에선 왕자와 대화할 기회가 거의 없었기에 왠지 모르게 그런 그의 모습이 조금은 낯설다는 느낌이 들었다. 주위의 이목도 있고 해서 대충 눈인사 정도 하면서 스쳐 지나갈 수밖에 없었으니 말이다. 사실 평민과 한 나라의 왕자가 한가로이 대화를 나눈다는 것 자체가 비정상적인 일인 것이니.

"어디에 계셨던 것인지 묻고 싶습니다만."

"아아, 그냥 궁에서 지냈지. 별거 아냐."

궁이라고? 이 나라의 왕궁 말인가? 그런데 그게 별거 아니라니……. 거참, 나랑 생각하는 스케일 자체가 다른 것 같군. 무슨 일이 있었느냐고 물어봐야 할까 말아야 할까 나는 잠시 고민할 수밖에 없었다.

"궁에서는 무슨 일이 있으셨던 겁니까?"

"음, 궁에서 지내라고 피리닌님이 설득한 것 외에는 그다지……. 무도회에 한 번 참석하고……."

"에에?"

피리닌이라면 바로 이 나라의 국왕 아닌가! 카이리온의 하나뿐인 국왕! 젊은 나이에 비해 엄청난 카리스마로 왕위에 올라 파격적이라면 파격적인 방법으로 나라를 다스린 덕에 대륙에서 제일 유명한 사람의 반열에 오른 사람!

"기르디님에게 검술을 배우기 위해 왔으니까 물론 정중히 거절했지. 그래도 좀 섭섭해하시는 것 같더군."

음, 기르디가 없는 틈을 타서 잽싸게 회유 작전을 펼친 것인가? 왕자의 성격에 그런 제의를 수락할 리가 없으니 역시 미수에 그친 셈이군.

"게다가 난 궁에서의 생활보다 여기에서 지내는 것이 더 좋아."

남자가 봐도 반할 만큼 멋진 미소를 지으며 자룬 왕자가 말했다.

"불편하진 않으신가요?"

"불편하지 않다면 거짓말이겠지. 손가락 하나 까딱하지 않고 남을 부리며 지내왔으니까. 하지만 이제는 스스로 행동하는 것이 더 편해.”

“그렇군요.”

“그리고 궁에서는 움직이는 것이 자유롭지 못하거든. 여기에선 일부 사람만 제외하고 거의 모두 아무렇지도 않게 나를 대하는데 말이야.”

자룬도 참 왕자답지는 않은 성격인 것 같다. 대부분의 귀족이나 왕족들은 자신들이 특별한 사람이라고 생각하며 행동하는 듯한데 말이다. 뭐, 저렇게 사는 왕족들도 있어서 평민들도 그럭저럭 살 수 있는 것이지만.

“그나저나, 간만에 봤으니 대련이라도 한번 해볼까?”

“그러죠.”

잠시 몸을 푼 후 준비해 온 목검을 손에 꼭 잡으며 왕자를 향해 입을 열었다.

“그럼 갑니다.”

“얼마든지.”

크게 심호흡하고 태산처럼 미동도 하지 않는 그를 노려보기 시작했다. 여유롭게 미소 지으며 왕자는 내 두 눈을 마주 바라보고는 남은 한 손으로 천천히 손짓하는 것이었다.

왠지 모르게 피스 웃음이 터져 나왔다.

그리고 마지막 남은 최후의 힘까지 끌어올려 그런 그의 얼굴을 향해 목검을 휘둘러 갔다.

*   *   *

“크크. 쥐새끼처럼 숨어 있지 말고 모습을 드러내시지 그래.”

쇠를 긁는 듯한 살로빈의 목소리가 음산하게 사방으로 메아리치자, 늪의 한 켠에 숨어 있던 엘프들은 침을 삼키며 델리만의 얼굴을 바라볼 수밖에 없었다.

“뭐, 들키는 것은 시간문제였죠.”

싱긋 미소 짓는 베르니아의 얼굴을 인상을 찌푸리며 바라보다가 나무 지팡이를 두 손으로 감싸 쥔 채 천천히 걸음을 움직이기 시작하는 델리만이었다.

베르니아, 기르디, 카이츠, 그리고 정체 불명의 흑색 괴인은 그런 그의 뒤를 좇아 서서히 몸을 움직였다.

“…….”

암흑보다 더 새카만 긴 머리를 땅에 닿을 정도로 길게 늘어뜨린, 시체처럼 창백한 얼굴의 왜소한 체구의 소녀가 그 혼을 빼앗아 버릴 것 같은 피같이 붉은 두 눈으로 자신들을 주시해 올 때.

그동안 자신들이 드래곤이란 존재에 대해 너무 가볍게 생각하고 있었다는 것을 모두는 뼈저리게 깨달을 수밖에 없었다.

손바닥보다 큰 어금니를 가진 와이번 여러 마리가 기습한다 해도 베르니아는 당황하지 않을 자신이 있다고 그동안 생각해 왔었다. 드래곤만 해도 그렇다. 신화나 전설 속에서만 등장하는 그저 막연하기만 한 존재 따위, 이기는 것은 힘들겠지만 적어도 당당하게 맞설 수는 있을 것이라고 그렇게 그동안 생각해 왔다.

하지만 달랐다.

온몸이 요동칠 것같이 심장이 뛰어오르고 걷는 것이 어색하다는 느낌이 들 정도로 다리가 말을 듣지 않았다. 수십 수백 마리의 다리 많은 것들이 등 뒤를 지나가는 것 같은… 표현할 수 없는 그런 이질감 때문에 모두는 한참 동안 아무런 말도 하지 못했다.

"안녕하십니까."

제일 먼저 입을 연 것은 카이츠였다. 조금은 딱딱한 미소를 짓고 정중한 어조로 그가 살로빈을 향해 말했다.

붉은 두 눈으로 살로빈은 지그시 카이츠의 얼굴을 주시하며 말했다.

"엘프들이여, 왜 나의 영역에 들어온 것이냐."

이 세상에 존재할 수 없는 그런 이질감 느껴지는 아름다움. 소녀의 입에서 울려 나오는, 못으로 유리를 긁는 것 같은 불협화음의 목소리는 모든 엘프들을 당황하게 만들기 충분했다.

"우리는 당신에게 해를 끼치러 온 것이 아닙니다. 그렇다고 무엇인가를 요구하러 온 것도 아닙니다."

"크크. 이 나에게 그런 미친 짓을 할 만큼 엘프들이 어리석다고는 생각하지 않는다."

카이츠에 뒤이어 델리만이 주름살 가득한 입을 열었다.

"우리는 당신을 노리는 누군가를 추적해서 여기까지 온 것입니다."

"추적이라니?"

"목적과 정체는 알 수 없지만, 인간 세계에 무자비한 악행을 저지르는 무리가 있습니다. 우리는 그 녀석들이 당신을 노리고 있다는 사실을 우연히 알게 되었습니다.'

"나를 노리고 있다고? 그것이 사실인가, 늙은 엘프?"

"그렇습니다."

아름다운 긴 흑발의 생머리를 한 손으로 쓸어 넘기며 그녀가 다시 입을 열었다.

"뭐, 미친 인간들이라면 그럴 수도 있겠지."

순간 굳어 있던 엘프들의 얼굴이 살짝 풀리는 듯했다.

"하지만……."

갑작스레 그녀의 몸에서 검은색 기류가 휘몰아치기 시작했다. 그 강대한 힘의 소용돌이에 구석에 숨어 있던 다른 엘프들은 겁에 질려 어딘가로 무작정 달아나기 시작했다.

"고작 그런 사소한 것 때문에 이곳에 왔다는 말은 아니겠지?"

사소한 것이라니! 젠장, 그것 때문에 길드가 뒤집히고 인간 세계가 난리가 났는데 말이야! 입으로 내뱉을 수는 없으니 속으로 분을 삼킬 수밖에 없는 베르니아였다.

"인간들이 전부 다 죽어버리든, 너희 엘프들이 번식을 못하게 되든 그런 것들이 나랑 무슨 상관이 있다는 거냐!"

"그렇지만 그들은……."

"그리고 미친 잡종 같은 놈들 때문에 이 내가 위험할 거라고 생각한 거냐?"

"……."

틀리다고는 할 수 없는 그녀의 일방적인 논리에 모두는 할 말을 잃을 수밖에 없었다. 살로빈은 그런 일행을 코웃음 치며 바라보더니 얼굴에 더욱더 살기를 떠올렸다.

"게다가 난 지금 매우 기분이 안 좋거든. 더 할 말이 없으면 죽어줘야겠다."

금방이라도 폭발할 듯이 살로빈이 일행을 노려보자 일행의 뒤편에서 가만히 바라만 브고 있었던 흑색 괴인이 조용히 입을 열었다.

"그들은 너의 소중한 것을 빼앗기 위해 온 것이지."

"뭐라고?"

"지금 당장 확인해 보는 게 좋을 것이다."

갑작스런 그의 말에 무엇인가 걸리는 것이 있는 모양인지 인상을 찌푸리며 그녀는 어딘가로 급히 사라졌다.

"당신은 도대체……?"

갑자기 조용해진 늪의 언저리에서 기르디는 미심쩍은 얼굴로 흑색 괴인을 노려보았다.

그러나 그는 언제나처럼 아무런 말도 없이 푸른 허공을 바라보고 있었다.

소년이여, 야망을 가져라!

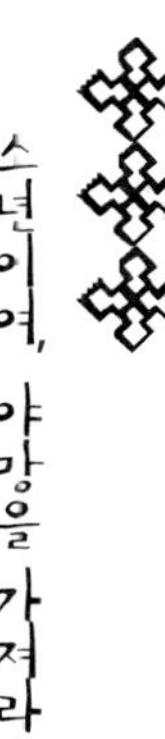

겨울이 다가와서 그런지 귓가를 스치는 바람이 꽤나 날카롭게 느껴졌다. 시험도 끝났으니 이제 곧 방학. 2학년으로 진급하면 1학년 때와는 비교조차 할 수 없을 정도로 바빠진다고 하니, 학생들로서는 이번 방학이 놀 수 있는 마지막 기회라 할 수 있었다.

"휴……."

뭐, 나는 식당일 돕고 밀린 공부하느라 바쁜 방학이겠지만 말이다. 편하게 놀 생각만 하고 장래에 대한 노력은 전혀 하지 않은 것처럼 바보 같은 일도 없을 테니.

'그나저나, 아직까지 미련을 못 버리고 발악하는 녀석들이 있군. 학점이 부족하면 그냥 유급을 하던가, 학교를 때려치우던가 할 것이지.'

어떻게든 더 점수를 벌기 위해 분주히 학교 이곳저곳을 뛰어다니는 학생들. 그 발악하는 모습이 조금 안쓰럽기도 했다. 뭐, 미리미리 공부를 하지 않은 벌이겠지만 가진 자의 동정이라고나 할까? 적어도 나는 학점이 모자라서 진급을 못하진 않으니 말이다.

그렇게 한참 벤치에서 여유롭게 책을 보며 휴식을 취할 때였다.

"조, 조심해!"

갑작스런 목소리에 내가 슬쩍 고개를 들어 올렸을 때, 무엇인가 엄청나게 거대하고 무거워 보이는 물건이 빠른 속도로 나의 시야 가득 접근하고 있는 것이 느껴졌다.

'조, 종말의 날인가?!'

그리고 퍽!

미간에 느껴지는 엄청난 고통에 나는 다시 고개를 숙일 수밖에 없었다.

여하튼 다행스럽게도 종말의 날은 아닌 듯하다. 하지만 무엇인가 굉장한 것이 날아와 이마에 부딪친 것 같은데…….

죽을 때 죽더라도 이유는 알고 죽어야 하는 법. 작게 이마가 찢어져서 피가 새어 나올 정도에 불과한 상처였지만, 어찌 됐든 어떻게 다친 것인지 확인하기 위해 나는 슬쩍 고개를 들어 올렸다.

"……."

눈물이 그렁그렁한 눈으로 날 바라보는 소녀가 있었다. 은색의 머리카락이 어깨에 간신히 닿을 것 같은 단발머리의 또래 여자 아이치고는 꽤나 장신인 듯한 소녀.

내 이마에 상처를 낸 흉기인 듯한 커다란 책을 품 안으로 주워 들고는 그녀는 조심스레 내 눈을 마주 바라보며 입을 열었다.

"죄송합니다."

뭐, 피부가 벗겨진 가벼운 상처인 듯했지만, 예상외로 출혈은 심했다. 피를 철철 흘리며 멍하니 벤치에 앉아 있는 날 바라보며 기어이 소녀는 눈물을 흘리기 시작했다.

어색한 정적 속에 차가운 바람이 내 귓가를 스치고 지나갔다. 조금 시간이 지나고, 그럭저럭 정신을 차린 나는 바보 같은 표정을 갈무리하고 입을 열었다.

"아아, 괜찮아."

커다랗고 두꺼운 책 모서리에 정통으로 찍히면 꽤나 큰 타격을 줄 수 있군. 새로운 사실을 몸으로 경험하게 해주다니 정말 고마워. …라고 말할 수는 없는 노릇이니 말이다. 조금 바보 같기는 하지만 그냥 괜찮다라고 말해 줄 수밖에.

"정말 죄송해요."

건방진 사내놈이었으면 그냥 주먹을 날렸겠지만, 귀여운 여자 아이가 눈물을 글썽거리며 사죄하는데 조금 더 심하게 다쳤더라도 웃으며 넘어가는 것이 남자로서의 도리일 것이다.

'기르디 녀석이 봤으면 수련이 부족하다 어쩌다 난리를 했겠군.'

예전에 겪은 일화 중 이런 것이 있었다. 손님이 오기 전 종업원들이 빠른 점심을 먹고 있었을 때, 셀브렛 녀석이 어처구니없이 음식 밑에 있는 테이블 보를 들고 일어난 것이었다. 몇몇 음식이 땅으로 곤두박질치기 시작했고, 셀브렛 녀석은 입을 벌리며 놀라워하고 있을 바로 그때, 엄청난 속도로 떨어지는 음식들을 신기에 가까운 손놀림으로 기르디 녀석이 잡아 들어 다시 식탁 위로 올려놓는 것을 나와 모두는 볼 수 있었다.

무슨 서커스 공연 하는 것도 아니고, 멍하니 음식을 먹던 사람이 질풍과도 같은 움직임으로 땅에 떨어지는 요리 접시를 잡아챈 것에 나는 '아, 저 녀석은 역시 괴물이구나' 라는 생각을 굳힐 수밖에 없었다.

"흑흑, 정말 죄송해요."

멍하니 고개를 숙이고 딴생각을 하고 있으니 소녀는 내가 심각하게 상처를 입은 줄 안 듯했다. 그녀가 내민 푸른 손수건으로 대충 지혈을 하고는 가능한 아무렇지 않다는 표정을 지으며 나는 다시 입을 열었다.

"아, 정말 괜찮아."

"……."

불신에 가득 찬 눈물이 그렁그렁한 눈. 평생 속고만 살았던 모양인지 그녀는 직접 내 손을 부여잡고 어딘가를 향해 걸음을 옮기기 시작했다.

그것이 양호실로 향하는 길임을 눈치 챈 나는 씁쓸한 미소를 지을 수밖에 도리가 없었다. 일단 그녀와 헤어지고 직접 내 발로 걸어서 양호실에 갈 계획이었는데 독심술이라도 익힌 모양인지 먼저 선수를 쳐버린 것이다.

작고 부드러운 흰 손에 이끌려 가는 것도 퍽 나쁜 일은 아니라는 실없는 생각이 머리를 스쳐 지나갔다.

따사로운 햇살을 받으며 의자에 기댄 채 꾸벅꾸벅 졸고 있는 한 소녀. 어찌 보면 귀엽다라고 느낄 수도 있었지만, 자신이 처해 있는 상황 따위는 좁쌀만큼도 진지하게 생각하지 않고 침까지 흘리며 자는 것은 좋게 봐주고 싶어도 좋게 봐줄 수 없는 일임이 틀림없다.

은발의 소녀도 뜻밖의 사태에 당황한 모양이었다. 그런 추태를 한번 훑어보다가 '어떡하면 좋죠?' 라는 눈빛을 다시 내게 보내는 것이다.

"잠시 기다리세요."

그렇게 말하고 나는 천천히 첫 번째 단계의 주문 중 하나인 '춤추는 불빛' 주문을 캐스팅하기 시작했다.

쉬운 마법이라 그리 큰 어려움 없이 완성할 수 있었다. 주문을 발동시키자 빛을 밝히는 작은 구체들이 미레시아의 눈 위에서 춤추듯 움직이기 시작했다.

그리고 그녀의 귓가에서 외치는 나.

"불이야—! 불이 났다그!"

몇 번 어깨를 흔들자 눈을 비비며 그녀가 입을 열었다.

"불은 무슨 얼어죽을 불이야……."

그러나 잠시 후 자신의 눈앞에서 춤추듯 아른거리는 빛덩어리를 진짜 불로 착각한 모양인지 아, 뜨거워라 하며 벌떡 자리에서 일어나 뒷걸음질치는 그녀였다.

"부, 불이다! 진짜 불이다! 살려줘요!"

그리고는 갑작스레 무엇인가 주문을 외우기 시작하는 그녀. 뭔가 예측 불가능한 상황이 벌어지는 듯해서 배를 잡고 웃던 나는 잠시 주춤할 수밖에 없었다.

쏴아아—

무엇인가 일이 틀어졌음을 직감적으로 알아챈 나는 손을 뻗어 그녀의 주문을 방해하려 했으나… 한발 앞서 그녀의 손에서 분수처럼 물이 사방으로 뻗쳐 나가기 시작한 것이었다!

'헉! 이런 젠장!'

미친 듯 사방으로 흩어지는 물줄기를 피하기 위해 연신 뒷걸음질치는 나와 정체를 알 수 없는 미소녀 A양. 하지만 그녀의 손에서 뻗어 나오는 물은 빛과도 같은 빠르기로 양호실 전체를 뒤덮고 있었다.

"크아아! 그만 해!"

"불을 꺼야 해, 불을!"

"불 다 꺼졌으니 그만 해!"

"까아!"

하늘에서 내리는 비처럼 쏟아지는 물의 공격을 피할 수 있을 만큼 내 움직임은 민첩하지 못했다. 정신없이 사방으로 퍼지는 물벼락과 외침 소리, 그리고 젖은 흠뻑 양호실의 내부. 실로 아비규환의 한 장면이 따로 없었다.

"헉헉……."

그리고 얼마 후, 드디어 빌어먹을 마법이 끝난 것인지 발정난 개처럼 미친 듯 솟구치는 물줄기의 모습은 잦아들었다. 하지만 바닥이 질척할 정도로 흠뻑 물에 젖어 있는 양호실의 내부를 둘러본 나는 마음속으로 절망의 비명을 내지를 수밖에 없었다.

"저, 저기요. 이거 닦아야 하지 않을까요?"

잠시 후, 제일 먼저 정신을 차린 미소녀 A양이 조금 젖은 머리를 하고 내 등을 툭툭 건드리며 말했다. 그런 그녀의 모습은 또래의 소녀들에게는 느낄 수 없는 성숙한 매력이 느껴지는 듯했다.

여하튼 나는 그제야 바닥에 주저앉은 미레시아을 향해 다가갔다. 뒤

늦게 나를 인식한 그녀는 간신히 몸을 일으켜서 눈물을 흘리며 내 품으로 안겨들었다.

"괜찮아요, 내가 장난친 거니까."

본의 아니게 여자를 두 번 울린 셈이군. 그나저나 미레시아는 정말 눈물이 많은 듯했다. 별거 아닌 일에도 쉽게 눈물을 보이니 말이다. 뭐, 그만큼 그녀가 순수한 것이겠지만.

아직 내가 여자에게 능숙하지 못한 모양인지 이렇게 눈물 흘리는 모습을 보면 왠지 모르게 마음이 약해진다.

"여하튼 죄송합니다."

이런 상황을 예측하지 못했다라고 해도 실수는 실수인 법이다. 뭐라 변명의 말을 하는 것보다는 순수하게 자신의 잘못을 인정하고 용서를 받는 것이 먼저일 테니.

미레시아의 흥분이 가라앉자 나는 그녀들과 함께 엉망진창인 양호실을 쓸고 닦기 시작했다.

끝이 없을 것 같던 일도 합심해서 열심히 하는 셋에게는 굴복할 수밖에 없었던 모양이다. 한참 바닥을 쓸고 닦으며 씨름하자 이내 그 끝이 보이기 시작했던 것이다.

"아, 베리?! 어디서 다친 거야, 그 상처는?"

참 알아채는 것이 늦기도 하군.

"괜찮습니다. 큰 상처는 아니니. 일단 바닥이나 마저 닦죠."

"제정신이야! 이런 상처는 빨리 마법으로 치료하지 않으면 흉터가 남는다고!"

한쪽 구석에 걸레를 던지고 내게로 성큼성큼 다가오는 미레시아. 무엇인가 주객이 전도된 상황인 듯해서 나는 쓴웃음을 지었다.

"……."

의문의 미소녀 A양도 꽤 걱정스러운 눈을 하고 나와 미레시아를 바라보는 것이었다. 이내 미레시아는 내 이마 위쪽에 팔을 뻗어 회복 주문을 캐스팅하기 시작했다.

"휴… 정말 더 늦었으면 어쩌려고 그랬어."

따뜻한 푸른빛의 결정들이 내 머리를 감싸고 돌자 이마에 느껴졌던 통증은 말끔히 사라졌다. 미레시아는 내 머리를 몇 번 두들기며 투덜거리더니 바닥에 떨어진 걸레를 줍고 다시 바닥을 닦기 시작했다. 상처가 깨끗하게 치료되자 미소녀 A양도 한숨 쉬며 안도하는 듯했다.

이마에 땀이 송골송골 맺히고 허리와 다리가 뻐근하다는 느낌이 강하게 들 무렵, 윤기가 반짝반짝 날 정도로 바닥은 말끔히 청소되었다.

"……."

셋은 미소를 지으며 서로를 바라보았다. 각자 실수한 것을 모두의 힘으로 해결할 수 있었으니 왠지 모르게 기분이 좋아졌던 것이다.

"일단 하나하나 차근차근 말해 보자고. 왜 이마에 상처를 입은 거야?"

내가 쓴웃음 지으며 뒤통수를 긁적이자 자신의 실수가 부끄러운 모양인지 미소녀 A양이 고개를 숙이며 얼굴을 붉혔다.

대충 방금 겪었던 황당한 일을 말해 주자 미레시아가 소리 내어 웃으며 입을 열었다.

"진짜 재수없는 사람은 뒤로 넘어져도 코가 깨진다더니, 베리가 딱 그 꼴인 것 같다."

우씨, 누군 다치고 싶어서 다친 줄 아나! 뭐, 재수가 없다는 것은 맞는 말이긴 하지만, 그래도 당사자 앞에서 그런 말하는 건 예의가 아니라고!

자신의 이름을 렌시라고 밝힌 소녀는 나와 미레시아를 보며 슬쩍 미소 지었다. 뭔가 동물원 원숭이 취급받는 것 같긴 했지만 미소 짓는 그녀를 보니 기분은 좋았다. 우스꽝스러운 사건도 재수가 없으면 심각하게 발전할 수도 있는 것이 사실이니까 액땜한 셈치고 웃어 넘기는 것이 좋을 듯했다.

조금 더 싱거운 이야기를 나누다가 나와 렌시는 대충 인사를 하고 양호실을 나왔다.

"저기……."

복도를 벗어나서 단풍이 물든 교정을 지나갈 때쯤이었다. 막 작별 인사를 하려고 할 때 렌시가 내 소매를 잡으며 입을 열었다.

"괜찮다면 점심이라도 같이하시겠어요?"

"응?"

"너무 죄송해서 그러니까… 시간이 되신다면 같이 식사라도……."

오옷, 이것이 말로만 듣던 데이트 신청?! 뭐, 단순히 사죄하고 싶어서 그런 것이겠지. 아니면 그냥 겉치레로 하는 말이거나. 이런 제의를 한번에 덥석 물 만큼 얼간이는 아니었으니까, 나란 인간도.

"아, 됐어. 뭐, 나도 도움받은 게 있는데."

"아뇨. 약속이 없다면 저랑 같이 식사하시죠."

심약한 성격인 줄로만 알았는데 의외로 다부진 면도 있는 모양이다.

뭐라 거절의 말을 할까 잠시 망설이다가, 곧 나는 심각한 그녀의 표정에 쓴웃음 지으며 고개를 끄덕일 수밖에 없었다. 상대방이 저렇게 진지하게 요구하는데 계속 팅기는 것도 우스울 듯해서 말이다.

둘은 근처의 식당으로 향했다.

이 학교는 귀족 자제들이 득실거리는 만큼 먹는 것에 대해 비교적 관대했다. 점심 시간에는 근처의 정해진 식당에서 음식을 사 먹는 것이 가능했던 것이다. 참고로 그 정해진 식당이란 곳은 일반 식당보다 수배는 더 세금을 낸다고 한다.

물론 학교 식당이 음식 선택의 자율성 및 가격의 저렴함에서 그런 식당보다 한 수 위였지만, 조용한 것을 좋아하거나 또 분위기 내는 것을 좋아하는 커플과 학생들에게는 학교 밖 식당이 더 인기가 많았다.

식당에서 싸온 도시락을 먹거나 대충 매점에서 파는 빵과 과자를 먹는 것으로 허기를 달랬던 나에게는 학교 밖 식당이란 그림의 떡이라고 할 정도로 동경의 대상이었으니… 이렇게 식사를 하게 될 줄은 꿈에도 생각지 못한 일이었다.

"……"

솔직히 말해서 조금 걱정스럽기는 했다. 평민들은 생각조차 할 수 없을 정도로 비싼 음식의 가격! 평범한 음식을 며칠 동안 사 먹을 수 있을 정도로 비싼 학교 밖 식당의 표준 가격은—예전에 언뜻 반 아이 녀석에게 들어 익히 알고 있었던 것이다—대충 내 표준 외식 비용에 10을 곱하면 된다.

남자가 돼서 여자에게 얻어먹는 건 좀 쪽팔린 일 아닌가? 내가 고지식해서 그런 것일지도 모르겠지만, 실수 조금 했기로서니 계산할 때 나 몰라라 먼 하늘을 쳐다보는 것도 참 얼간이 같을 거란 생각이 들었다.

'으으, 이제 와서 거절하기도 뭐하고…….'

이미 학교를 벗어나 근처의 식당가로 향했다. 헤어날 수 없는 수렁에 빠져 버린 것이다.

"뭐 드시고 싶은 것 있으세요?"

"아뇨, 전 아무거나 상관없습니다."

가격만 싸다면 말이죠, 라는 말이 목구멍까지 올라왔다가 도로 뱃속으로 들어갔다. '자존심'처럼 하찮으면서도 중요한 것이 세상에 또 어디 있겠나 하는 생각이 문득 들었다.

그녀는 은빛의 머리를 어루만지며 무엇인가 잠시 고민하더니, 곧 미소 띤 얼굴로 내 손을 잡고 걸음을 옮기기 시작했다.

순간 몇 년 전에 읽었던 '이성 교제의 도'란 책이 머리 속에 떠올랐다. '손을 잡는 것은 어느 정도 만나고 하는 것이 좋다'라는 구절. 무엇인가 단숨에 진도가 휙 넘어갔다는 느낌에 난 왠지 모르게 얼굴을 붉힐 수밖에 없었다.

자의 반 타의 반 그렇게 척 보기에도 '비싸고' 고급스러운 느낌의 식당 안으로 들어간 나는, 다시 한 번 세상이 노랗게 보일 정도로 당황할 수밖에 없었다.

'어쩌고저쩌고, 쏼라쏼라'. 도저히 그렇게밖에 해석할 수 없는 메뉴판의 음식 이름들……. 알아보기도 힘들게 지렁이 기어가는 글씨로 휘갈겨 쓴 그 음식 이름들의 나열들이 내 머리 속을 엉망진창으로 만들고 있었다.

"무엇으로 드시겠어요?"

“음. 여기 추천 요리가 뭐지?”

“예, 그러니까… ‘레티릭피컬’ 과 ‘시피리푸닌’ 이 주방장 추천 메뉴군요.”

진짜 더럽게 발음하기도 힘든 요리군. 여하튼 나는 대충 고개를 끄덕이며 능숙하게 요리 이름을 말해 주는 그녀를 향해 입을 열었다.

“그럼 적당히 시켜줄래? 난 이곳은 처음이라…….”

“그렇게 하죠.”

아니, 정확히 말하자면 점심 시간에 외식하는 것 자체가 처음이었지만 그런 사소한 사실은 대충 넘어가기로 하고……. 예상대로 작전이 성공했으니 망정이지 만약 거절이라도 했다면 끔찍한 일이 벌어졌을지도 모른다.

곧 웨이터를 불러 뭐라 음식을 주문하더니 그녀가 다시 내 얼굴을 바라보며 입을 열었다.

“이곳 요리가 상당히 괜찮아요. 유명하기도 한 편이고.”

“흐음, 그런가.”

이런 귀족 자제들을 대상으로 한 식당가에서 유명하다는 건 그만큼 가격이 비싸다는 이야기겠지?

“어디 편찮으신 것 같은데… 상처가 아직도 아프세요, 혹시?”

“아, 아냐, 그냥 컨디션이 안 좋은 것뿐이야. 사실 얼마 전부터 감기 기운이 좀 있었거든.”

감기는 개뿔의 감기. 한 달 용돈이 이런 곳에서 날아갈지도 모른다는 생각 때문에 본능적으로 몸에 이상이 온 것이겠지.

“그렇군요. 사실 이 자리가 불편한 거 아닌가 해서 조금 불안했어요.”

"하하, 그럴 리가."

돗자리 깔고 영업해도 되겠군. 사실 지금 표현하기 힘들 정도로 불안하단 말이다! 평소의 엄격한 수련(?) 때문에 충격이 좀 걸하긴 하지만.

어색한 분위기가 나와 그녀를 맴돌기 시작했다. 만난 지 하루도 안 된 시점에서 이렇게 얼굴을 맞대고 음식을 먹는다는 것도 조금 부끄러운 일인 것이 사실이었으니.

머쓱한 분위기를 환기해 보려는 듯, 렌시가 싱긋 미소 지으며 입을 열었다.

"저, 그런데 혹시 3학년생이신가요? 2학년 교실에선 도통 보질 못한 분 같은데……."

"에에?!"

저, 저, 저 말은 자신이 2학년생이라는 뜻인가? 어째 겉보기에도 조금 성숙한 이미지가 풍기는 것 같더니! 아악! 그리고 보니까 나 반말하고 있었잖아! 가뜩이나 상급생 선배들이 건방진 후배들 혼내주려고 안달이 난 학기 말인데.

"……?"

아무런 말도 하지 못한 채 입을 벌리며 쇼크에 빠져 있는 나를 이상하다는 듯 멀뚱히 바라보는 그녀였다.

괜히 콧대 높이고 건방지게 학창 생활 하다 선배들한테 끌려가서 특별 지도를 받은 아이가 한둘이 아니라는 소문은 귀가 따갑도록 주위에서 들은 일 중 하나였다. 그리고 내가 그 당사자가 될 위험에 처했다는 사실도 지금 충분히 느끼고 있었다.

"저는 1학년생입니다."

"어머, 그랬어?"

그렇다고 거짓말하다가 들통나는 것보다는 사실대로 말하는 것이 낫겠지.

고개를 숙이며 내가 아무런 말도 하지 않으니 그녀가 먼저 아무렇지도 않다는 듯 미소 지으며 입을 열었다.

"아, 괜찮아. 뭐, 실수할 수도 있지."

"죄송합니다."

"괜찮다니까. 그보다 이름이 베리라고 했지? 아까 말했듯이 내 이름은 렌시. 풀네임은 레스민 폰 리하인드이지만 그냥 렌시라고 부르면 돼."

"네, 알겠습니다."

"…갑자기 어색하게 존댓말은 무슨. 그냥 편하게 부르라니까."

"상급생에게는 존댓말을 꼭 쓰라고 하던데……."

"괜찮다니까 그러네. 그리고 여긴 학교가 아니잖아?"

"그, 그런가?"

뭔가 페이스에 휘말린 느낌이군. 여하튼 아까 경직된 분위기보다는 한결 편해진 느낌이었다. 그녀가 예상외로 털털한 성격이란 걸 알았기 때문에 심리적으로 조금 안심이 된 것 같다.

그리고 얼마 후, 수프와 샐러드를 비롯한 여러 요리들이 나오기 시작했다.

"자, 그럼 맛있게 먹어요. 내가 사는 것이니까 부담은 가지지 말고."

순간 그녀의 등 뒤에서 번쩍이는 태양과도 같은 빛이 뿜어져 나와 내 시야를 어지럽혔다. 천사가 있다면 그녀 같은 존재일 것이다란 생각이 들 정도로 지금 이 순간 난 감격에 젖어 있었다.

"감사합니다!"

"존대하지 말래도. 그리고 밥 한 끼 사주는 게 뭐 어렵다고. 부담 가지지 말고 어서 먹어요."

'보통 여자〈예쁜 여자〈착한 여자〈밥 사주는 여자'. 가난뱅이 내 공식에 입각한 선호 순위라고 할 수 있겠다. 하나만 해당된다고 해도 비범한(?) 여성이라고 볼 수 있는데 저 세 항목에 모조리 해당하는 사람이 이 세상에 존재하고 있을 줄이야……. 정말 오늘 저 렌시라는 여자 때문에 무지 여러 번 놀라는 것 같다.

"다들 학기 말이라고 바쁜 모양인데, 베리는 굉장히 느긋하네?"

"네, 전 좀 여유있는 편이니까요. 검술 상급반, 마법 중급반에서 진급할 수 있을 정도의 학점은 충분히 확보했으니."

"헤에— 검술 상급반인 모양이지? 보기에는 별로 힘도 없을 것 같은데 굉장하네."

으윽! 내 콤플렉스 중 하나가 몸이 너무 호리호리하다는 건데 그 점을 아프게 찌르는군. 젠장. 먹어도 먹어도 살이 잘 안 찌니 원. 체질을 통째로 고칠 수도 없고…….

"그 정도 실력이면 3학년 진급하는 것도 큰 무리는 없겠네."

"뭐, 해봐야 알겠죠. 최대한 준비하고 있습니다만."

"음. 그런데 그렇게 한가한 걸 보면 여자 친구는 없나 봐?"

"하하……."

아까부터 계속 아픈 곳을 찌르는군. '정곡의 랜스차징' 이랄까. 겉보기보다 의외로 날카로운 면이 있는 타입이야. 음음, 여하튼 어색하게 뒤통수를 긁적이며 대답을 회피하니 그녀도 더 묻진 않았다.

계산의 공포도 사라지자 맛을 음미하며 천천히 식사를 하기 시작했다. 격식에 맞게 음식을 먹는 것이 조금 불편하긴 했지만, 돈 값은 하는 모양인지 음식이 굉장히 맛이 있었기 때문에 기분 좋게 농담도 주고받으며 식사를 할 수 있었다.

고소한 냄새가 도시 이곳저곳에서 풍겨 나오고 있었다. 루그레크 데이가 얼마 남지 않았으니 그에 대비해 소녀들이 연습을 하고 있는 것이다.

과자나 초콜릿 같은 달콤한 음식, 또는 로맨틱한 선물을 주고 사랑을 고백하는 이 빌어먹을 풍습이 나라 전체에 퍼진 것은 사랑에 빠진 연인들에게는 모르겠지만 나 같은 인기없는 남자에게는 비극 그 자체라고 할 수 있었다.

소수의 기분은 좁쌀만큼도 고려하지 않고 상점 이곳저곳에선 대목을 맞이해 화려하게 겉모양을 치장하고 있는 것이다.

'너희들은 상술에 속고 있는 거야, 이 가련한 인간들아!' 라고 외쳐주고 싶지만 '분노한 커플들의 펀치에 맞아 죽다' 라는 것은 모양새 자체도 썩 보기 안 좋은 편이었으니 참는 수밖에 도리가 없었다.

터덜터덜 힘없이 걸어가다 보니 어느새 익숙한 식당의 모습이 시야에 들어와 있었다. 문을 열고 안으로 들어가자 날 반기는 것은 초록빛 정령을 열심히 가지고 노는 데 정신이 팔린 셸브렛뿐이었다.

"추워 죽겠는데 뭐 하는 짓이야."

멍하니 정령을 가지고 놀던 셀브렛 녀석이 힐끔 고개를 돌려 내 얼굴을 바라보았다.

아닌 게 아니라 꽤 쌀쌀한 날씨였다. 거기다가 바람의 정령인 실프까지 놀고 있으니 자연스레 식당 안의 온도는 낮을 수밖에 없었다.

"뭐가 그렇게 춥다고 그래? 기르디 오빠가 알면 난리칠 소리 하는군."

"하하, 그 엘프는 지금 없으니까 하는 말이다. 그건 그렇고 네 녀석의 시건방짐은 날이 갈수록 일취월장하는군. 교육의 필요성이 느껴지는데?"

"누가 없다는 거지?"

"커헉!"

등 뒤에서 들려오는 이 낮은 목소리의 주인은 누구란 말인가?

"기, 기르디?!"

"네 녀석의 건방짐도 나날이 일취월장하는군. 교육의 필요성이 느껴져."

크악! 젠장! 엘프들의 숲에 있다던 엘프 녀석이 왜 여기 있는 거야! 무슨 사람 간 떨어지게 할 일 있나!

"일은 어떻게 하고?"

"대충 다 처리했다. 그보다 일단 그동안 얼마나 실력이 늘었나 확인해 보기로 할까?"

하늘이여, 땅이여, 그리고 혹시 있다면 신이여! 모처럼 느긋하게 쉴 수 있어서 좋았는데 왜 이리 저 녀석을 빨리 부르신 겁니까! 크아아, 젠장! 이제 좋은 시절도 다 가버렸군.

"그런데 저 소녀는?"

어느 순간부터 그런 나와 기르디를 노려보는 검은 장발의 한 소녀가 있었다. 화제를 돌리기 위해서 잽싸게 물은 것인데 예상외로 그 효과는 적중했다.

"흥, 그녀에 대해선 알 것 없으니 니 일이나 걱정해라."

그리고 척 보기에도 분노한 얼굴로 주방으로 향하는 것이었다. 기르디 녀석이 '그녀' 라고 말하는 걸 보니 보통 여자 아이는 아닌 것 같은데…….

"무슨 일이지?"

굉장히 귀엽고 예쁘게 생긴 여자 아이. 나와 비슷하지만 좀 더 뚜렷한 검은색의 머리를 어떻게 관리하는 것인지 단정하게 발에 닿을 정도로 늘어뜨린 소녀. 평범한 회색의 로브를 입고 있었지만 그런 옷차림을 커버하고 남을 정도로 너무 완벽해서 이질감이 느껴질 정도의 단정한 외모를 하고 있는 아이였다.

달려가서 꼭 안아주고 싶은 모습이었지만, 왠지 모르게 접근하면 안 될 것 같은 느낌이 가슴에 사무칠 정도로 와 닿아 있었기 때문에 나는 잠시 멍하니 바라만 볼 수밖에 없었다.

"뭘 그렇게 보는 거지?"

뭔가 냉기가 풀풀 날리는 그런 미소를 짓고는 여자 아이가 말했다. 시간이 흐르고 가까스로 벌린 입을 추스른 난 입을 열었다.

"아니, 너무 예뻐서……."

"이 모습이 예쁘다는 건가?"

"응."

"별 싱거운 인간이로군."

나보다 어려 보이는 여자 아이가 하는 반말임에도 위화감은 느껴지지 않았다. 직감적으로 난 그녀가 보통 인간이 아니란 걸 느꼈다.

"크흐흐, 저 엘프 애송이가 상당히 삐친 모양인데."

엘프 애송이라면 기르디를 말하는 건가, 설마?

"어찌 됐든 당분간 조용히 지내기로 했으니 걱정하지 말라고 해라, 인간 꼬마야."

"네, 네……."

"간만에 기생충같이 득실득실한 인간들을 보니 슬슬 흥이 솟는 것 같아서 말이다. 기분이 썩 나쁘지 않거든."

그렇게 말하고는 고개 숙여 쿡쿡 웃는 소녀였다. 다리 많은 것이 등 뒤를 기어가는 느낌에 나는 질겁하며 방을 향해 달아나듯 걸음을 옮겼다.

"뭐, 뭐야, 저 아이는?!"

아직까지도 그 얼음 같은 미소가 떠올라 다리가 후들거릴 정도다. 보통 인간이 아닐 거라는 짐작은 했지만 단순히 몇 마디 주고받은 것만으로 이렇게 사람의 진을 빼게 하다니.

'기르디 녀석이 이야기해 줄 리는 없겠고, 아이린 씨에게 묻는 수밖에.'

계단 한쪽에서 잠시 숨을 고르며 생각하다가 내 방이 아닌 아이린 씨의 방으로 향했다.

똑똑.

"누구세요? 열렸으니 들어와요."

노크를 하자 익숙한 목소리가 문 너머에서 들려왔다. 가볍게 문고리를 잡아당기자 부드럽게 문이 열렸다.

앉아 있는 시아 녀석의 머리를 뒤로 단정하게 땋아주고 있는 아이린 씨의 모습. 넋을 잃고 잠시 멍하니 바라보자 둘은 살짝 내게 미소 지었다.

"오빠, 어서 들어오세요."

"옷도 안 갈아입고 이렇게 온 걸 보면 급한 용건인가 보네."

원판이 워낙 귀여워서 그런지 머리를 뒤로 땋은 모습도 상당히 깜찍하게 느껴졌다. 아니, 좀 더 여성적으로 보인다고 할까?

"그리 급한 용건은 아닙니다만… 그보다 기르디님이 오셨군요."

"응, 오늘 오전에 식당으로 텔레포트한 것 같아."

"그런데 저 검은 머리의 소녀는 누구죠? 평범한 인간은 아닌 것 같……."

"맞아, 그녀는 인간이 아니야. 듣고 놀라지 마. 그녀는 드래곤이야."

"무슨 소리 하시는 거죠? 저 소녀가 드, 드래곤이란 말씀이십니까?"

"응. 엘프들의 숲, 에르쥬나의 블랙 드래곤 살로빈이지."

저번에 에르쥬나에 갔을 때 살로빈이란 블랙 드래곤이 있다는 걸 언뜻 듣긴 했지만……. 그보다 드래곤이란 존재가 이 세상에 있었단 말인가? 신화나 전설, 소설에서나 나오는 그런 허무맹랑한 것이?!

게다가 저렇게 닭 모가지도 못 비틀 것 같은 연약한 몸을 하고 있는 소녀가 드래곤 중에서도 손꼽히게 무시무시한 블랙 드래곤이란 말인가?! 아이린 씨가 이런 걸 가지고 실없이 농담할 엘프도 아니고……!

경악에 물들어 있는 나를 향해 아이린 씨가 쓴웃음 지으며 다시 말했다.

"복잡한 사연 때문에 이 식당에 머무르게 됐지. 일이 잘 풀리면 곧 자신의 레어로 돌아갈 테지만……."

"일이 잘 안 풀린다면?"

"글쎄. 최악의 경우에는 이 도시가 흔적도 없이 사라질 수도 있겠지. 아, 너무 그렇게 놀랄 건 없어. '그곳'의 정보력이 총동원되고 있으니 곧 실마리가 풀릴 거야."

"뭐가 뭔지 모르겠지만, 잘 해결돼야만 할 듯하군요. 무병장수를 위해서라도 말이죠. 그런데 드래곤이란 존재가 원래 저렇게 생겼습니까? 저건 인간의 모습 아닌가요?"

"인간의 모습으로 폴리모프하고 있는 거야. 폴리모프가 모습을 바꾸는 마법인 건 너도 알지?"

귀여워 보이는 소녀로 폴리모프한 블랙 드래곤이라니……. 정말 다른 사람에게 이야기하면 미친놈 취급받을 것이 틀림없을 듯하군.

이 도시가 쑥대밭으로 변할 위험에 처해 있음에도 아이린 씨는 여유롭기만 한 표정이었다.

"앗! 이 부분이 좀 이상한 것 같다! 다시 해보자!"

"…언니, 벌써 세 번째예요."

"프로로서의 자존심이 있는 거야! 조그만 실수도 용납할 수 없어."

쳇, 프로는 무슨 얼어죽을 프로. 미용실을 하고 있는 것도 아니면서 말이다.

여하튼 지금은 수천 수만 명의 목숨보다 한 여자 아이의 헤어스타일이 더 중요한 모양이다, 적어도 그녀에게는.

“······.”

작게 투덜거리는 시아의 머리를 풀고 빗질하는 그녀의 모습을 바라보며 그렇게 한참 동안 난 아무런 말도 할 수 없었다.

콰르르릉!

하늘이 울부짖는다. 땅이 찢어지고 용암은 용솟음친다. 나는 새가 떨어지고 아이는 애처롭게 흐느낀다.

폭풍 전야의 고요함.

평화로운 아침의 풍경이었지만, 도시의 소녀들에게는 모든 것이 핏빛 아귀 지옥처럼 보일 뿐이었다. 도검이 난무하고 혈향이 진동하는 그런 전쟁터의 살기가 이곳저곳에서 물씬 풍겨오고 있었다. 한마디로 도시 전체가 긴장과 위화감에 둘러싸여 있었던 것이다.

'이번에는 반드시 꼭 고백해야 해!'

역전노장의 용병이 최후의 승부를 앞두고 무기를 손질하는 것처럼 소녀들은 준비한 자신들만의 선물을 매만지고 있었다.

여자들 쪽이 그렇게 승부사처럼 긴장하고 있다면 남자들 쪽 상황은?

인기있고 능력있는 특정 소수의 계층을 제외한 평범한 남자들은 도살장의 소처럼 자신의 알 수 없는 미래를 두려워하고 있었다.

'이번에는 한 개라도 받아야 해!'

루그레크 데이 때 선물을 받지 못하는 남자는 겨울 내내 재수가 없다, 라는 소문이 돌 정도였으니······. 남자들도 그 각오가 여자 못지않게 대단하다는 걸 느낄 수 있었다. 새벽부터 일어나 정갈히 목욕을 하고 단정히 몸을 치장하며 그렇게 자신의 운명을 기다리는 그들의 모습은 득도한 성인(聖人)의 모습처럼 범상치 않은 기운을 물씬 풍기고 있었던 것이다.

그런 소극적인 남성들도 있는데 반해 여성들처럼 선물을 주고 고백하려 하는 남자들도 꽤나 많았다. 여자에 비해 그 수는 꽤 적은 편이었지만, 기세는 뒤떨어지지 않을 정도로 열의에 가득 차 있었다.

그리고 무슨 부류라고 쉽게 정의 내리기 힘든 한 소년이 있었다.

얼굴은 단정한 편이지만 날카로운 이미지 때문인지 과거에 여자들에게 그다지 인기가 없었던 한 소년. '혼자서도 뭐 괜찮아' 라고 평소에 말해 오다가, '괜찮긴 가뿔 괜찮아, 젠장!' 하고 남몰래 흐느끼는 그런 부류에 속해 있는 그 소년의 이름은 모두 알다시피 베리라고 한다.

학교를 향해 가는 그 소년의 얼굴은 한눈에 봐도 긴장하고 있다는 걸 알 수 있을 정도였다.

"예감이 좋지 않은데……."

고양이는 냐옹냐옹, 까마귀는 까악까악, 울며 지나가고 신발 끈이 끊어지고 옷 단추가 떨어지는 등 소년의 아침은 흉조 그 자체였다.

그 블랙 드래곤이라고 한 소녀가 '큭큭' 웃으며 자신을 바라본 것이 결정타였다. 피같이 붉은 눈을 빛내며 긴장해 떨고 있는 자신을 향해, 가소롭다는 듯 미소를 짓는 그녀의 모습은 형용할 수 없을 정도로 불길하고 위험한 기운을 뿜어내고 있었다.

"젠장!"

애써 무시하려는 듯 고개를 힘껏 좌우로 저으며 소년은 걷기 시작했다. 사형장으로 끌려가는 죄수의 그것과도 비슷한 그 모습에 주위의 사람들은 혀를 차며 동정할 뿐이었다.

“여어, 역시 일찍 왔군.”

클리포라고 하는 소년은 꽤 여유로운 모습으로 베리에게 말을 건네
왔다.

저런 타입의 자신감에 차 있는 부류들은 적어도 안전하게 한 개 이
상 확보했다는 것이다. 살기에 젖어 있는 다른 남자들에게는 찢어 죽
여도 시원치 않을 그런 역적과도 같은 존재였지만, 베리는 아무렇지도
않다는 듯 표정 관리를 하며 대꾸했다.

“평소와 다르지 않아.”

“뭐, 뿌린 대로 거두는 법이니까 부디 잘되길 빌겠어. 하하하.”

상큼한 웃음을 터뜨리며 자신의 자리로 돌아가는 소년을 바라보며
뿌드득 하고 이를 가는 베리. 역시 남자인 이상 저런 도발에 열받지 않
을 리 없었다. 분노만으로 사람을 죽일 수 있다면 벌써 수십 번 죽여도
성에 차지 않을 클리포 녀석이지만 인생은 소설이 아닌 법.

“휴······.”

뭐, 한 개도 받지 못하면 또 어때. 사람은 어차피 결국 혼자 사는 건
데 말이야. 귀여운 여자 친구도 수십 년이 지나면 뚱뚱한 아줌마가 되
기 마련이지. 그렇게 기를 써서 집착하는 건 지극히 추한 일이지. 그
래, 외로운 늑대처럼 난 내 길을 담담히 걷자.

이렇게 조용히 혼자서 마음을 다지는 베리였지만…

“저, 저기… 이거 받아줄래.”

붉게 상기된 얼굴을 하고 우물쭈물 말을 걸어오는 한 소녀. 그리고

득의의 미소를 지은 채 소녀의 선물을 받는 같은 반의 한 녀석.

"고마워. 곧 답례할게."

저 모습을 보고 냉정함을 유지할 수 있다면 그건 인간이 아니라 신선일 것이다.

'크아악~ 젠장! 외로운 늑대 따위가 뭐냐! 다 필요없으니 누가 나에게도 선물을 줘~'

참지 못하고 벌써부터 구석에서 역적 모의를 하고 있는 집단도 있었다. 커플들의 고백을 방해하는 '반(反)루그레크 데이 모임'이랄까? 실로 속 좁은 남정네들의 파렴치한 모임이었지만 '내 것이 될 수 없다면 방해하고 파괴한다!' 라는 논리가 괴이하게 설득력있게 들리는 것이 사실이다.

여하튼 간신히 다시 마음을 추스르고 책상 위에 엎드려 얼굴을 파묻는 베리였다. 이럴 줄 알았으면 귀마개라도 하나 구입해서 착용하는 건데……. 때는 이미 늦었으니 부족한 준비성을 후회할 수밖에 없었다.

그렇게 멍하니 시간을 허비하고 있을 때, 다시 한 번 귓가에 익숙한 목소리가 들렸다.

"이런 날에 무슨 낮잠이야?"

신경을 조금 쓴 모양인지 평소에 비해 더 단정한 모습의 엘리였다. 귀여운 소녀의 얼굴을 보자 다시 한 번 베리는 마음이 흔들렸으나 평소의 엄청난 지옥 훈련을 떠올리며 가까스로 쿨한 표정을 유지할 수 있었다.

"시끄러워서 공부를 할 수 없으니 잠이라도 자는 수밖에."

"헤에? 흥미없는 모양이네?"

"뭐, 그렇지."

"흐음, 그래……. 불쌍해서 우정 초콜릿이라도 주려고 했는데 관심 없는 것 같으니 관두는 게 좋겠네."

'댕댕— 까악까악'. 의미 불명의 종소리와 까마귀 소리가 베리의 머리 속에서 강하게 울려 퍼지기 시작했다. 진흙탕에서 괜히 고고한 척 폼잡다가 '희망'이라고 할 수 있는 밧줄을 잡아내지 못한 것이다.

아까와는 조금 다른, 혼이 빠진 것 같은 멍한 모습을 하고 있는 베리 녀석에게 확인 사살하듯 리체가 다가와 말을 걸었다.

"아, 고백받는 것도 지겨워. 인기있는 사람은 이래서 괴롭다니까. 안 그래, 베리?"

"난 하나도 받지 못했는……."

"아, 그래도 '레이디'에게 고백하려는 남자들은 줄을 섰잖아?"

"다, 닥쳐— 크아아!"

다른 학생들이 듣지 못하도록 리체의 입을 막고 발광하는 베리의 모습은 동정심이 들 정도로 처절 그 자체였다.

따르르릉—

교실마다 설치된 마법의 종이 따갑도록 귓속을 울려 퍼지자 제1라운드라고 할 수 있는 등교 시간의 고백이 막을 내렸다. 큰 기대는 하지 않았지만 예상대로 아무런 소득도 거두지 못하자 베리는 세상이 멸망할 듯 인상을 찌푸릴 수밖에 도리가 없었다.

"마나의 움직임에 맞춰 끊임없이 감정을 컨트롤하며 주가(呪歌)를 부른다는 것은 앞서 설명했듯이 굉장히 어려운 일입니다. 피가 휘날리는 전쟁터에서는 더욱 심하다고 할 수 있겠죠. 어떠한 상황에서도 흔들리지 않는 강철의 의지, 말이 쉽지 엄청난 경험과 노력, 또 재능을 필요로 하는 능력입니다. 검을 휘두르며 육체를 단련하는 여러분들에게 아군의 사기를 높여주고 공격력을 강화해 주는 높은 수준의 주가를 가르쳐 준다는 것은 무기를 들 힘조차 없는 꼬맹이에게 검술을 가르쳐 주는 것과 마찬가지죠. 일단 기본적인 마인드 컨트롤, 자신의 감정을 다스리는 방법을 익히는 것이 우선입니다. 정신을 지배하는 마법에 강력한 내성을 주고 또 평상시보다 더 큰 힘을 발휘……."

뼈가 되고 살이 되는 그런 수업이었지만, 대부분의 아이들은 고백을 받을 수 있을 것인가 받지 못할 것인가라는 딴생각에 빠져 멍하니 있을 뿐이었다. 의욕이 없는 아이들이 수업에 집중할 수 있도록 열정적인 젊은 선생은 한마디 한마디 힘주어 강의를 하고 있었지만.

"……."

다른 날도 아닌 루그레크 데이인 것이다. 학생들이 수업에 몰입할 수 있을 리 없다.

따르릉─

종이 울리자 선생은 쓴웃음 지으며 수업을 마치는 수밖에 도리가 없었다. 제2라운드라고 할 수 있는 점심 시간이 되자 먹이를 노리는 하이에나처럼 탐욕에 젖은 눈을 하고 학생들은 어딘가 뿔뿔이 흩어져 사라지기 시작했다.

"여어, 베리. 식사라도 같이 할까?"

같이 수업을 들었던 카루가 특유의 능글맞은 미소를 지으며 그렇게 베리에게 접근해 왔다.

'으윽, 저런 녀석이랑 점심을 함께 먹는다는 건 말 그대로 자살 행위다.'

갑작스런 카루의 제의에 인상을 찌푸리며 재빠르게 머리를 회전시키는 베리였다. 카루가 반루그레크 데이의 리더 격의 인물이라는 것은 베리도 얼마 전부터 알고 있었던 사실이다.

"아니, 난 선약이 있어서."

"흠, 그래? 이거 뭔가 수상한데. 혹시 여자와 데이트 약속이라도 있는 거 아니겠지?"

"하하… 그럴 리가. 내가 여자랑 데이트라니."

"뭐, 약속이 있다면 어쩔 수 없지. 그럼 나중에 같이하기로 하자고."

조금은 불만스러운 얼굴로 카루가 사라지자 한숨을 쉬며 안도하는 베리. 쉬는 시간에 비하면 꽤 시간에 여유가 있는 편이었으니 가능한 부지런히 움직여 아는 여자 아이들을 만나는 수밖에 도리가 없었다.

'일단 부실에 가보자.'

엘라나 리체, 그리고 루시아. 모두 기분에 맞춰서 생활하는 녀석들이었으니까 말이다. 얍삽하게 옆에서 아부라도 잘하면 뭔가 부스러기라도 떨어질 가능성이 높다. 평소라면 이런 짓은 절대 꿈도 꾸지 못할 테지만 굶주릴 대로 굶주린 소년에게 이성적인 행동을 할 여유는 티끌만치도 존재하지 않았다.

여러 사람을 공략하기보다는 가능성있는 특정 대상을 집요하게 물고 늘어지는 것이 나을 것이다. 일단 찔러보고 이거다 싶으면 부비적거리는 것이다.

오만 가지 생각을 하며 베리는 부실을 향해 빠르게 걸음을 옮기기 시작했다.

전 수업이 없었던 모양인지 엘리와 리체는 느긋하게 의자에 앉아 차를 즐기고 있었다. 조금은 경직된 얼굴을 하고 베리가 문을 열고 부실로 들어서자 둘은 의미심장한 미소를 지으며 자기들끼리 시선을 교환하기 시작했다. 왠지 뭔가 불길한 예감이 들기도 했지만, 승부를 보기로 한 이상 적극적으로 나가는 것이 좋을 듯해서 빈 의자에 몸을 묻고 둘의 얼굴을 마주 바라보는 베리였다.

"헤에, 식사하러 가지 않은 거야?"

"으, 응, 그다지 배가 그프지 않아서 말이야."

뱃속에 든 거지 녀석은 먹을 걸 달라고 얼마 전부터 성화였지만 베리는 짐짓 괜찮다는 표정으로 그렇게 말했다.

"흐응, 그래? 한창 자랄 땐데 좀 더 몸을 소중히 여겨야지. 속이 별로 안 좋더라도 아무거나 좀 먹어두는 것이 어때?"

"호호… 엘리야, 레이디께서 다이어트를 하시는 모양인데 그런 말하면 안 되지."

불끈하고 솟아나는 베리의 이마 힘줄. 하지만 이 정도 도발에 넘어갈 정도로 수행이 약하지는 않은 모양인지 꽤 부드러운 얼굴을 하고 다시 입을 여는 베리였다.

"그보다… 역시 둘은 인기도 좋네. 쉬는 시간마다 남자들이 접근하던걸?"

"뭐, 원래 이 학교에 여학생이 좀 부족한 것이 사실이잖아."

"그래도 다른 여자 아이들에 비하면 대단하던걸."

"호호, 그래 봤자 태반이 애송이들이라고. 주제도 모르고 말이지."

'프라이드가 강한 것도 정도껏 강해야지. 진짜 더럽게 까탈스럽구만, 젠장.'

가능성이 점점 희박해지는 것 같아서 베리는 살짝 인상을 찌푸릴 수밖에 없었다. 아무리 궁굼해도 그렇지, 특유의 반골 기질이 점점 살아나고 있었던 것이다.

"그런데 베리 너는? 아직 고백이라도 받지 못한 거야?"

"으웅, 뭐 그렇지."

"그것참 이상하네. 사실 평민이라고 해도 너 꽤 잘 나가잖아. 성적도 우수하고 얼굴도 귀엽고. 웬만한 귀족에게도 뒤떨어지지 않을 정도로 말이야. 어떻게 생각해, 리체?"

"흠 신분의 차이가 있다는 걸 감안해도 우수한 성적으로 학교를 졸업하기만 하면 지위는 보장받을 수 있으니 나도 뭐 베리가 그렇게 형편없는 녀석이라고는 생각하지 않아."

평소와는 180도 다른 리체의 말에 베리는 어안이 벙벙한 표정을 지을 수밖에 없었다. 험담하기 바빴던 녀석이 저렇게 순수하게 자신을 칭찬할 줄은 예상하지 못했던 것이다.

"다만 지금은 좀 덜하지만 예전에는 꽤 무서웠어, 너. '나한테 접근하지 마' 라는 기운을 풀풀 풍기고 있었다니까. 뭐, 그 점이 귀여워 보이기도 해서 우리 쪽에서 먼저 접근한 것이지만 말야."

"내가 그랬어?"

"그래, 눈에서 살기를 풀풀 풍기고 있었다고. 독해 보인다고 할까?

여하튼 그래서 안 좋은 소문도 좀 돌았고. 뭐, 지금은 단순히 실없는 녀석이라고들 하지만."

일 년 전의 자신을 돌이켜 생각해 보자 베리는 실없는 미소를 지을 수밖에 없었다. 마음을 닫고 남이 접근하는 것을 꺼리는, 우스꽝스럽지만 꽤 슬픈 얼굴의 나. 아무도 없는 공간 속에서 타인을 격리하고 살았던 자신에게 제일 먼저 손을 내민 것은 과연 누구였을까?

"……."

잠시 동안 아무런 말도 하지 않는 베리를 향해 미소 지으며 엘리가 입을 열었다.

"그보다, 내가 과자라도 나눠줄까? 하나라도 받지 못하면 비참하니 말야."

"아, 됐어."

"헤에? 목적이 그거 아니었어?"

"뭐, 사실 그랬지. 하지만……."

"하지만?"

"굉장히 우습지만 이젠 필요없다고 할까? 아, 마음만은 충분히 받은 걸로 할게. 그럼 난 이만."

의자에서 일어나 베리는 천천히 부실 밖으로 나왔다. 엘리와 리체는 의아한 눈을 하고 그런 그의 등을 바라볼 수밖에 없었다.

베리가 부실을 나와 천천히 교실로 향하고 있을 때, 익숙한 목소리가 그런 그의 등 뒤에서 들려왔다.

"이런 곳에서 뭐 하는 거야?"

긴 두루마리 여러 개를 가득 품 안에 들고 뒤뚱뒤뚱 어색한 걸음을 옮기는 미레시아의 모습에 베리는 잠시 실소할 수밖에 없었다.

"힘들어 죽겠는데 뭘 그렇게 웃는 거야!"

"그건 마법 스크롤?"

"응, 신전에서 가져온 거야. 포션은 꽤 여유가 있지만 다른 종류의
마법적인 타격은 무방비해서 말야."

"그런 것 마음대로 가져와도 돼?"

"흐흐, 몰래 훔쳐 왔지 물론."

"신전에 가서 고자질이라도 해버릴까 보다."

"참아줘! 그런 짓 했다간 쫓겨날지도 모른다고. 아아, 그렇지!"

뭔가 품을 뒤적거리더니 종이로 포장된 조그만 봉지를 베리에게 건
네주는 미레시아였다.

"이걸로 봐줘."

"으윽, 나더러 공범이 되란 거야! 그런데 이거 뭐야?"

"신전의 매점에서 파는 과자야. 몸에도 좋고 맛도 좋아서 꽤 인기
상품이라고."

"헤에. 이것도 괴도 미레시아의 장물 품목인가."

"장물이라니! 이왕이면 빌려 쓴다고 해줘."

"나중에 갚을 생각이야?"

"인류는 형제니까 내 것은 곧 모두의 것인 법이지."

성직자가 저런 짓을 하고도 성력을 잃어버리지 않는다는 것이 참 신
기하기만 했다.

"여하튼 오늘의 첫 수확물이군. 고마워, 잘 먹을게."

"그렇게 고마우면 이것 좀 들어주지 그래? 보기보다 꽤 무겁다고."

일단 겉보기에는 평범한 종이로 보이지만 뭔가 여러 가지 마법적인 방법을 사용해서 무게도 꽤 많이 나가는 모양이었다.

베리에게 절반 정도의 스크롤을 맡기고 미레시아는 유쾌한 얼굴을 한 채 걸음을 옮겼다.

그렇게 힘을 합쳐 끙끙거리며 양호실에 도착한 두 사람. 미소 띤 얼굴로 고맙다는 말을 하는 미레시아에게 대충 손을 흔들어주고 베리는 다시 교실로 향했다.

"와아아~ 저 선배가 2학년 중에서도 손꼽히는 미인이라는 그 선배지?"

"응, 진짜 예쁘지 않냐?"

"근데 왜 우리 반 앞에서 서성거리는 걸까?"

"손에 든 무엇인가로 봐서는……."

"설마 고백을 하러 온 것인가!"

"누군지 몰라도 진짜 복 터진 놈이네."

"더러운 세상 같으니 누구는 저런 미인 선배에게 선물도 받고, 누구는 선물은커녕 과자 부스러기도 없냐!"

남학생들은 무엇이라 더 수군덕거리며 미인 선배에게 고백을 들을 같은 반의 녀석을 저주하기 시작했다.

"동지들이여! 행복에 찬 커플들의 모습을 계속 이렇게 봐야만 하는 것인가?"

그런 남학생들을 향해 불꽃이 이글이글거리는 눈을 하고 카루 녀석이 외쳤다. 인기없는 남학생의 원혼이 섞인 눈이라고 할까. 여하튼 갑작스런 그의 외침에 모두는 꿀 먹은 벙어리처럼 멍하니 바라볼 수밖에 없었다.

"더 이상 보고만 있을 수는 없다! 누군지 몰라도 그 재수없는 놈에게 응징을 가해야 한다!"

순간 반(反)루그레크 데이의 일당 중 몇몇이 카루의 말에 고개를 끄덕이며 긍정하기 시작했다.

"그래, 카루의 말대로 이렇게 눈물을 삼키며 보고 있을 수만은 없다!"

"오오! 무찌르자!"

"죽이자! 죽여 버리자!"

정말 남 잘 되는 꼴은 죽어도 못 보는 궁상맞은 녀석들다웠다. 일부의 의식있는 학생들은 그런 일당을 한심스레 바라보며 혀를 찼으나 쓸데없는 싸움에 말려들어 다치고 싶진 않았으니 뭐라 나서서 말하진 않았다.

"그, 그런데 자룬 왕자한테 고백하는 거면 어떡하지?"

한 남학생이 조용히 좌중을 바라보며 입을 열었다. 갑작스런 그 학생의 말에 모두는 꿀 먹은 벙어리처럼 입을 닫으며 카루의 얼굴을 바라보기 시작했다.

"으음. 그건 뭐… 어쩔 수 없겠지."

"맞아맞아. 왕자는 평범한 인간이 아니니까."

"으응, 역시 그렇지?"

한풀 꺾인 카루의 말에 모두는 고개를 끄덕이며 수긍하는 것이었다. 평범한 남자라면 모를까, 인류을 절반쯤 어긋난 자룬 왕자에게 대항할 만큼 모두는 무모하지 않았던 것이다.

드르륵—

바로 그때, 앞문을 열고 조용히 베리가 교실의 안으로 들어왔다.

"오오, 베리 동지가 왔다! 자, 모두! 저주스러운 남학생 놈에게 정의의 철퇴를 먹일 새로운 동지를 맞아들이자!"

카루의 말에 분위기 휩쓸려 손을 잡은 인기없는 남학생들이 베리를 향해 접근하기 시작했다.

"뭐야?"

갑작스레 아이들이 자신을 포위하며 몰려들어 오자 베리는 잠시 인상을 찌푸릴 수밖에 없었다. 그런 그를 향해 카루가 미소 지으며 말했다.

"동지여! 미인 선배에게 고백받는 재수없는 녀석에게 같이 철퇴를 먹이자!"

"미인 선배에게 고백?"

"그래, 협조하겠지?"

"호오, 그런 녀석이 있단 말야? 당연히 협조해야지."

"역시 너도 사나이였구나!"

제대로 된 고백 하나 받지 못한 베리 녀석이었으니 이런 유혹에 넘어가지 않을 리 없었다. 뜨거운 눈을 하고 손을 마주 잡는 카루 녀석과 베리였다. 반쯤 정신이 나간 눈을 하고 자신을 바라보는 반(反)루그레크 데이의 남학생들이 무서웠던 것도 사실이었지만.

"그런데 미인 선배라는 사람이 누구야?"

"흐음, 2학년생이라고는 하는데 정확히 이름이 뭔지는 나도 잘 모르겠군. 저기 있으니 네 눈으로 직접 보라고."

카루 녀석의 손끝이 가리키는 데로 베리가 막 고개를 돌렸을 때, 운이 좋은 것인지 나쁜 것인지 미인 선배란 사람과 베리는 눈이 마주칠 수 있었다.

"아, 역시 이 반이었구나."

그 미인 선배라는 사람이 다름 아닌 렌시라는 것을 알아챘을 때, 그리고 그녀가 자신을 향해 천천히 접근해 오기 시작했을 때 베리는 순간 심장이 멈출 정도로 놀랄 수밖에 없었다.

'이, 이런!'

객관적으로 봤을 때 렌시 선배가 미인이라는 것은 부정할 수 없는 사실이다. 엘리, 리체, 펠시 모두 뒤지지 않을 정도로 단정한 미소녀들이었지만 여성스러운 매력은 역시 렌시가 제일 아닌가.

여하튼 냉정히 생각해 보면 저런 선배가 이런 날 베리에게 선물을 줄 리는 없었다. 그리고 베리 자신이 그 사실은 뼈저리게 알고 있었고 말이다.

'누구에게 전해달라는 것이겠지. 나도 바보 같군. 괜히 기대하고 말야.'

손이 닿을 정도로 베리에게 접근한 렌시는 얼굴을 붉히며 입을 열었다.

"이거 받아줄래?"

"네에?"

"저번 실례한 것의 답례도 있고 말이야. 여하튼 받아줬으면 좋겠어."

"저, 저 말씀이십니까?"

"후훗, 그럼 여기 또 누가 있겠어?"

거의 반쯤 혼이 나간 얼굴을 한 베리는 그녀가 건네주는 무엇을 받아 들었다.

"그럼 나중에 또 보자."

부끄럽다는 듯 얼굴을 붉히며 교실 문밖으로 뛰쳐나가는 그녀의 모습이, 정말 남자의 가슴을 뭉클하게 할 정도로 귀여웠지만 베리는 얼굴이 흙빛이 되어 자신을 향해 접근하는 무리를 바라볼 수밖에 없었다. 투명화 마법이라도 사용해 도망가고 싶었지만, 이미 때는 늦었다고 할 수 있었다.

"이, 이 배신자 놈!"

"아냐! 이건 음모야!"

"말이 필요없다! 애들아, 쳐라!"

"크아아아— 사람 살려!"

행복한 것인지 불행한 것인지 도무지 정체를 모를 비명을 지르면서 베리는 교실을 미친 듯 질주하기 시작했다. 여하튼 분노에 찬 남학생들의 분노는 쉽사리 식지 않을 모양인지, 각자 개성적인 무기를 줍거나 빼 들어 베리의 행로를 막고 있었다.

"얌전히 잡히는 게 좋을 거야!"

"그 교탁이나 내려놓고 말하는 게 좀 더 설득력있을 거야!"

"너야말로 지금 외우고 있는 주문이나 취소하는 게 어때? 1레벨 주문도 아니고 파이어 볼이라니… 교실이 불바다가 될지도 모른다고!"

"죽음의 길동무는 많은 쪽이 좋겠지."

"무슨 자살 폭탄 테러범 같은 소리를 하고 있군!"

"크아아! 더 이상 천기를 누설하지 마!"

이글이글 주위의 온도를 높이는 데 크나큰 공헌을 하고 있는 불의 공을 바라보며 남학생들과 베리는 팽팽한 신경전을 벌이기 시작했다. 그리고 이 무의미한 신경전은 수업종이 울릴 때까지 계속되었다고 한다.

이곳저곳 멍이 들고 피가 나는 것을 양호실에서 깨끗이 치료하고 나는 식당을 향해 터덜터덜 걸음을 옮기기 시작했다.

"젠장……."

선물은 무사하게 지킬 수 있었지만, 그 와중에 치고 박고 싸우느라 온몸이 욱신거리고 있었다. 치료 마법이 아무리 대단하다고 해도 내상마저 한번에 치료할 정도는 아니었던 것이다.

여하튼 이것으로 카루 녀석과 반의 남학생들에게 꺼지지 않는 지옥의 불꽃과도 같은 원한을 가슴 깊숙이 품을 수밖에 없었다. 지금은 비록 힘이 없어서 물러서지만, 일보 후퇴는 이보 전진을 위한 것임을 잊지 말아라, 이 인간 백정 같은 놈들아!

목검을 지팡이처럼 사용해 궁상맞게 걷는 주제에 생각은 거창하게 하는 것 같군, 나란 인간도.

'훗. 뭐, 그래도 수확은 있었으니까.'

붉게 상기된 렌시 선배의 얼굴만 생각해도 가슴이 두근두근거렸다. 그 선배에 대해 특별한 감정은 가지지 않고 있지만, 일단 미인에게 이런 선물을 받았다는 것 자체가 기분 좋은 일이니 말이다.

"……."

솔직히 말하자면, 한편으로는 남학생들에게 미안한 감정도 있었다. 가뜩이나 여학생이 부족한 기사 양성 학교, 평범한 여자도 아니고 렌시 선배 정도 되는 미소녀에게 보란 듯이 선물을 받았으니… 정말 인기없는 남자들이 분노하고도 남을 일일 것이란 생각이 들어서 말이다.

'뭐, 그래도 좋은 건 좋은 거니까.'

자신의 감정에 충실한 것이 좋겠지. 괜히 아무것도 아닌 척하는 것보단 말이다. 선물을 준 사람에게도 그런 것은 예의가 아니라는 생각이 들었다.

간신히 식당에 도착해서 근육통을 이기고 문을 열자 손님이 없는 한가한 시간이라 그런지 날 반겨주는 것은 아무것도 없었다. 루그레크데이가 대목이긴 했어도 그것도 로맨틱하고 커플이 갈 만한 곳에나 해당되니 말이다. 이런 한가한 시간대의 평범한(?) 식당에 손님이 있을 리 없었다.

막 옷을 갈아입기 위허 방으로 향해 갈 때 달콤한 냄새가 주방에서 풍겨왔다. 아침부터 지금까지 뱃속에 뭔가를 집어넣은 기억이 없다는 것을 생각해 내고 본능적으로 주방으로 향했다.

"타이밍 한번 기가 막히네요. 어서 오세요."

에이프런을 두르고 무엇인가를 정성껏 포장하는 시아 녀석이 막 주방으로 들어오는 날 발견하고 웃어 보였다.

"그건 설마 나 주려는 거야?"

"네, 받아주실 거죠?"

"웅. 기쁘게 받을게."

조금 쑥스럽다는 듯 얼굴을 살짝 붉히며 정성껏 과자와 초콜릿을 포장하는 시아 녀석. 나를 위해서 쿠키를 굽고 초콜릿을 만드는 시아의 모습이 감격이라고 할까. 여하튼 건네주는 포장된 꾸러미를 받아 든 난 주머니를 뒤적거리며 입을 열었다.

"별거 아니지만 나도 준비한 것이 있어서……."

"정말요?"

"응."

얼마 전에 구입한 작은 보석 목걸이를 꺼내 볼을 긁적이며 건넸다.

"뭐, 싸구려지만."

"…정말 예쁘네요. 기뻐요."

"별거 아니라니까 그러네. 그냥 떨이로 팔고 있는 거 산 거야."

"쳇, 그런 거짓말에 누가 속을 줄 알아요. 바보 같으니."

시아가 나의 패턴을 읽었나 보군. 사실 저 목걸이는 얼마 전부터 아끼고 아끼던 돈으로 구입한 고가의 물건이긴 했다. 뭐, 귀족 녀석들에게는 얼마 되지 않는 돈이겠지만 적어도 나에게는 한 달 생활비라고 할 수 있을 정도였으니…….

"걸어주세요."

뒤로 돌아서서 묶은 머리를 살짝 들어 올리는 시아. 새하얀 뒷목이 무엇인가 남자의 가슴을 뜨겁게 했지만 내색하지 않고 난 목걸이를 녀석의 목에 걸어주었다.

"그런데 셀브렛은?"

"옆에서 하도 소란을 피우는 통에 아이린 씨가 데리고 외출했어요."

"기르디는?"

"모르겠어요. 기르디 오빠야 뭐, 쥐도 새도 모르게 사라지는 것이 특기니까."

그럼 훼방꾼은 일단 아무도 없다는 소리군. 갑작스러 그런 질문을 받자 시아 녀석은 의아해하며 나를 바라보았다.

"그럼……."

살짝 팔을 뻗어 시아의 등을 감싸 안았다. 가슴에 느껴지는 녀석의 따뜻한 온기가 내 볼까지 붉게 물들이는 것 같아서 조금 부끄럽기도 했지만, 남자가 칼을 뽑았으면 무라도 썰어야 하는 법! 부끄럽다고 그대로 후닥닥 물러나는 것만큼 한심한 짓도 세상에 없을 것이다.

"……!"

얼어붙은 것처럼 한참 동안 아무런 말도 하지 못하고 있다가 엉거주춤 품에서 녀석을 놓아주곤 입을 열었다.

"흠흠. 그럼 난 옷 갈아입으러 방으로 돌아갈게."

"……."

"배고프니까 일단 뭐라도 챙겨 먹어야겠군. 사실 학교에서 좀 일이 있어서 아무것도 먹지 못했거든. 하하……."

으윽, 뭐라고 대답을 해야 좀 무안하지 않은데 말이다. 아무런 말도 하지 않으니까 꼭 내가 나쁜 놈이 된 것 같았다. 어찌 됐든 그렇게 얼굴을 붉히며 푹 고개를 숙인 시아 녀석을 외면하고 도망치듯 난 방으로 향했다.

학교에서 당한 상처도 가슴속에 남은 따뜻함과 체취 덕분에 말끔히 사라져 버린 것 같았다. 방금 전만 해도 이곳저곳이 엉망진창 쑤셨었는데 말이다. 아픔보다는 기쁨이 더 커서 그런 것일까?

'예전에는 이런 것에 꽤 적극적이었던 내가 철이 들어서 그런가? 껴

안는 것만 해도 이렇게 부끄러워하다니…….'

뭐, 좋으면 안고 뽀뽀할 수도 있는 거지. 저 녀석이랑 내가 친남매도 아니고 말이다. 남녀 간에 수만 가지의 언어보다 하나의 행동이 더 큰 정을 느낄 수도 있게 해주는 법이니까.

그렇게 나는 스스로의 행동을 합리화하며 천천히 걸음을 옮겼다.

렌시 선배가 준 선물은 다름 아닌 가죽으로 된 장갑이었다. 앞으로 더욱더 날씨가 쌀쌀해질 테니 꽤 좋은 센스라는 생각이 들었다. 일단 장갑이라면 부담 가지지 않고 받을 수 있을 테니 말이다.

"으음, 이거 답례를 해야 하는 건가?"

나름대로 정성껏 준비한 선물일 텐데 그냥 공으로 받아놓고 입 쓱 닦는 것도 뭐하지 않을까 해서 말이다. 자연스레 그런 고민을 할 수밖에 없었다.

"무슨 생각해?"

검술 연습을 하다 말고 구석에서 조용히 고민에 빠진 나를 향해 자룬 왕자가 한쪽 머리를 쓸어 올리며 입을 열었다.

"왕자님은 선물 몇 개나 받으셨죠, 이번에?"

"아아, 세어보지 않아서 잘 모르겠군."

"엘룬 공주님에게 온 선물도 있던데요."

"그런 것 같더군. 휴, 그 애는 언제쯤 철이 들려는지."

"그런데… 자룬님은 혹시 선물 주신 여성 분이 있습니까?"

"아, 물론 있지."

오오, 자룬 왕자에게 선물을 받은 여자가 존재하고 있었단 말인가.

학교의 여학생들이 알면 난리가 나겠군.

조금 쑥스럽다는 듯 볼을 붉적이며 말을 잇는 자룬 왕자. 평소 이미지와는 조금 다른 모습이 무엇인가 이질감이 느껴지기도 했지만, 뭐라 내색할 수 없어서 난 조용히 그의 눈을 마주 바라볼 수밖에 없었다.

"얼마 전에 율리샤 공주님이랑 약속을 했었거든. 뭐, 피리닌님이 조금 개입한 것도 사실이지만."

"율리샤 공주님이라면… 예전 축제에서 왕자님이랑 같이 춤추셨던 그분 말씀이십니까?"

"응, 잘 기억하고 있군. 피리닌님의 하나뿐인 여동생이지."

역시 그랬었군. 정확한 사정을 알지는 못하지만, 아마 피리닌은 자룬 왕자와 율리샤 공주의 사이가 좋아지길 기대하는 모양이다. 자룬 왕자를 왕궁에 자주 부르는 것도 그래서 그런 것일지도 도르고 말이다.

"굉장한 미인 같던데요, 잘 기억은 안 나지만."

"맞아. 그녀의 아름다움은 대륙에 평판이 자자할 정도니까. 여하튼 이 일은 절대 비밀로 해주게. 쓸데없는 소문이 도는 것은 사양이니까 말야."

"네, 그렇게 하죠."

국제적으로도 큰 이수가 될 만한 민감한 사실을 떠벌리고 다닐 정도로 난 머리가 나쁘지 않았다.

"뭣들 하고 있는 거냐! 어서 연습하지 않고!"

검술 연습을 하다 말고 자룬 왕자와 내가 구석에서 조용히 속닥거리니, 가뜩이나 기분이 언짢던 기르디 녀석이 가만히 있을 리 없었다.

"그런데 기르디님은 단것을 의외로 좋아하시더군요. 자룬 왕자가 받은 먹을거리 중 대부분이 기르디님의 손에 들어가지 않았습니까?"

독 감정 주문을 사용해 안전한 것을 확보한 후 일일이 맛을 체크하던 기르디의 모습이 순간 떠올라 난 작게 실소할 수밖에 없었다.

참고로 자룬 왕자에게 온 선물의 분류는 다음과 같이 이루어졌다고 한다.

—엘룬 공주나 공작가의 여식 같은 특정 인물이 보낸 귀한 선물은 자룬 왕자의 몫.

—안전하고 맛있는 먹을거리는 기르디와 셀브렛 녀석에게.

—별로 중요하지도 않고 먹을 수도 없는 것은 식당 창고 구석에 보관.

—위험하거나 전혀 필요성을 느끼지 못하는 것들은 폐기 처분.

인기없는 남자들이 본다면 분노하고도 남을 일이겠지만, 워낙 받은 것이 많다 보니 말이다. 성의라는 차원에서라면 전부 소중히 여겨야 마땅하겠지만 수납 공간의 부족함이라는 더 중요한 문제가 있는 바람에 어쩔 수 없이 그런 결정을 내릴 수밖에 없었다.

여하튼 갑작스런 내 말에 조금 당황한 것인지 살짝 이맛살을 찌푸리는 기르디 녀석이었다.

"그게 인간의 질투라는 건가?"

"지, 질투라뇨?"

"아니면 빨리 연습이나 해라. 주절주절 늘어놓지 말고."

쳇, 도대체 사람이 마음 편히 쉬는 꼴을 못 보는 녀석이로군. 시어머니도 아니고 시비를 걸지 못해서 안달이니 말이다. 여하튼 진실은 멀고 주먹은 가까운 법이니 더 이상 투덜거리는 것은 그만두고 일어나서 검을 휘두를 수밖에 없었다. 그 블랙 드래곤인지, 도롱뇽인지 하는 소녀가 식당에 온 이후로 기르디 녀석의 심기가 아주 많이 불편했기 때문에 성질 건드리는 것도 적도껏 해야지, 분위기 파악 못하고 엉기면 죽도록 맞고 쫓겨날지도 모르는 일이었다.

'아참, 그런데 그 초콜릿은 누구의 것일까?

식당에 돌아와서 가방을 열어보니 귀엽게 포장된 선물 꾸러미가 한쪽 구석에 놓여져 있었다. 쪽지나 편지 같은 것이 같이 들어 있는 것도 아니고, 도무지 누가 보낸 것인지 짐작할 수 없어서 난감하게 여기던 중이었다. 셀브렛 녀석이 빼앗아 먹으려고 발악을 하는 바람에 그냥 꿀꺽 입에 넣어버렸지만.

"꽤 맛있던데……."

흐음, 내게 그런 물건을 선물할 여자가 더 있었단 말인가? 뭐, 기분이 좋긴 하지만, 그래도 조금 의문스럽기도 하군. 나 같은 놈이 뭐 볼 것이 있다고 몰래 이런 걸 선물했는지 원.

"너, 그렇게 계속 딴청 피우지? 아무래도 안 되겠군, 내가 직접 '교육' 시키는 수밖에."

기분 좋은 생각에 빠져 내가 헬렐레하고 있자 참지 못한 기르디 녀석이 다가왔다.

"에에?!"

"에에가 아니다. 목검을 집어 들도록! 공격할 테니까 재주껏 막아내 봐라!"

　무서운 눈초리로 잡아먹을 듯 나를 노려보는 기르디 녀석. 쳇, 자기도 선물 많이 받았으면서 왜 나한테 이렇게 히스테리를 부리는 거람.

　어찌 됐든 난 울며 겨자 먹기로 그렇게 폭발할 듯 엄청난 속도로 검을 날리는 기르디 녀석의 공격을 막아낼 수밖에 없었다. 재수가 좀 좋다 싶으면 왜 또 새로운 불운이 찾아오는 것인지… 나란 인간처럼 인생의 굴곡이 심한 사람도 세상에 없을 것이란 생각이 문득 들었다.

◆ Chapter 3 ◆

발컴 레이시엘

코트를 입는 것이 어색하지 않아 보일 정도로 수도의 날씨는 최근 들어 유난히 쌀쌀해지기 시작했다. 소녀들은 언제 첫눈이 올 것인가를 또래들끼리 내기 삼아 이야기하고 어른들은 월동 준비를 하느라 걱정스레 물건을 구입하는, 비록 목적은 다르지만 분주하게 움직이는 그런 어느 초겨울의 하루였다.

겨울 방학을 코앞에 둔 학기 말의 학생들 기분은 선생님의 호통 소리마저 무시할 정도로 들떠 있었고, 선생들 또한 그런 학생들의 기분을 이해하지 못하는 것은 아니어서 어느 정도 배려하며 수업을 느슨하게 진행하고 있었다.

희비가 엇갈린 진학 여부도 갈린 지 오래. 영원히 학교에 이별하고 짐 싸며 돌아가는 쪽, 자랑스러운 졸업장을 따고 위풍당당한 모습으로 사회에 진출하는 졸업생들, 모처럼의 긴 휴식을 취하기 위해 집으로 떠나는 무리 등, 수도 셀 수 없을 정도로 개성적인 학생들이 저마다 그렇게 기대하고, 분노하며, 슬퍼하고, 기뻐하는 마음을 말로 표현하진 않았지만 얼굴에 드러내며 하루를 보내고 있었다.

나름대로 겨울 방학을 기다리고 있는 사람들 중 하나인 베리 녀석은 수업 중임에도 불구하고 교실 창밖 푸른 하늘을 멍하니 바라보는 펠시의 단정한 얼굴을 바라보고 있었다.

단정한 외모의 여학생이 옆에 앉았다는 것 자체만으로 이 학교에선 축복받은 일이겠지만 보이지 않는 작은 벽이라도 있는 것처럼 그녀와의 거리는 고정되어 있다는 사실 때문에 그의 표정은 그다지 밝지만은 않은 듯했다. 탑에서의 일 이후 인사 정도는 주고받을 수 있게 되었지만, 그 이상의 관계는 허용하지 않는다는 듯 필요 이상의 말과 행동은 조금도 용납하지 않는 펠시였다.

루그레크 데이 때 반에서 제일 선물을 많이 받은 아이가 펠시였다는 사실은 아이들 모두가 충분히 알고 있는 사실이었다. 반 전체는 물론 학교 전체에 회자가 될 정도로 그녀의 주가가 치솟고 있다는 것도 말이다. 자룬 왕자가 인기 독주를 달릴 거라는 예상을 깨고 폭풍처럼 갑작스럽게 등장한 그녀의 인기 몰이가 따지고 보면 그 원인이겠지만.

다른 사람들의 접근을 허락하지 않는다는 것이 어떻게 보면 조금은 거부감 드는 일일지도 모르겠지만 그 점조차 더욱 신비로워 보인다는 것이 남학생들의 한결같은 평이었다. 단순히 외모만으로 따지자면 그녀와 비슷한 수준의 여학생이 몇 있지만 건드릴 수 없는 것에 대한 동경은 예나 지금이나 화제가 되는 모양이었기에 동경하는 여학생들의 팬클럽이 생길 정도로 최근 이래저래 수난을 많이 겪은 그녀였다.

예전의 자신과 비슷한 느낌이랄까. 단순히 말로 표현하기 힘든 이유로 베리도 그런 그녀에게 어느 정도 관심을 가지고 있었다. 단순히 인사를 나누는 사이라고 해도 학교 전체에서 그녀의 '안녕'이란 말을 들을 수 있는 사람이 자신 하나밖에 없다는 사실에 조금은 우쭐한 기분도 있었고 말이다. 그래서 조금 더 미소 지으며 말을 걸었지만 언제나 그녀의 대답은 북극의 바람처럼 쌀쌀맞기 그지없었다.

못마땅하거나 기분이 나쁘다는 것은 아니었지만, 그래도 새삼 섭섭한 감정이 드는 것도 사실이었다. 비록 탑 안에 걸린 환상이었지만, 꽤 많은 이야기를 주고받으며 생사를 같이했었던 사람을 180도 돌변해 타인처럼 대하는 것이 이상하다는 느낌도 들었고 말이다.

멍하니 자신을 바라보며 생각에 빠져 있는 베리를 향해 펠시가 의아한 듯 물었다.

"뭘 그렇게 바라보는 거지?"

"아, 아무것도……."

황급히 고개를 흔드는 베리의 모습에 그녀는 살짝 이맛살을 찌푸리며 말했다.

"용건이 없으면 그렇게 함부로 보지 말아줄래?"

"미안해."

사람 얼굴 좀 본다고 닳는 것도 아닌데 베리는 얼굴을 붉히며 그렇게 사과하는 것이었다.

"……."

진짜 미안한 감정이 들어서 그런 말을 한 것보다는 수업 중에 그런 그녀의 얼굴을 멍하니 바라보고 또 눈치 챈 사실이 조금은 부끄럽고 당황스러웠기 때문에 무의식 중에 입 밖으로 나온 말이었다. 펠시도 그런 베리의 마음을 알아차린 듯 더 이상 추궁하지 않고 창밖의 하늘로 시선을 돌렸다.

다시 고개를 돌려 어떤 학자의 말을 인용하며 공식을 설명하고 있는 선생의 얼굴을 바라보았지만 베리는 한동안 마치 화장실에서 볼일을 보지 않고 나온 것과 같은 찜찜한 기분에 빠질 수밖에 없었다.

수업을 마치고 언제나처럼 잠시 부실에 들러 여유로이 휴식을 취하는 세 명의 아이. 자신의 앞 찻잔을 티스푼으로 이리저리 휘저으며 생각에 빠져 있는 베리를 향해 한 소녀가 입을 열었다.

"베리야, 너 오늘 수업 중에 펠시랑 무슨 말 했어?"

"응? 무슨 말이라니?"

"너 오늘 맨 끝 시간에 펠시랑 이야기하고 있던데?"

"아, 별거 아닌 얘기."

"헤에― 사랑의 밀언을 속삭였던 건 아니고?"

"저주의 폭언을 맛보고 싶지 않다면 그쯤 하지 그래."

장난 삼아 미소 지으며 말하는 리체를 향해 베리는 신경질적으로 대답했다.

그런 둘을 잠시 바라보다가 탁자 위에 놓인 찻잔을 살짝 들어 올리며 엘리가 입을 열었다.

"그보다 너희 둘, 이번 겨울 방학 계획은 어떻게 세웠어?"

"계획이라니? 그런 걸 내가 세울 리 없잖아."

"리체야, 부탁이니까 그런 걸 자랑스럽게 말하지 마."

"쳇, 사람은 모름지기 정직하고 진실돼야 하는 법이라고."

"그런 건 좀 모자라다고 말하는 편이 좋을 텐데."

"이봐, 너! 사내 주제에 옆에서 쫑알대지 좀 마! 그러는 넌 무슨 계획을 세웠는데?"

"당연히 검술 연습과 공부할 계획을 세웠지."

"으으, 이 공부벌레 녀석."

잡아먹을 듯 서로를 노려보는 두 사람을 보던 엘리는 한숨을 쉬며 차를 홀짝였다.

덜컥—

그때 부실의 문이 열리고 예고도 없이 찬바람과 함께 안으로 들어오는 사내가 있었으니…….

"오빠, 부탁이니 노크 좀 하고 살아."

"하하. 엘리야, 집에서 하는 잔소리를 꼭 여기서까지 해야겠니?"

불청객이 다름 아닌 훤칠한 키와 세련되고 단정한 외모로 여학생들에게서 인기가 많은 학생회장 코인이라는 것을 안 베리는 강한 거부감을 드러냈다.

"역시 이곳에 있었군. 이번에는 꼭 제대로 된 대답을 해주길 바라, 베리."

"무슨 대답을 말씀이십니까?"

"훗, 다시 말해야 알아듣겠다고 한다면 백 번 천 번이라도 이 자리에서 말할 수 있어. 내 근성을 너무 우습게 보지 말길."

"정말 포기라는 걸 모르는 분이시군요."

"그렇다면 이제 슬슬 내 요구에 응하는 것이 어때? 다른 원하는 것이 있다면 내 성심껏 도와줄 테니 말야. 이래 뵈도 난 이 카이리온 기사 양성 학교의 학생회장이라고."

애절하다는 느낌이 들 정도로 코인의 부탁은 절실해 보였다. 평소의 오만해 보이는 인상과는 영 딴판인 그 모습에 마음이 움직이지 않는 것은 아니었으나, 베리는 단호히 고개를 저었다.

"저도 백 번 천 번 똑같은 대답을 해야겠군요. 코인님의 부탁은 들어드릴 수 없습니다."

"크흑, 내가 불쌍하지도 않은 거냐! 다른 어려운 것도 아니고, 그냥 동생 좀 소개시켜 달라는 부탁인데 말야. 지나친 과잉 보호는 소녀의 가치관을 엉망으로 만들 수도 있는 법이라고!"

"과잉 보호를 하든 말든 그건 제 문제니 함부로 말씀하지 마시길. 어쨌든 더 이상의 헛된 시간 낭비는 제 쪽에서 사양하고 싶군요."

"난 절대 포기하지 않을 테니 두고 보자고! 언젠가는 반드시 내 부탁을 들어주게 만들 테니까!"

말을 끝내자마자 등장한 것처럼 빠르게 사라지는 코인이었다. 꽤 쌀쌀맞게 응수한 것 같았는데 이 정도의 대답에도 포기하지 않는다니… 베리는 눈살을 찌푸리며 쓴맛을 참아낼 수밖에 없었다.

리체는 그런 베리의 얼굴을 멀뚱히 바라보다가 볼을 붉적이며 말했다.

"근데 코인 오빠가 저렇게 열내는 것도 내심 이해가 되긴 해. 뭐, 어떻게 한다는 것도 아니고 그냥 다시 만나게만 해달라는 부탁이잖아? 네가 너무 앞서 간다고 생각하진 않아?"

"나도 그 점은 인정하고 있어. 하지만……."

"하지만?"

"그 아이는 조금 '특별한' 아이야."

"특별한 아이라니? 도대체 어떤 점에서?"

"……."

자신조차 제대로 알지 못하는 사실을 남에게 섣불리 말할 정도로 베리의 입은 가볍지 않았다. 굳게 입을 다물며 자신의 대답을 회피하는 베리를 향해 리체는 조금은 불만족스러운 투로 다시 말했다.

"뭐, 대답을 강요하진 않을 테니까… 여하튼 너도 참 피곤한 스타일이구나."

"휴. 요즘 들어 나도 그렇게 생각해."

"그나저나 도대체 얼마나 귀여운 아이기에 꽤 눈이 높다고 소문이 자자한 코인 오빠 마음을 사로잡은 거야?"

희미하지만 미소 띤 얼굴로 자신을 바라보는 시아의 얼굴을 상상하고 베리는 살짝 쓴웃음 지으며 대답했다.

"귀엽다고 할까, 예쁘다고 할까? 글쎄, 꽤 단정한 얼굴인 것은 확실해."

"헤에, 네가 그런 소리를 할 정도면 정말 어지간히 귀여운 아이인 모양이구나."

"왜 그런 말을 하는 건데?"

"너, 외모에 대해선 칭찬에 굉장히 인색하잖아, 아니었어?"

"끄응. 생각해 보니 그런 것도 같군. 주위 수준이 워낙 높다 보니 자연스럽게 눈 높이가 그쪽에 맞춰진 모양인가 본데……."

말을 흐리며 생각에 빠진 베리로 인해 부실 안은 모처럼 정숙해졌다. 그리고 꽤 오랜 시간이 지나서야 날이 어두워졌음을 깨닫고 세 사람은 쓴웃음 지으며 자리에 일어났다.

어둠을 가를 정도로 뚜렷한 빛을 내며 한줄기 호선을 그리는 그의 검(劍). 정해진 초식 같은 것은 없지만, 일정한 궤도를 그리며 춤추는 것처럼 현란한 검의 움직임은 한순간에 사람을 압도시킬 정도로 힘과 속도를 가지고 있었다.

"……."

느리지만 힘차고, 빠르지만 정확하게. 어떻게 보면 지독하다고 표현할 수 있을 정도로 그의 검술에 대한 욕망은 거대했다.

굉장하다고 남들이 치켜세워도 항상 위를 동경하며 노력했고, 항상 조금 더 잘하지 못하는 자신을 채찍질하며 연습에 몰두할 뿐이었다. 미쳤다는 소리를 들을 정도로 말이다.

그 결과 또래와는 비교할 수 없는 힘을 가질 수 있었지만 주변의 만류에도 불구하고 그의 연습은 계속될 뿐이었다.

밤에도 낮에도, 여름에도 겨울에도 그렇게 끝을 보이지 않을 정도로 말이다.

"넌 정말 찾기 쉬워서 좋은 놈이야."

코인은 날이 어두워졌음에도 조명이 마련된 연습실에서 검을 휘두르는 그의 얼굴을 바라보며 조금은 싱겁게 입을 열었다.

"기숙사 방, 아니면 이 연습실. 사라졌다 하면 둘 중 하나니까 말야."

청년은 한쪽에 마련해 둔 수건으로 얼굴의 땀을 닦으며 그런 코인을 향해 답했다.

"재미없는 녀석이라서 미안하군."

"그게 네 하나밖에 없는 개성인 것이겠지. 근데 그 소식 들은 거야?"

"무슨 소식? 큰일이라도 난 거야?"

"얼굴을 보아하니 아무것도 모르는 모양이구나. 부디 흥분하지 말고 내 이야기를 듣길 바라."

도대체 무슨 이야기를 하는 것이기에 그렇게 뜸을 들이냐는 듯 그는 눈을 동그랗게 뜨고 코인의 단정한 얼굴을 바라보았다.

"너, 저번 주에 루그레크 데이가 있었다는 사실은 알고 있겠지?"

"헤에. 그랬어?"

"맙소사 그것도 모르고 있었어?! 너, 정말 짝사랑에 빠진 놈이 맞긴 맞는 거냐?"

"유난스럽게 학교가 떠들썩하길래 뭐 어느 정도 눈치는 챘었지만… 여하튼 용건이나 말해."

"그 루그레크 데이에 린시가 선물 준 남자가 있었다고, 이 바보 같은 녀석아!"

"맙소사! 뭐라고?! 그게 사실이야?"

"미쳤다고 내가 거짓말하겠냐."

한심하다는 듯 혀를 차며 대답하는 코인을 바라보며 청년은 무너질 듯 털썩 자리에 주저앉았다. 과격한 검술 훈련으로 지친 다리가 주체할 수 없을 정도로 한순간에 풀려 버린 것이다.

어지간한 일에는 눈 하나 깜빡하지 않을 정도로 다부진 성격의 인간이 한순간에 이렇게 재기 불능의 상태에 빠지리라고는 코인도 예상하지 못한 일이었다.

우연한 기회로 그가 렌시라는 하급생에게 빠져 있음을 알았지만, 한마디 말도 못 붙이는 것을 보고 그렇게 가슴속에 품어놓은 연정이 무겁지는 않은 모양이다, 라고 추측해 왔던 것이다. 그래서 가볍게 생각하고 말한 것이었고.

렌시라는 아이가 엄청나게 단정한 외모를 가진 것은 사실이었지만 3학년 검술 모의 테스트 최고 득점자인 발렘 레이시엘의 명성에 비하면 한참 부족하다고 말할 수 있을 정도였으니까. 그런 코인의 추측도 어찌 생각해 보면 당연한 것일 수도 있었다.

발렘은 얼굴이 단정한 것은 둘째 치고 피리닌 왕에게 신뢰받는 귀족 중 하나가 그의 아버지라는 것, 3학년 중에서는 적수를 찾을 수 없을 정도의 엄청난 검술 실력 등… 흠잡을 것이라고는 티끌만큼도 없는 완벽한 청년이었으니 말이다.

"이, 이봐. 그렇게 놀라지 말라고. 아직 고백했다는 말은 없었으니까."

몇 년을 같이 지내면서 발렘이 오늘처럼 흐트러진 모습을 보인 적이 없었으니 코인도 내심 놀란 가슴을 쓸어내릴 수밖에 없었다.

"아직 고백은 하지 않았다고?"

안도의 한숨을 내쉬는 발렘을 향해 코인은 다시 인상을 찌푸렸다.

"그런데 너, 그렇게 렌시라는 아이를 좋아하고 있었던 거야? 그럼 진작 왜 대쉬해 보지 않았어?"

"대쉬라니? 고백을 하란 말야?"

"그렇지."

"그런 일은… 도저히 할 자신이 없어."

살짝 얼굴을 붉히며 회색의 머리를 쓸어 넘기는 발렘의 모습에 코인은 입을 벌리며 한동안 아무런 말도 할 수 없었다.

"다른 사람도 아닌 너의 입에서 그런 말이 나오다니… 믿을 수가 없군. 발렘 레이시엘, 검신(劍神)과 검을 섞을 때도 눈썹 하나 까닥하지 않던 놈이 고작 그런 일에 겁을 먹어?"

"그래, 비웃어도 좋아. 하지만 자신없는 건 사실이야."

심호흡을 하며 숨을 고르던 코인은 한결 나아진 얼굴로 말했다.

"뭐, 어쨌든… 그럼 어서 빨리 손을 쓰는 게 좋을 것 같은데?"

"손을 쓰다니?"

"렌시에게 선물을 받은 그 베리라는 녀석, 내가 조사해 보니까 좀 질이 안 좋아 보이던데."

"뭐라고?!"

"하하, 곱상한 얼굴로 여자깨나 울린 모양이더라고."

"그런 녀석에게 루그리크 데이 때 렌시가 선물을 줬단 말야?"

"그래그래."

뭔가 켕기는 것이 있는 듯 조금 위화감이 느껴지는 코인이었지만, 흥분한 발렘의 눈에 그런 사소한 사실이 들어올 리 없었다.

질투에 빠진 사람이 으레 그렇듯 발렘은 제멋대로 이야기를 과대 해석해 갔다.

'셀 수 없이 여자를 울린 질 나쁜 바람둥이 녀석이 렌시를 이용해 먹으려고 수작을 부리고 있다! 그러니 용서할 수 없다!'

결국 제멋대로 결론지어 정의 내리고는 발렘은 힘껏 검을 부여잡고 움직이기 시작했다.

"어, 어디 가는 거야?"

"그 베리라는 녀석에게."

"뭘 어쩌려고?"

"더 이상 그녀에게 접근하지 말라고 말하려고."

"거부한다면?"

"다시 한 번 마음 돌리길 진심으로 충고하지, 조금 힘을 써서라도."

"제발 이성을 찾고 다시 생각해 봐."

"난 충분히 이성적이야, 코인."

한번 마음먹은 일은 무슨 일이 있어도 해내고야 마는 그의 악착스러운 근성을 겪어오면서 충분히 알 수 있었던 것이다. 단순히 조금 혼내준다는 계획이 점점 틀어지기 시작하자 코인은 얼굴을 굳히며 발렘의 행로를 막을 수밖에 없었다.

"함부로 손을 썼다가는 어떤 이상한 소문이 돌지도 모른다고."

"남의 말 따위 신경 쓰지 않아."

"렌시가 이유도 없이 폭력을 휘두르는 사람을 좋아할까?"

"난 이유없이 폭력을 쓰는 사람이 아니야."

"그렇겠지. 하지만 그 베리라는 녀석에게 마음이 기울어져 있다면 그 녀석의 말을 믿을 것 같은데?"

곰곰이 생각해 보니 코인의 말도 일리가 있었다. 발렘은 살짝 인상을 찌푸렸다.

"그럼 어쩌란 거야?"

"일단 기다리는 거야. 남자란 움직여야 할 때를 알아야 하는 법이라고."

피가 배어 나올 정도로 입술을 깨무는 발렘을 보며 코인이 어색한 미소를 지어 보였다.

"……."

아무런 말도 하지 않은 채 털썩 연습실 구석에 주저앉고는 심각한 표정으로 발렘은 생각에 빠져들기 시작했다.

'이, 이거 괜한 짓 한 거 아냐?'

그런 그의 얼굴을 멍하니 바라보던 코인은 머리를 긁적일 수밖에 없었다. 생각했었던 반응과는 달라도 한참 다른 결과가 일어나고 있다는 사실을 애써 부정하며 말이다.

묘하게 기분이 안 좋은 날이라는 느낌이 들었는데 기어이 이런 일이 터지고야 말았다. 평소에는 절대 저런 얼굴을 하는 녀석이 아닌데, 위화감이 들 정도로 미소 지으며 괜찮다고 말하는데 무엇인가 일이 틀어져도 단단히 틀어졌음을 감지할 수 있었다.

저 녀석을 저렇게 당황하게 만들 정도로 대단한 녀석이라니……. 꼭 이런 일이 아니라도 언젠가는 한번 만나보고 싶었던 녀석이라고 할까? 뭐, 피차 서로에게 그다지 좋은 목적은 아닐 테지만 말이다.

여하튼 억지 미소를 지으며 날 안심시키는 코인을 향해,

"난 괜찮으니까 걱정하지 말고 돌아가. 쓸데없는 일은 안 하도록 할 테니까."

라고 말해 준 후 천천히 몸을 일으켜 다시 검술 훈련을 시작했다. 코

인은 그런 나를 한참 동안 안쓰럽게 바라보다가 내키지 않는다는 듯 천천히 문밖으로 사라졌다.

무엇인가 할 말을 다 하지 못하고 억지로 발을 움직이는 그의 모습에 나는 더욱더 베리라는 녀석에 대한 경각심을 불태울 수밖에 없었다.

평소에 한없이 가벼운 녀석이긴 했지만 어떠한 위기 상황이 닥쳐도 포기하지 않고 묵묵히 자신의 일을 다하는 코인의 능력은 학교 전체가 인정하고 있는 사실이었다. 선생님과 학생들이 대립하면 중립자로서 적절히 조율하고, 작은 외부 행사라도 할라 치면 바쁜 시간에도 틈틈이 그 준비를 하는, 겉보기와는 다르게 성실한 녀석이었던 것이다. 그 능력을 인정받아 학생회장이 된 거고 말이다.

"휴, 좀 허풍을 잘 치는 것이 흠이긴 하지만 말야."

너무 말을 쉽게 하고 귀여운 것에 약하다는 단점이 있었지만, 그래도 몇 안 되는 친구 중 하나였으니 조금 못 미덥긴 해도 신용해 줄 수밖에.

'렌시, 너 정말 그런 녀석에게 빠진 거니?

자신이 생각하는 그녀의 이미지는 동생보다는 누나 같은 타입이랄까. 그리고 절대 함부로 남에게 정을 주는 스타일이 아니었다. 한순간의 감정보다는 철저히 자신에게 맞는 상대인지 분석하고 조사하는 그런 여자였던 것이다, 레스민 폰 리하인드는.

하긴 그렇게 완벽하다는 느낌이 들 정도로 독한 여성은 아니었지만 말이다. 보기보다 엄청 덜렁거리고, 실수도 해서 보는 사람을 아찔하게 만드는 그런 멍한 면도 있었으니까.

여하튼 억지로 집중해서 수련을 계속하는 것도 뭐하고 해서 소지품을 챙기고 천천히 기숙사로 향했다. 날씨는 꽤 쌀쌀한 편이었지만 적당하게 달궈진 몸 덕분에 오히려 시원하다는 느낌이 들었다.

'내일 점심 연습은 제쳐야겠군.'

일단 그 베리라는 녀석의 얼굴을 보고 렌시에게도 가서 사정을 좀 들어야 했기에 어쩔 수 없이 난 그런 결정을 내릴 수밖에 없었다. 몇 개월째 거르지 않은 수련이 깨진다는 것이 조금 씁쓸하기도 했지만 이대로 계속 모른 척 방관만 하고 있을 수는 없는 일이었다.

"잘되겠지."

생각보다 괜찮은 녀석이라면 렌시의 행복을 위해서라도 내가 포기해야겠지만, 코인 녀석의 말대로 형편없는 놈이라면 퇴학을 당하더라도 혼내줄 각오는 돼 있었다. 그 어떤 처벌을 받더라도 나 자신이 옳다고 여기는 일을 하며 살고 싶으니까.

"레스민……."

싸늘한 한기가 몸속으로 파고드는 것을 느끼고 살짝 검을 든 손에 힘을 주었다. 실로 수개월 만에 느껴보는 긴장에 나는 작게 실소할 수밖에 없었다.

생각보다 베리라는 녀석을 찾는 것은 어려운 일이었다. 어떤 의미로든지 굉장히 유명한 타입의 인간인 줄 알았는데, 정보력을 총동원해서야 겨우 발견할 수 있었던 것이다.

"조용한 아이인 것 같더군요. 평소에도 큰 말썽 같은 건 부리지 않는 모양입니다. 성적도 굉장히 우수한 편이고 마법도 세 번째 단계까지 사용할 줄 안다고 하니까 미래가 굉장히 기대되는 인재인 듯합니다.

검술 상급반에서도 그리 떨어지는 실력은 아니라고 하니까요."

"일단 겉보기에는 우수한 학생이란 말인가?"

"네. 평민 출신이라는 것이 조금 흠이 될 수도 있겠지만, 일단 이 정도의 실력이라면 무마하고도 남겠죠."

"흠, 그렇군. 여하튼 고마워."

"뭐, 무슨 일인지는 모르겠지만 잘되시길. 그럼 전 이만."

고개를 꾸벅 숙이고는 붉은 머리의 남학생은 어디론가로 걸음을 옮겨갔다.

'갈수록 복잡해지는 듯하군.'

일단 어떤 식으로든 꼬투리를 잡아서 그걸 빌미로 시비를 걸려 했는데 생각보다 얌전한 녀석이라 쉽지 않을 듯했다. 지위를 이용해 치졸하게 수작 부리는 것은 절대 사양하고 싶은 일이었으니 제쳐 두고, 조금 더 발상을 전환해서 새로운 계획을 짜는 것이 나을 듯했다.

지피지기면 백전백승이란 말이 있듯이 일단 아무렇지도 않은 척 얼굴을 익히는 것이 제일 우선 사항이란 생각이 들었기 때문에 정보통이 알려준 대로 나는 천천히 녀석의 교실 근처로 걸어갔다.

'조금 작은 키에 검은 머리의 소년이라고 했나?'

인상착의가 특이한 만큼 발견하는 것은 큰 어려움이 없을 듯했다. 교실에 도달하고 슬쩍 창문 너머로 바라보자, 쉬는 시간인 모양인지 학생들이 삼삼오오 모여서 이야기를 나누고 있는 광경이 눈에 들어왔다.

'저건 자룬 왕자?'

그 베리라는 녀석보다 더 일찍 눈에 들어온 것은 라무안 국의 왕자 중 하나인 자룬이었다. 피리닌님이 제일 신경 쓰고 있는 사람 중 하나라고 할 정도로 문무를 겸비한 완벽한 청년. 저번 왕실 무도회 때 멀찍이서 그 모습을 볼 수 있었는데 이 학교에 재학 중이라는 것은 알고 있었지 이런 계기로 다시 보게 될 줄은 예상치 못했던 일이었다.

여하튼 왕자에 대한 흥미를 제쳐 두고 다시 검은 머리를 찾아 눈을 움직이기 시작했다. 그리고 곧 세 명의 여학생에 둘러싸여 이야기를 주고받는 한 소년을 발견했다.

"헤에, 그 장갑이 렌시라는 선배가 준 거 맞지?"

"일단 그렇긴 한데……."

"리체야, 렌시라는 선배가 누군데 그래?"

교복이 아닌 사제복을 입은 단정한 얼굴의 소녀가 말하는 것이 눈에 들어왔다. 학교 내부를 자유롭게 돌아다니는 걸 봐선 그녀가 소문으로만 듣던 '양호실의 미소녀 성직자'인 모양이다. 양호실에 있어야 할 사람이 왜 이 교실에 있는 건지는 알 수 없었지만, 괜한 것에 신경 써 봤자 머리만 아플 듯해서 그들의 대화에 정신을 집중했다.

그런 그녀의 질문에 새침해 보이는 한 소녀가 미소 지으며 입을 열었다.

"미레시아 언니는 이곳어 온 지 얼마 안 돼서 소문을 못 들은 모양이구나. 2학년생 중에서도 손꼽힐 정도로 인기있는 렌시 선배를 모른다니 말야. 여하튼 얼굴이 굉장히 단정하기로 유명한 선배라고 하는데… 뭐, 직접 본 적은 나도 없지만 말야."

화제가 자연스럽게 렌시 쪽으로 접근하자 나는 속으로 쾌재를 불렀다. 예상치 못했던 소득을 얼을 수도 있겠다는 느낌 때문에 말이다.

"얌전한 고양이가 부뚜막에 먼저 올라간다고, 참 베리 녀석 능력도 좋아.”

“루시아, 레이디는 남녀노소를 불문하고 인기가 높은 거야.”

“어머, 레이디와 미소녀 선배의 금단의 사랑인 거야? 이루어질 수 없어서 더 애처로운 그런 사랑.”

“얘들아, 레이디라니, 무슨 소리 하는 거야?”

“호호, 나도 말해 주고 싶지만 말야, 저렇게 죽일 듯이 노려보는 누구 때문에 겁나서.”

“나만 따돌리지 말고 알려줘―!”

새침해 보이는 소녀의 말처럼 베리라는 녀석은 풀풀 날리는 살기를 감추지 않고 있었다. 검이 있다면 당장 베어버릴 것만 같은 그런 눈을 하고 말이다.

‘여자한테 저런 눈을 하다니… 확실히 성격이 안 좋은 모양이군.’

제대로 알아들을 수도 없고 곧 수업이 시작될 것 같기도 해서 정찰을 관두고 난 천천히 기숙사를 향해 걸어갔다.

학교의 본관을 벗어나서 딱딱한 지면에 두 발을 내디뎠을 때 뿌연 회색 빛 구름이 가득했던 하늘에서 차갑고 하얀 것이 천천히 아래로 추락하며 내려오는 것이 보였다.

빠른 첫눈이다.

온 세상을 하얗게 물들일 것처럼 한도 끝도 없이 내려오는 흰 눈을 보자 렌시와 처음 만났을 때가 생각나 난 살짝 미소 지을 수밖에 없었다.

육 년 정도 전쯤이었을까? 정확히 기억은 안 나지만 오늘처럼 이렇게 첫눈이 내리던 날이었다.

‘누나인 척 굴었지, 사실은 나보다 어리면서.’

벤치에 앉아 취한 것처럼 멍하니 뿌연 하늘을 바라보기 시작했다. 조금은 슬프고 우스꽝스러운 과거가 생각나 난 추위도 잊은 채 한참 동안 그렇게 그 자리에 굳어 있을 수밖에 없었다.

＊　　　　　＊　　　　　＊

열두 번째 생일을 축하해 주기 위해 저택을 가득 메울 정도로 수많은 사람들이 찾아왔지만 소년의 기분은 회색 빛 혼탁한 하늘처럼 엉망진창이었다.

어머니가 돌아가시고 처음 맞는 생일. 아버지는 급한 회의 때문에 소년과의 약속을 깨고 왕실로 달려가야만 했던 것이다.

의지할 데라곤 아버지밖에 없었던 소년에게는 일 년에 한 번밖에 오지 않는 생일조차 기쁘게 맞아들일 여유가 없었다.

불과 몇 년 전이었다면 밤을 하얗게 새버릴 정도로 기다리며 저택이 떠나갈 정도로 즐겁게 보냈던 생일이었지만, 지금은 웃는 얼굴로 축하의 인사말을 던지는 어른들의 모습을 향해 가식적인 미소를 지으며 화답할 뿐이었다.

‘난 이제 어린아이가 아니니까…….’

또래의 아이같이 사랑과 보살핌을 받고 그렇게 울고 웃으며 하루를 보내는 것이 왜 나에게는 불가능한 것인지 수도 셀 수 없을 만큼 마음속으로 자문해 보기도 했다. 하지만 더 이상 자신은 어린애가 아니니까 아버지를 슬프게 만들지 않기 위해서라도 하루하루를 보람차게 보내자고, 언제나 그렇게 가슴 한구석을 닫아놓은 채 약한 마음을 추스를 수밖에 없었다.

"처음 뵙겠습니다. 제 이름은 레스민이라고 해요."

몸이 아프다는 핑계로 파티장에서 조금 멀찍이 자리 잡고 앉아 있던 소년에게 예쁘장하게 생긴 한 여자 아이가 다가와 말을 걸었다.

무엇인가 다분히 형식적인 말투로 레스민이라고 자신을 소개한 소녀를 향해 소년은 슬쩍 눈을 돌렸다.

흔하지 않은 은색의 머리카락과 초록색의 드레스로 한껏 귀여움을 뽐내고 있는 소녀의 단정한 모습이 눈에 들어오자 소년은 무엇이라 대답할까 잠시 망설이다가 살짝 흰 얼굴을 붉히며 입을 열었다.

"처음 뵙겠습니다, 레스민 양. 알고 있겠지만 제 이름은 발렘이라고 합니다."

"네, 발렘님. 괜찮다면 저와 춤 한 곡 추시겠어요?"

"춤은… 몸이 안 좋아서 사양하고 싶네요."

발렘이 고개를 저으며 사양하자 레스민은 조금 불쾌한 표정을 지으며 투덜거리는 것이었다.

"쳇, 꾀병 같은데 그냥 춤 한 곡만 춰줘요. 실패하면 집에 가서 엄마한테 야단 맞단 말야!"

포기할 것이라 예상했던 레스민이 자신의 추측과는 한참 거리가 먼 반응을 보이자 발렘은 어떻게 대답해야 할지 몰라서 얼굴만 붉혔다.

"으윽, 표정 관리해요! 그런 표정을 지으면 화난 것 같잖아! 저쪽에서 엄마랑 아빠가 보고 있다구요!"

"죄, 죄송합니다."

"그럼 대충대충 춤 한 곡만 춰달라니까."

"저는 춤추는 법을 몰라서… 곤란하군요."

"에에?! 춤추는 법을 모른다고?"

"죄송합니다."

"으으, 진짜 그 나이가 먹도록 도대체 뭐 한 거예요. 유명한 귀족 아들이 맞긴 맞는 거예요?"

"죄송합니다."

"죄송한 줄 알면 춤을 배웠어야 될 거 아냐!"

괜한 트집을 잡으며 화를 내는 레스민을 향해 발렘은 연신 고개를 숙이며 사과할 수밖에 없었다. 무엇인가 입장이 바뀌어도 단단히 바뀐 그 상황에 레스민의 부모는 의아한 표정을 지으며 멀리서 그 광경을 바라보고 있는 듯했다.

"내가 이번 생일 파티 때문에 한 달 전부터 춤 연습을 했다고! 근데 그 주인공이란 녀석이 춘은커녕 몸 안 좋다고 빌빌거리기간 하고 있으니 화가 안 나게 생겼어? 발바닥에 물집이 날 정도로 스텝을 밟고, 머리가 돌아버릴 정도로 스핀을 하며 그 지옥 같은 하루하루를 보냈었는데, 춤을 못 춘다고? 하아— 참, 기가 막혀서 말이 안 나오네!"

"죄송합니다."

발렘은 이제 거의 울 것 같은 표정으로 레스민을 바라보고 있었다. 그 모습에 레스민의 부도는 이제 아예 사색이 되어 있었다.

"휴~ 백보 양보해서, 내가 리드해 줄 테니 실수 겁내지 말고 무대로 가자."

인심 쓴다는 표정을 지으며 발렘의 손목을 잡는 레스민. 춤은커녕

잔병이 심해서 집 밖에도 잘 안 나갔던 발렘이 이 상황에 겁을 안 먹을
리 없었다.

"……."

큰 눈에서 이슬 진 눈물이 볼을 타고 땅으로 뚝뚝 떨어지기 시작했
다.

가뜩이나 어머니가 돌아가시고 마음 고생이 심했던 발렘이었다. 레
스민이 그렇게 크게 위협을 한 것은 아니었지만, 가슴속의 서러움을 폭
발하는 데는 부족함이 없었던 것이다.

"야, 울지 마! 울지 말라니까! 남들이 보면 내가 울린 것 같잖아!"

"……."

위로는커녕 더 화를 내는 레스민의 모습에 발렘은 더 서럽게 눈물
흘리기 시작했다. 순간 사색이 되어 둘을 주시하고 있던 레스민의 부
모는 끝내 경악성을 토해냈다.

"레스민―!"

"으으, 젠장!"

레스민은 발렘의 손목을 잡고 그대로 목적지도 없이 뛰기 시작했다.
그 강한 힘에 이끌려 발렘은 제대로 울지도 못하고 억지로 다리를 움
직일 수밖에 없었다.

눈물, 땀, 콧물, 침 등으로 엉망진창 망가져 있는 발렘의 얼굴을 품
에서 꺼낸 손수건으로 닦아주며 레스민은 다시 투덜거리기 시작했다.

"으, 진짜 너 같은 남자는 내 평생 처음 본다. 춤 하나 제대로 못 추
는 주제에 왜 그렇게 눈물이 많은 거야? 너 때문에 난 엄마한테 맞아

죽었어. 그러니까 니가 책임지고 사과해야 해. 알았지?"

"으응."

"그래, 예쁘다, 예뻐. 그러니까 이젠 울지 마. 엄마가 '함부로 여자에게 눈물을 보이는 남자만큼 한심한 사람은 없다' 라고 말했었다니까."

'엄마' 라는 단어를 듣는 순간 발렘은 가슴이 뭉클해져서 콧물을 줄줄 흘리며 다시 눈물을 쥐어짜 내기 시작했다. 겨우 진정이 되나 싶더니 발렘이 엉엉 울음을 터뜨리자 레스민이 신경질적으로 소리쳤다.

"야, 그만 좀 울라니까! 아휴, 내가 너 때문에 속 터져 죽겠다!"

별거 아닌 얼굴을 하고 다시 파티장으로 돌아간다는 계획은 자연스레 변경될 수밖에 없었다. 마르지 않는 우물처럼 끊임없이 샘솟는 발렘의 눈물 때문에 레스민은 진이 빠진 얼굴을 하고 맥없이 바라만 보는 것이었다.

울다 지친다는 말도 있듯이 시간이 흐르자 울음소리는 천천히 잦아들기 시작했다. 작게 흐―끼는 발렘의 등을 두들기며 레스민이 다시 입을 열었다.

"이제 그만 진정하구… 슬슬 돌아가자. 사람들이 걱정하고 있을 거야."

"……."

"네가 왜 그렇게 속이 상한 건지는 모르겠지만, 그 이유가 나 때문이라면 진심으로 사과할게.'

발렘은 눈물이 그렁그렁한 눈을 하고 슬쩍 고개를 저어 보였다. 레스민이 계기가 된 것은 사실이지만, 기분이 안 좋았던 이유는 다른 곳에 있었으니까. 고양이처럼 가늘게 눈을 뜨고 자신을 노려보는 레스민이 두려운 것도 한몫했지만 말이다.

일이 예상외로 쉽게 풀릴지도 모른다는 생각에 레스민은 한결 밝아진 얼굴을 하고 털썩 자리에 주저앉았다. 기둥의 뒤쪽에 마련된 좁은 공간 속에서, 어린아이라고는 하지만 둘이나 틀어박혀 숨어 있으니 살과 살이 맞닿을 정도로 둘은 밀착해 있을 수밖에 없었다.

"……."

발렘은 눈물을 그치고 사파이어처럼 밝게 빛을 내며 자신의 아름다움을 강조하는 레스민의 두 눈을 바라보았다. 세상에서 예쁜 여자는 엄마 정도밖에 몰랐던 발렘이 레스민 같은 귀여운 여자 아이에게 관심을 갖는 것은 당연한 일일지도 모른다. 발렘은 충혈된 두 눈처럼 붉게 볼을 물들이며 팔을 뻗어 레스민의 손을 잡았다.

레스민이 슬쩍 미소 지으며 발렘에게 무엇이라 말하려던 바로 그때였다. 희미하지만 멀리서 또각또각 굽 높은 구두 움직이는 소리가 두 아이의 귓속으로 파고들었다.

레스민은 검지를 입에 대고 발렘의 눈을 바라보았다. 바로 기둥 저쪽까지 다가온 모양인지 구두 발자국 소리는 귀를 울릴 정도였다.

"도대체 어디로 뛰쳐나갔을까요."

"호호, 두 아이가 눈이 맞은 모양이죠. 레이시엘 가문 정도라면 일등 혼처라고 할 수 있으니까, 여자 아이 부모 쪽이 선수를 친 모양인가 봐요."

"레스민이라고 했던가? 그 아이도 정말 보통이 아니군요. 어린아이가 벌써부터 남자에게 꼬리치다니… 커서 정말 뭐가 되려고 그러는지 모르겠어요."

"언뜻 보니까 남자 여럿 잡을 얼굴이던걸요 뭐."

레스민은 소매를 걷어붙이며 당장 뛰쳐나가고 싶은 것을 허벅지를 꼬집으며 간신히 참아내는 수밖에 도리가 없었다. 일단 지금 당장 나가서 반박하기에는 모양새가 그리 좋지 않았기 때문이다.

수다스런 목소리는 그칠 줄 모르고 발렘의 귓속으로 파고들기 시작했다.

"그런데 제니퍼라고 했었나? 그 여자와 곧 재혼한다면서요? 전 부인이 죽은 지 얼마 지나지도 않은 것 같은데 참 빠르기도 하네요."

"남자치고는 아직 젊은 편이니까 밤이 외롭기도 했을 거야."

"발렘이란 아이도 참 불쌍하네요. 벌써부터 새엄마를 맞아들여야 한다니……."

벼락이라도 맞은 것처럼 놀라워하는 발렘의 얼굴을 레스민은 걱정스런 눈초리로 바라볼 수밖에 없었다.

"발렘이 몸이 굉장히 안 좋잖아요. 여자 쪽 입장에선 죽어버리면 더 이득이겠죠."

"그럼 누구처럼 의도하고 그렇게 꼬리를 친 걸까요?"

"그거야 모르는 일이지만, 아무래도 그럴 가능성이 높겠죠. 호호."

경박한 웃음소리와 함께 여자 둘은 어디론가 천천히 걸어가기 시작했다. 시간이 조금 흐르고 아무런 소리도 들려오지 않자 분노가 폭발한 모양인지 레스민은 이를 갈며 발을 동동 굴렀다.

"으으, 재수없어! 뭐, 저딴 여자들이 다 있담! '남자 여럿 잡을 얼굴이던걸요 뭐' 라고? 기가 막혀서 웃기지도 않는다! 가다가 확 넘어져서 코뼈나 부러져라!"

"……."

"발렘! 저런 소문이 더 돌기 전에 빨리 돌아가자! 야, 뭐 해! 빨리 가 자니까?"

고개를 숙이고 석상처럼 아무런 대꾸도 하지 않는 발렘의 모습에 레스민은 더욱 신경질적으로 언성을 높였다.

"빨리 돌아가자니까 뭐 하는 거야! 너, 지금 내 말 듣고 있는 거니?!"

"난 안 가."

"뭐라고!"

초점을 잃은 눈을 하고 발렘은 빠르게 어디론가 향해 갔다. 레스민은 인상을 잔뜩 찌푸리며 그런 그의 뒤를 좇을 수밖에 없었다.

숨 막힐 듯이 조용한 엄마의 장례식… 주위에 있는 것이라고는 알지도 못하는 친척들뿐.

모두들 날 불쌍하다는 듯이 쳐다보며 수군덕거리고 있었다. 엄마도 없는 불쌍한 아이라고, 저 아이를 낳고 나서부터 몸 상태가 나빠지기 시작한 거라고. 동정의 빛으로 포장한, 목을 조여올 정도로 가식적인 모습을 한 채 나를 향해 중얼거리고 있었다.

'이제 둘뿐이지만 괜찮을 거야.'

'응, 아빠. 난 괜찮으니까 걱정 말아요.'

'그래, 우리 발렘도 많이 컸구나.'

거짓말이야. 아빠가 아무리 좋다고 해도 둘이서 잘될 리가 없잖아. 잠들기 전 부드럽게 이마에 키스해 주고, 슬픈 일이 닥쳐와도 미소 띤 얼굴로 위로해 주는 그런 사람이 이제 영원히 없어진 거잖아.

'난 괜찮으니까……'

아빠는 씁쓸하게 웃으며 내 머리를 쓰다듬어 주었다. 미치도록 가슴이 아팠지만, 당장 자리를 벗어나 어디론가 뛰쳐나가고 싶었지만 광대의 가식적인 미소를 한 채 연신 '괜찮으니까'라는 말을 중얼거리며 그 자리에 서 있을 수밖에 없었다.

"……"

그리고 곧 아무 생각도 할 수 없게 되었다. 초점을 잃은 눈을 하고, 슬픔도 아픔도 느끼지 못하며 아무런 감정 없이 멍하니 그 자리에 서 있을 뿐이었다.

'곁에 있는 것이 당연한 일이었기 때문에. 빛, 공기, 물과 같은 것처럼 언제나 떨어지지 않고 항상 존재해 있기 때문에 그 소중함을 몰랐던 것이다.

'어머니도 돌아가셨으니까, 발렘 너도 이젠 말썽 부리지 말고 얌전히 있어야 한다.'

'네, 걱정 마세요. 레드릭 삼촌, 전 괜찮아요.'

'발렘은 정말 어른스럽구나, 울지도 않고 말이야.'

'……'

'정말 괜찮은 거니?'

'네, 전 괜찮아요.'

정말 괜찮아? 목숨보다 소중한 사람이 죽었는데 슬프지 않은 거야? 이대로 아무렇지도 않게 망각하며 살 수 있어? 처음부터 없었던 사람인 것처럼 포기하고 '즐겁게' 하루하루를 보낼 수 있는 거야?

그럴 리가 없는 게 당연하잖아.

병든 가슴을 포장하고 미소로 위장한 얼굴로 자신과 주위 사람들을 속이며, 가식적인 얼굴로 아무것도 하지 못하고 자위하듯 중얼거릴 수밖에 없는 거잖아. 난 괜찮다고, 혼자서도 충분히 잘살 수 있을 거라고.

"야, 어딜 가는 거야!"

날카로운 목소리. 퍼뜩 정신을 차려 제일 먼저 느낄 수 있었던 건 시리도록 차가운 한기였다. 추위를 막을 것이라고는 얇디얇은 실내용 외투뿐. 뛰쳐나온 것은 나쁘지 않았지만 역시 무모한 행동 같았다.

그래도 엄마의 장례식장 같은 그곳으로는 두 번 다시 돌아가고 싶지 않았다. 턱까지 차 오른 숨을 고르며 난 천천히 쉴 만한 곳을 향해 걸음을 옮겼다.

적당한 바위를 발견하고 주저앉자 기회를 노렸다는 듯 여자 아이가 입을 열었다.

"너, 내 말 들리는 거야? 지금 니가 무슨 짓을 하고 있는 건지 알고 있는 거야?"

"……."

"곧 날이 어두워진단 말야! 너, 지금 제정신이니? 어디 머리라도 아픈 거 아냐?"

"시끄러워."

"뭐, 뭐라고?!"

"시끄럽다고. 제발 부탁이니까 그 입 좀 닥쳐 줄래."

레스민이라고 했던 그 여자 아이는 새파랗게 질린 얼굴을 하고 날 노려보았다. 시끄러웠던 목소리도 사그라지자 작게 한숨 쉬며 난 숲의 안쪽을 노려보았다.

'겨울이니까 흔적이 남을 거야. 가능한 눈이 덮인 쪽은 피해서 움직여야…….'

탁 트인 벌판이나 사람이 많은 곳으로 가면 얼마 지나지 않아 금방 들킬 것이 분명했다. 가능한 눈이 덮인 길은 피해서 조심조심 움직이기 시작했다.

공작이라는 엄청난 신분을 가진 아버지의 가문과 보잘것없는 변방의 영주인 어머니의 가문. 처음부터 둘의 사랑은 순탄치가 않았다고 한다. 지금은 돌아가시고 없는 엄격한 할아버지의 반대와 따가운 주변의 시선과 만류… 축복해 주는 이 하나 없이, 단지 서로의 사랑 하나만을 믿고 오랜 시간을 싸워 얻어낸 작은 결혼식을 치르고 둘은 정말 과거의 고생을 전부 잊을 정도로 행복했다고 한다.

어머니가 돌아가시고, 나보다 더 가슴에 상처를 입은 것은 아버지일 것이라 생각했다. 그래서 난 참고 지낼 수 있었다. 시간이 더 흐를수록 그리움은 더 커져 갔지만, 이제 두 번 다시 어머니를 볼 수 없다는 생각에 눈물로 시트를 적시며 여러 밤을 지새웠지만… 아버지라는 존재가 있었기 때문에 난 참고 견뎌낼 수 있었다.

"추워……."

숨을 내뱉을 때마다 하얀 입김이 허공으로 뿜어져 나왔다. 손과 발은 이미 감각이 없어진 지 오래였기에 넘어지지 않기 위해서 더 주의하며 움직일 수밖에 없었다.

"야, 도대체 어디까지 갈 작정인 거야? 너, 돌아가는 길이나 알고 있는 거야?"

"……"

"뭐라고 말 좀 해보라니까!"

"돌아가는 길 따윈… 몰라."

"뭐야?! 너, 너 지금 뭐라고 했어?"

"……"

"너, 진짜 미친 거 아니니? 이대로 있다간 그냥 얼어 죽을 게 분명하다고!"

"……"

"니가 죽든 말든 그건 니 자유니까 상관없는 거지만, 왜 나까지 끌어들인 거야!"

"…난 따라오라고 한 적 없어."

"뭐, 뭐라고?!"

"니가 맘대로 따라온 거잖아. 그리고 맨 처음 파티장에서 날 억지로 끌고 간 것도 너 아니었어?"

레스민이라고 했던 여자 아이는 어지간히 흥분한 모양인지 제대로 말도 잇지 못했다.

"……"

표독스러운 눈빛으로 한참 동안 날 노려보더니 갑자기 털썩 자리에 주저앉는 것이다. 시끄러웠던 목소리도 잠잠해지자 난 한결 가벼워진 몸으로 숲 깊은 쪽을 향해 움직이기 시작했다.

어느 정도 거리를 벌려놨다 싶었을 때 즈음, 갑작스레 엄청난 울음

소리가 등 뒤에서 울려 퍼졌다.

"엉엉… 엄마!"

꽤 심각한 상황이었음에도 왠지 모르게 웃음이 터져 나왔다. 방금 전까지 강한 척 빽빽 소리 지르던 여자 아이가 저렇게 크게 소리 내어서 울다니…….

"야! 너, 두고 봐! 비 오는 날 먼지 나도록 흠씬 패줄 테니까! 발기 부전이 걸릴 정도로 말야!"

"……."

"내, 내가 돌아가서 아빠한테 다 이를 거야!"

"……."

"야! 너, 진짜 혼자 계속 갈 거야!"

"……."

"가, 같이 가! 혼자 있으면 무섭단 말야!"

등 뒤에서 부지런히 걸어오는 소리가 들려왔다. 그에 맞춰 내가 걸음을 빠르게 움직이기 시작하자 여자 아이는 울먹이는 목소리로 외쳤다.

"이 나쁜 놈아! 같이 가자니까아—!"

곧 숨을 헥헥거리며 내 앞길을 막아서 놓고는 눈물로 엉망이 된 눈을 추스르고 입을 여는 여자 아이.

"나쁜 새끼… 너, 나중에 죽었어."

"……."

"야! 가, 같이 가자니까!"

아까보다는 한결 느릿느릿한 속도로 난 천천히 걷기 시작했다. 어지간히 분한 모양인지 움직이는 내내 그녀는 씩씩거리고 있었다.

　회색 빛 하늘은 점점 더 어두워져 갔다.

　고요한 하얀 눈 같은 어머니의 침대 시트. 가늘고 여린 손을 잡고 나는 흘러내리는 눈물을 추스르지 못한 채 멍하니 바닥만 바라봤다.

　그녀는 미소 띤 얼굴로 부드럽게 내 머리를 쓰다듬으며 입을 열었다.

　"사내 녀석이 눈물이 너무 많구나."

　"엄마니까… 상관없잖아."

　"엄마이기 전에 여자란다."

　"……."

　말을 하는 것조차도 힘에 겨웠는지 엄마는 잠시 얼굴을 찡그리며 기침하더니, 다시 울먹이는 나를 향해 말했다.

　"발렘, 약속해 줄 수 있겠니?"

　엄마가 죽지 않는다면 무슨 일이든 할 수 있으니까. 그렇게 생각하며 어린 나는 살짝 고개를 끄덕였다.

　"여자 앞에선 함부로 눈물을 보이지 않기로 말야. 그리고 소중한 너만의 여자가 나타났을 때… 그녀를 보호해 줄 수 있을 정도로 강하게 자라겠다고."

　엄마의 입가에서 흘러내리는 한줄기 핏물에 놀라 내가 눈을 동그랗게 떴을 때 그녀는 아무렇지도 않다는 듯 조용히 미소 지으며 나를 바라볼 뿐이었다.

　"응, 약속할게요. 그러니까 엄마도 죽으면 안 돼요."

“…….”

“나 사랑하는 사람을 모두 지킬 수 있을 정도로 강해질 거예요. 그
러니까 엄마도 나랑 약속해요. 오래오래 살아서 내가 잘못한 거 있으
면 꾸중해 주고, 잘한 거 있으면 칭찬해 주기로. 응, 엄마. 나랑 약속하
는 거죠?”

조그맣게 새어 나오던 핏줄기는 하얀 침대 시트를 붉게 물들일 정도
로 심해지기 시작했다. 흐느끼는 나를 바라보며 아무런 대답도 하지
않은 채 엄마는 단지 슬픈 미소를 지을 뿐이었다.

“거짓말쟁이…….”

갑작스레 중얼거리는 내 얼굴을 여자 아이는 힘없이 노려보기 시작
했다. 화려했던 드레스드 엉망진창으로 더럽혀지고 제대로 몸을 가누
지도 못할 정도로 추위를 타고 있는 그 모습이 내 가슴을 더 무겁게 하
는 듯했다.

“미안해, 너까지 끌어들여서.”

“…….”

“정말 미안해.”

“미안한 줄 알았으면 빨리 집으로 가자.”

“돌아가는 법을 모르는걸. 날도 어두워졌고… 그리고 가려면 너 혼
자 가.”

“바보야, 여기에 이러고 있으면 정말 얼어 죽는다고!”

“…난 괜찮아.”

“뭐라고?”

"죽어도 슬퍼해 줄 사람 따위 아무도 없는걸. 이대로 살아봤자… 아무런 의미 없는 삶일 게 분명하니까."

여자 아이는 나를 비웃음 가득한 눈으로 노려보더니 한숨 쉬며 입을 열었다.

"넌 뭔가 착각하고 있구나."

"착각?"

"세상에서 제일 슬픈 사람은 나일 거야, 라고 생각하고 있겠지? 다른 사람들은 나한테 관심조차 없고 소중한 아버지도 곧 재혼하시니까 말야."

"……."

"넌 정말 이기적인 애구나. 어떻게 다른 사람들 감정 따윈 조금도 생각하지 않는 거니. 그리고 다른 사람과 친해질 노력은 해본 적 있는 거니? 천만에! 세상의 모든 고민은 다 끌어안고 침대에 누워서 신세타령만 했겠지. '난 왜 이렇게 불행할까' 하고 말야. 제발 너 자신을 미화시키지 마. 넌 그냥 하나밖에 없는 아버지가 돌아가신 어머니를 버리고 재혼한다는 생각에 삐쳐서 집을 뛰쳐나온 것뿐이니까!"

"아, 아냐! 난 그렇지 않아."

하얀 눈이 눈앞을 가릴 정도로 쏟아지기 시작했다. 고개를 흔들며 부정하는 내 모습을 레스민이 동정심 가득한 눈으로 바라보았다.

"제발 진실을 외면하지 마. 네 아버지는 모든 것을 포기해도 좋을 만큼 널 사랑하시니까. 재혼을 하는 것도 너를 위해서 선택한 일이니 말야."

"모든 걸 알고 있다는 듯이 말하지 마! 니가 나에 대해서 뭘 안다고 그런 말을 하는 거야! ‘레이시엘 가의 하나뿐인 아이’ 에 대한 소문은 나도 질릴 만큼 알고 있으니까.”

“발렘 레이시엘, 그럼 니가 진정으로 원하는 게 무엇인지 나에게 말해 봐.”

어린아이라는 것이 믿어지지 않을 정도로 진지한 눈을 하고 나를 노려보는 레스민. 시리도록 몰아치는 바람보다 그런 그녀의 눈빛이 무서워 나는 쉽게 입을 열 수 없었다.

“넌 도대체 뭘 원하는 거야? 왜 이런 짓을 하는 건데?”

“난… 난…….”

얼굴이 화끈거린다. 새하얗게 머리 속이 비워진 까닭에 아무 생각도 제대로 할 수가 없었다. 그저 굳은 몸을 일으키고 앞으로 달려나갈 수밖에.

“어, 어디 가는 거야?! 야, 발렘!”

또 아픈 현실을 외면하고 난 달려가기 시작했다. 당연한 사실임을 알고 있었지만, 언제나 항상 느끼고 있었던 것이었지만 그녀의 입에서 나왔던 말을 받아들이고, 이하하며, 부정할 용기가 없었다.

구제 불능의 바보. 언저나 제자리걸음밖에 할 수 없는 형편없는 녀석. 다른 사람을 이해하려는 노력은 조금도 하지 않은 채 자기 스스로 포기하고 받아들이는 것밖에 할 줄 모르는 나 자신이 한심스러워 도저히 그곳에서 견딜 힘이 없었다.

등 뒤에서 이름을 애타게 부르는 소리가 들려왔지만 아무런 주저 없이 하얀 눈 속으로 난 뛰쳐나가고 있었다.

시야를 제대로 확인할 수 없을 정도로 매섭게 내리치던 눈도 한결 약해진 듯했지만 이미 만신창이가 된 몸은 쉽사리 움직여 주지 않았다.

살아남을 수 있다는 희망은 포기한 지 오래였다. 그저 정체해 있는 것이 죽기보다 싫어서 태엽을 감은 꼭두각시 인형처럼 힘들게 한 걸음 한 걸음 앞을 향해 나아가고 있을 뿐이었다.

"……."

그런 자신이 한심스러워 살짝 움직이지 않는 입을 움직여 보았지만, 얼어붙은 입술은 씰룩거리는 것이 힘에 겨울 정도로 심각하게 굳어 있었다.

'이대로 죽어도 좋아?'

상관없어. 희망없고 목적없는 인생 따위 차라리 없는 게 나을 테니까. 비웃음당하며 고통받으며 사는 것보단 영원한 안식을 좇아 죽어버리는 것이 나를 위해서나 남을 위해서나 더 좋은 선택일 테니까.

슬픈 눈을 하고 나를 바라보던 그 여자 아이의 모습이 순간 떠올랐다. 레스민이라고 하던 귀엽지만 날카로운 아이.

"넌 정말 이기적인 애구나. 어떻게 다른 사람들 감정 따윈 조금도 생각하지 않는 거니. 그리고 다른 사람과 친해질 노력은 해본 적 있는 거니? 천만에! 세상의 모든 고민은 다 끌어안고 침대에 누워서 신세타령만 했겠지. '난 왜 이렇게 불행할까' 하고 말야. 제발 너 자신을 미화시키지 마. 넌 그냥 하나밖에 없는 아버지가 돌아가신 어머니를 버리고 재혼한다는 생각에 삐쳐서 집을 뛰쳐나온 것뿐이니까!"

그럴지도 몰랐다. 다른 사람의 감정은 생각한 적 없었다. 이해하려는 노력도 하지 않았다. 자신의 슬픔, 편견으로 가득 찬 눈으로 타인을 대하고, 설득시키거나 부정하며 화를 내며 말하는 것조차 하지 않은 채 모든 것을 체념할 뿐이었다.

이번 일만 해도 그렇다. 나아진 것은 하나도 없는… 구제 불능 꼬마 녀석의 힘없는 몸부림인 것이다. 항상 불평만 늘어놓고 더 나아지려는 노력은 좁쌀만큼도 하지 않은 채 자위적으로 중얼거리다가 충격이 쌓이면 폭발해 자멸하는 것이다.

'죽어도 좋아?'

얼간이다운 값싼 죽음. 아무리 좋게 해석해도 동정심이라고는 눈곱만치도 들지 않는 바보 같은 죽음이다. 자신을 제외한 모든 것을 비관적으로 해석하던 광대 녀석의 마지막 몸부림인 것이다.

"발렘 레이시엘, 그럼 니가 진정으로 원하는 게 무엇인지 나에게 말해 봐."

내가 원하는 건… 그래, 이렇게 형편없는 몸을 무기로 삼을 만큼 최후까지 희망하는 건.

손을 뻗어 머리를 쓰다듬어 주고 작게 귓가에 속삭이는 것, 부드럽게 감싸 안아주고 항상 나만을 바라봐 주는 사람이 있었으면 하는 것뿐이야.

그리고 강해질 수 없는 바보 같은 나 자신을 참지 못하고 발버둥 친 것뿐이야. 비록 타인에게 먼저 손을 뻗지는 않았지만, 아무렇지도 않다는 듯 미소 띤 얼굴로 구원의 손길을 보내는 그런 사람이 오길 간절히 기원하고 있을 뿐 더 이상의 것은 원하지도 않아.

'아직도 죽어도 좋니?'

가슴속 깊은 곳에서 무엇인가 올라와 얼굴이 화끈거리기 시작했다. 그 뜨거움은 모든 것을 불태울 정도로 선명해져서, 남아 있는 고민들을 모두 녹여 버릴 정도로 강렬해져서 난 견디지 못하고 그 자리에 털썩 주저앉을 수밖에 없었다.

"아니, 살고 싶어."

그래, 살고 싶어. 엄마 몫까지 행복하게. 소중한 사람을 지킬 수 있을 정도로 강해져서. 아무것도 하지 못하는 나약한 나 자신을 벗어나 행복하게 살고 싶어.

쉬지 않고 눈에서 뜨거운 것이 흘러내리기 시작했다. 방금 전까지 눈물 따윈 이제 다 말라 버려서 영원히 나오지 않을 것이라 생각했는데, 가슴을 적실 정도로 비라도 내리는 것처럼 펑펑 눈물은 쏟아지고 있었다.

"엄마가… 보고 싶어."

겨우 그런 거에 불과한 것이냐고 남들이 비웃어도 상관없어. 소심한 꼬마의 철없는 행동이었다고 해도 좋아. 하지만 그대로 계속 참고 있을 순 없었어. 변하고 싶은 나 자신을 발견했으니까 이 행동에 후회는 하지 않아.

그래도 아직 엄마의 곁으로 가고 싶진 않아. 조금 더 희망을 좇아 살고 싶어. 더욱더 노력해서 '강한 사람'에 한 걸음 가까워지고 싶어.

"……."

하지만 참을 수 없을 정도로 무겁게 눈꺼풀은 감기기 시작했다. 모든 것을 똑바로 마주할 용기가 생기는 듯했지만, 죽음은 비웃으며 한 걸음씩 나를 향해 다가오고 있었다.

엄마와 아빠의 얼굴, 그리고 레스민이라고 했던 여자 아이의 얼굴을 생각하며 그렇게 난 정신을 잃어가고 있었다.

눈을 떴을 때 보이는 것은 깨끗하고 환한 천장뿐이었다.

'죽은 건가?'

곧 참을 수 없을 정도로 강렬한 통증이 온몸 가득 느껴졌다. 가까스로 고개를 움직여 주위를 둘러보았을 때, 침대 한 켠에 앉아 꾸벅꾸벅 졸고 계시는 아버지의 모습이 눈에 들어왔다.

참지 못한 눈물이 볼을 타고 흘러내렸다.

아직 살아 있다는 사실이 너무나 기뻤다. 그리고 아버지에게 죄스러웠다. 철없는 짓으로 심려를 끼쳐 드린 것 같아서 견디지 못할 정도로 가슴이 아팠다.

작게 흐느끼는 나를 눈치 챈 것인지 어느새 아버지는 눈을 떠 나를 바라보고 있었다.

죄송하다는 말을 하고 싶었지만, 입은 마음대로 움직여 주지 않았다. 아버지는 그런 나를 한참 바라보더니 씁쓸히 웃으며 팔을 뻗어 안아주셨다. 한참 동안 그렇게 품에서 흐느껴 울다가 나는 간신히 소리 내 말했다.

"아빠, 미안해… 미안해."

"이제 괜찮으니까 울지 말거라."

"미안해… 정말 미안해."

"괜찮다니까. 사내 녀석이 왜 이렇게 눈물이 많은 거니."

"나 이제 울지 않을 거야."

"허허, 울보 녀석이 울지 않는다니, 그것참 놀랄 일이구나."

"강해질 거야. 아빠, 나 강해질 거야."

"……."

"엄마하고 약속했으니까, 앞으로는 검술 연습도 하고 춤 연습도 열심히 할 거야. 남들이 비웃어도 상관없어."

"그래, 우리 발렘이 많이 컸구나."

흐느낌은 점점 커져 가기만 했다. 야단칠 거라 생각했던 아버지는 부드럽게 내 머리를 쓰다듬어 주실 뿐 더 이상 아무런 말씀도 하지 않으셨다.

한참 시간이 지나고 훌쩍이는 나를 쓰다듬으며 아버지가 말씀하셨다.

"그 아이 정말 대단한 아이인 것 같더구나."

"그 아이?"

"레스민 폰 리하인드라고 했던가? 그 아이가 쓰러진 너를 발견하고 사람들에게 소리쳐 알린 거란다. 파티에 사제님이 한 명 참석해 계셨기에 망정이지, 안 그랬으면 정말……."

"……."

"충분히 반성한 것 같으니 더 이상 긴말은 하지 않겠다. 그래도 레스민이라는 아이한테는 꼭 사과해야 한다."

"응, 그럴게요."

타이밍 좋게 노크 소리와 함께 문이 열리고, 단정하게 생긴 두 어른과 레스민의 모습이 시야에 들어왔다.

아버지가 고개를 숙이며 그분들에게 사과하자 나도 움직여지지 않는 몸을 일으켜 고개를 숙였다.

“이, 이러시면 안 됩니다. 저희 쪽에서 사과하러 온걸요. 철없는 딸녀석 때문에 심려를 끼쳐 드려서 죄송합니다.”

“아닙니다. 제 아들 녀석이 모자란 까닭에…….”

“저야말로 죄송합니다. 애, 렌시야! 너도 어서 사과해야지!”

아저씨의 단호한 말에 레스민은 아장아장 걸어 문 너머로 숨어버리는 것이었다. 잠시 후 얼굴만 빼꼼 내밀더니 나를 향해 혀를 낼름 내미는 레스민. 그 귀여운 모습에 난 살짝 미소 지었다.

“너, 나중에 진짜 혼나기 전에 발렘에게 사과해!”

“싫어요! 사과 안 할 거예요!”

“렌시, 버릇없게 그게 무슨 말이니!”

“아저씨, 아주머니, 전 괜찮으니까 너무 그러지 마세요. 제 목숨을 구해준걸요.”

“흥이다! 너 같은 바보를 구해주긴 누가 구해줘!”

“레, 렌시!”

붉게 변한 아주머니의 얼굴에 찔끔 놀란 모습을 하고 나를 향해 다시 한 번 소리 내어 메롱 하더니 빠르게 움직여 사라지는 레스민.

아버지와 내가 잠시 소리 내 웃음을 터뜨리자 아저씨 아주머니도 어색하게나마 미소 지을 따름이었다.

여러 가지 얘기를 좀 더 나누던 중 궁금증이 일어 모두를 향해 입을 열었다.

"아빠, 근데 '발기 부전' 이 뭐예요?"

"그, 그런 소리는 어디서 들었니?!"

"레스민이 그러던데요? 발기 부전이 걸릴 정도로 어쩐다나."

갑자기 사색이 된 얼굴을 하고 머리를 짚으시는 아주머니. 어지간히 흥분한 모양인지 아저씨는 불끈 쥔 두 주먹을 덜덜 떨고 있었다.

"렌시―!!"

어디론가 무작정 달려나가시는 아저씨. 곧 이어지는 끔찍한 여자 아이의 비명 소리에 난 뒤통수를 만지작거리며 당황할 수밖에 없었다.

그 후, 아버지는 재혼을 포기하고 다정하지만 때로는 엄격하게 날 지도해 주셨다. 지쳐서 쓰러질 정도로 검에만 매달린 지난 몇 년. 내 운동 신경도 엉망진창은 아닌 모양인지 아이치고는 꽤 특출날 정도의 실력을 가지게 되었다.

그리고 일 년 전 어느 날, 레스민이 카이리온 기사 양성 학교에 입학했다는 말을 듣고 다시 그녀를 보았을 때… 나는 진정 사랑에 빠질 수밖에 없었다. 철없는 아이의 모습은 온데간데없고 눈부시도록 단정하고 당당한 그녀의 모습이 내 가슴속을 휘저었던 것이다.

뭐라고 제대로 입도 열 수 없었다. 딱딱하게 굳은 얼굴로 인사하고 화가 난 것처럼 얼굴을 붉히며 마주 바라볼 뿐이었다.

지난 몇 년간 수도 셀 수 없을 만큼 많은 여자들과 대화를 나눠서 이제 여성과의 대면은 어느 정도 익숙해진 것 같았는데, 정작 사랑하는 사람을 앞에 두고는 한마디 말도 제대로 하지 못하다니……. 나란 인간처럼 웃기는 생물도 이 세상에 없는 듯했다.

"휴……."

첫눈치고는 꽤나 눈발이 굵었다. 활짝 편 손바닥 안을 향해 셀 수 없을 정도로 떨어져 내리기 시작하는 하얀 눈을 멍하니 바라보다가 따르릉 소리 내어 울려 퍼지는 종소리에 퍼뜩 정신을 차려 일어났다.

얼마 시간이 지나자 손에 손잡고 기분 좋게 미소 띤 얼굴로 쏟아져 나오는 1학년생들의 모습이 시야에 들어왔다.

그리고 몇몇 여자 아이들에게 둘러싸여서 어디론가로 가는 녀석의 얼굴도 보였다. 난 그 검은 머리를 조용히 노려보다가 잔뜩 굳은 얼굴을 한 채 천천히 몸을 움직였다.

"……?"

앞을 막아서자 여자 아이들은 눈을 동그랗게 뜨고 나를 조용히 바라보았다. 머리 가득 쌓인 눈을 조용히 털어내며 나는 녀석을 향해 말했다.

"그쪽이 베리라는 이름 맞나?"

"그렇습니다만."

"그럼 내가 사람을 제대로 찾은 모양이군."

"무슨 볼일이시죠?"

"다름이 아니라 바로 선전 포고를 하러 온 것일세."

"선전 포고?"

"더 이상 그녀에게 접근하지 말도록. 어쨌든 이후에 행동을 어떻게 하느냐는 너의 자유겠지만, 가능한 문제를 일으키고 싶지 않아서 말이야."

"무슨 말을 하시는지 잘 모르겠군요."

"뭐, 좋아. 여하튼 내 검이 그렇게 가볍지 않다는 사실만은 명심해 두게."

허리춤에 꽂아두었던 목검을 단번에 뽑아버리고 천천히 심호흡하며 숨을 고르다가 기합을 내지르며 근육을 폭발시킬 듯 움직였다.

순간 하얗게 내리던 눈이 양 갈래로 갈라지고, 두꺼웠던 나무의 줄기가 깨끗하게 잘려 나갔다. 아무런 말도 하지 못한 채 멍하니 그 광경을 바라보던 녀석은 이마를 찌푸리며 나를 바라볼 뿐이었다.

"그럼 오늘은 이만 가보도록 하지."

질린 얼굴을 한 주위의 시선을 무시하고 난 천천히 앞을 향해 움직이기 시작했다. 섣부른 짓은 하고 싶지 않았지만 이 정도 사전 통보는 필요할 것 같아서 무작정 한 행동이었다. 조금 후회가 들기도 했지만, 가만히 바라만 보는 것은 역시 취향에 안 맞아서 말이다.

그날처럼 하얀 눈이 시야 가득 쏟아져 내렸다. 온몸 가득 피어오르는 살기를 간신히 누그러뜨리고, 밀린 검술 연습을 하기 위해 난 한 걸음씩 앞을 향해 나아가고 있었다.

*   *   *

눈이 어지럽도록 화려하게 꽃이 만발해 있었다. 겨울이라는 날씨에 어울리지 않게 자신의 미를 뽐내며 피어 있는 그 꽃들의 향연을 말없이 바라보다가 한 중년 남자가 반대편 쪽 청년을 향해 굳은 입을 열었다.

"소문은 효율적으로 억제시키고 있습니다만, 역시 알 만한 사람은 다 알고 있는 듯합니다."

"흠. 뭐, 그건 어쩔 수 없는 거겠지. 아무리 멀리 떨어져 있는 나라라 해도 한순간에 쑥대밭이 되었으니까."

자신의 직책에 걸맞지 않는 수수한 생김새의 청년이었다. 그는 심각하게 굳은 얼굴을 하고 자신을 노려보는 한 남자를 향해 아무렇지도 않다는 듯 손을 휘휘 저으며 말을 이었다.

"뭐, 적당히 하게, 적당히. 그보다 자네 딸은 잘 지내고 있는가? 가만있어 보자, 리체라고 하는 이름이었던가? 잘 생각이 안 나는구만. 아, 맞는 듯하군. 어쨌든 실없는 녀석한테 걸리지 않도록 주의해야 할 때가 온 듯한데 말야. 자네만 괜찮다면 내 후궁 자리는 어떨… 으으, 그렇게 노려보지 말게. 농담하는 거라고, 농담."

반쯤 뽑아 든 칼을 조용히 집어넣더니 다부진 턱을 쓰다듬으며 남자가 입을 열었다.

"안 그래도 별 똥파리 같은 녀석이 꼬여서 곤란하던 참이라… 잠시 실례를 했습니다."

"아아, 괘념치 말게나. 자네가 그렇게 화를 내는 걸 보면 참 보통 파리 녀석이 아닌 듯한데?"

"스펠린 가와 맺어둔 약혼이 깨져 버릴 위기에 처해 있어서 말이죠. 그리고 귀족도 아닌 평민 녀석이라니… 참 기가 막혀서……."

"헤에, 평민이라고? 자네 딸도 취향이 참 독특하군."

"베리라는 이름이었던가? 아무튼 파혼이 결정되는 순간이 녀석의 제삿날이 될 겁니다."

중년 남자의 말에 청년은 갑작스레 눈을 빛내며 물었다.

"가만… 자네, 지금 베리라고 했나?"

"네, 그런 것 같군요."

"푸하하하! 그거참 기가 막힌 우연이군. 그 베리라는 녀석이 카이리온 기사 양성 학교에 재학 중인 평민 1학년생이 틀림없겠지?"

"맞는 것 같긴 합니다만, 뭐가 그렇게 우스우신 겁니까?"

중년 남성은 한참 동안 배를 잡고 소리 내어 웃는 청년의 얼굴을 뚱씹은 표정으로 바라볼 수밖에 없었다.

"아닐세. 이 일은 아무리 자네라고 해도 말하지 않는 것이 좋겠지. 그래도 한마디 귀띔을 해주자면…….."

"……."

"아무도 그 아이를 건드릴 수 없다네. 신께 맹세코 이 나라에서 그 아이를 건드리고 살아남는 자는 없을 걸세. 설령 그게 에르쥬나의 블랙 드래곤이라고 해도 말야."

"그, 그게 무슨 말씀이십니까?"

"여하튼 애석하게도 그 다음은 말해 줄 수가 없다네. 흠, 자룬 왕자도 그 녀석 때문에 빼내지 못하고 있으니 말야. 함부로 행동하다가는 무엇인가 막심하게 손해가 올 테니."

중년 남자는 눈을 동그랗게 뜨고 연달아 질문을 했으나, 청년은 미소 띤 채 고개를 저을 뿐이었다. 답답한 가슴을 치며 중년 남자가 붉게 흥분된 얼굴을 진정시키고 있을 때, 청년이 흐드러지게 핀 꽃에 시선을 돌리며 입을 열었다.

"그나저나 그 학교도 곧 검술 대회인 듯하군. 자네는 누가 우승할 것 같은가?"

"누가 우승하든지 내가 알 바 아니죠. 호랑말코가 하든 똥파리가 하든……."

"계집아이처럼 삐칠 셈이면 마음대로 하게."

"발렘이란 애송이 녀석이나 코인 녀석 둘 중에 하나가 하겠죠. 운이 좋다면 자룬 왕자도 무시 못하고."

"역시 그렇겠지? 저번에 언뜻 발렘이란 녀석의 실력을 봤는데 정말 보통이 아니더라고. 검을 휘두를 때마다 주위가 들썩거리는 것이 느껴질 정도였다니까."

"천재죠, 천재. 여하튼 차기 기사단장 자리는 확실하니 좋겠습니다, 피리닌님도."

"내가 운이 좋은 편이긴 하지. 하하하!"

아직도 화가 풀리지 않은 듯 중년 남자의 어조는 차갑기 그지없었다.

피리닌은 그런 그를 향해 유쾌하게 이를 드러내며 웃어 보이더니 어느 순간 다시 차가운 눈빛으로 돌변해 정원 한 켠을 노려보았다.

"아직은 내 뜻대로 할 수 없지. 조금 더 기다리는 편이 좋아. 맹수가 먹이를 덮치듯 느긋하지만 강렬하게 말야."

그는 가시가 있어서 더 아름다운 장미를 노려보고 있었다. 아무런 말도 하지 않은 채 갑자기 심각하게 정원을 노려보는 피리닌의 모습을 무엇인가 이질감 가득한 눈으로 중년 남자는 바라보고 있었다.

＊　　　＊　　　＊

말끔히 잘라진 나무의 한쪽을 멍하니 바라보며 한 여자 아이가 입을 열었다.

"이거 정말 서커스에서도 통할 실력인데."

"리체야, 이거 조작 아닐까? 목검으로 어떻게……."

"마법으로 한 것일지도 몰라. 아니면 목검처럼 생긴 진검이라던지."

흥미롭게 이야기하는 둘을 한심스레 바라보며 한 소녀가 말했다.

"그건 조작도 아니고 마법도 아냐. 발렘 오빠라면 충분히 그러고도 남을 실력을 가지고 있으니 말야."

"발렘? 그거 3학년생 중에 제일 가는 검술 실력을 가진 사람의 이름이라고 들은 것 같은데?"

"맞아. 바로 그 발렘 오빠야. 코인 오빠와 친한 사이라서 나도 종종 본 적 있거든."

"하지만 엘리야, 그 오빠가 왜 소심한 변태에 불과한 베리 녀석을 건드리겠어. 드래곤 베는 검으로 고블린을 베는 건 수치라는 말도 있는데 말야."

"그건 나도 잘 모르겠지만… 아마 무슨 사연이 있겠지."

걱정스런 눈빛으로 엘리는 베리를 바라볼 뿐이었다.

베리는 아무 말도 않고 멍하니 무언가를 생각하는 듯했다.

"그런데 정말 걱정이네. 운이 최악으로 나쁘다면 검술 대회에서 만날 수도 있는 거잖아."

"난 검술 대회는 관심없는데."

"호호. 너무 그렇게 걱정하지 말라고. 너야 뭐, 일회전에서 탈락할 가능성이 많으니까."

"왠지 더 열받게 하는 소리인 것 같군, 그건."

살기를 띠고 리체를 노려보는 베리를 향해 엘리가 씁쓸히 웃으며 말했다.

"그런데 장학금도 꾀 주는 듯하던데? 8강에만 들면 일 년치 수업료 전액 면제라고 하던가?"

"뭐, 뭐라고? 수업료 전액 면제?!"

아까와는 차원이 다른, 열의에 가득한 눈을 하고 외치는 베리였다. 평소의 냉정하던 이미지는 벗어던진 채 초롱초롱 눈을 빛내며 벌써부터 단꿈에 젖는 소년의 행동에 조금은 당황한 엘리가 긍정의 표시로 살짝 고개를 끄덕여 보였다.

"그럼 당연히 우승해 줘야지! 어떻게든 이기고야 말 테다! 무슨 더러운 수를 쓰든지 말야! 흐흐흐……!"

장학금에 눈이 어두워 눈앞의 위기 따윈 무시한 지 오래인 듯했다.

기분 나쁜 괴소를 날리며 천천히 걷는 베리를 보며 소녀들은 질린 표정을 지을 수밖에 없었다.

Chapter 4

카이리온 기사 양성 학교 검술 대회(上)

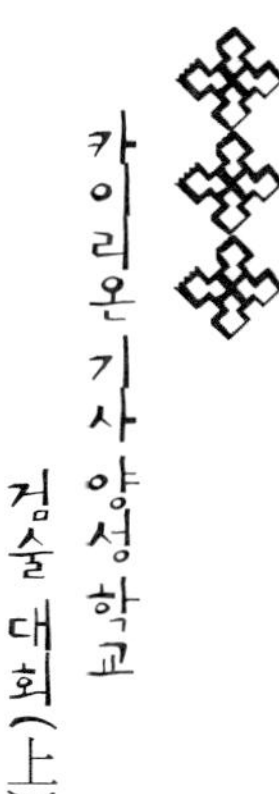

거센 폭풍처럼 쇄도하는 자룬 왕자의 검에 놀라 베리는 인상을 찌푸리고 뒷걸음질치며 달아날 수밖에 없었다.

빠르게 후퇴했음에도 불구하고 검끝을 스쳐서 머리카락 몇 올이 허공에서 춤추듯 하늘거렸다. 온몸의 신경이 곤두서는 느낌이었다. 그렇게 나쁘진 않은 감각에 베리는 슬쩍 심호흡하며 자신을 바라보는 왕자를 향해 미소 지었다.

"또 실력이 늘었군."

"실력이 는 것은 왕자님도 마찬가지인 듯합니다."

"뭐, 나도 놀고만 있었던 것은 아니니까."

"여하튼 슬슬 끝을 내죠."

"그렇게 하지."

베리는 왕자의 말이 끝나기가 무섭게 최후의 힘을 짜내 몸을 날려 검을 휘둘러 갔다. 예상했던 대로 왕자가 가볍게 그 일격을 흘려 무마 시키고 반격해 오자 베리는 이를 악물며 왼쪽으로 허리를 틀어 공격을 피해낼 수밖에 없었다.

한순간의 틈도 놓치지 않고 이어지는 무서운 연속 공격. 어제까지만 하더라도 이 페이스에 당해 승부를 포기해야 했던 베리였지만, 오늘은 그렇게 될 수 없다는 듯 안력을 최대로 돋우고 왕자의 모습을 쫓았다.

양손으로 힘주어 쥔 왕자의 검이 베리의 어깨를 스치고 지나갈 때였 다.

왼손에 정신을 집중시키고 눈을 빛내며 주문을 읊는 베리. 순간 무 엇인가 범상치 않은 느낌에 왕자는 숨을 들이키며 전신에 힘을 주었지 만, 한발 앞서 베리의 마법이 완성되어 왕자의 가슴을 강타하는 것이었 다.

"크헉……!"

그리 큰 타격은 아니었지만, 하얀 빛의 화살이 갑작스레 자신의 몸 을 공격하자 왕자는 적지 않게 당황할 수밖에 없었다. 그 틈을 놓치지 않고 베리는 폭발할 듯 전신의 힘을 모아 왕자를 공격해 갔다.

대련을 시작한 후 처음으로 베리가 승기를 잡고 왕자를 핍박하는 상 황이었다.

그 흥미로운 광경에 멀리서 지켜보고 있던 기르디도 슬쩍 미소 지었 다.

쥐도 궁지에 몰리면 고양이를 물듯 그동안 당했던 울분을 토해내는 듯 베리의 검은 한겨울 바람처럼 매섭기 그지없었다. 왕자도 얼굴이 흙빛이 되어 연신 뒷걸음질치기 바빴다.

'이겼다!'

승기를 잡았다고 생각한 그 순간, 조금의 틈도 놓치지 않겠다는 듯 왕자의 반격이 무섭게 베리의 얼굴을 향해 접근하기 시작했다.

빠른 속도에 검술을 집중시킨 왕자답게 공수의 전환도 빠르기 그지없었다. 그리 대단한 공격은 아니었지만 베리는 주춤 당황하며 물러설 수밖에 없었다.

다시는 방심하지 않겠다는 듯 왕자는 붉은 입술을 깨물며 천천히 베리를 조여가기 시작했다.

"큭."

그리고 승부는 빠르게 매듭지어졌다. 바람을 가르는 소리와 함께, 흰 곡선을 그리며 왕자의 검이 베리의 검을 어두운 허공으로 날려 보낸 것이다.

순간적으로 방심하지 않았다면, 조금만 더 근력과 기교가 있었더라면 충분히 이길 수 있었던 승부였다. 첫 번째 단계의 기초적인 주문이었지만 한 손으로 주문을 완성시키는 것도 성공했고 말이다. 여러모로 실보다 득이 많은 대련이었지만 베리는 분한 기색을 감추지 못한 채 꾸벅 고개를 숙일 수밖에 없었다.

"……."

왕자가 베리를 한 번 힐끔 보고는 아무 말도 하지 않고 식당으로 가 버리자 베리는 추위도 잊은 채 한참 동안 그 자리에 주저앉아 방금 전의 대련을 머리 속으로 그려내기 시작했다.

생각하면 할수록 분한 감정은 더해져 가기만 했다. 자신의 무능력함을 여러모로 뼈저리게 느꼈던 것이다.

"다음엔 반드시……."

그때 왜 긴장의 끈을 놓아버리고 방심했던 것일까? 조금 더 효과적으로 검을 날려 공격을 성공시킬 수는 없었던 것일까? 불끈 쥔 주먹으로 딱딱하게 굳은 땅을 치며 뭐라 중얼거리는 베리.

그런 베리를 한동안 바라보던 기르디도 왕자를 좇아 식당 안으로 들어가 버렸다.

그리고 베리가 뒤뜰을 벗어나 식당으로 향한 것은 그로부터 꽤 오랜 시간이 흐른 후였다.

시아나 셀브렛 녀석들은 졸음을 참지 못해 방으로 올라가 단꿈에 빠진 지 오래였고, 왕자나 기르디도 어디론가 사라져 버렸기 때문에 베리는 영업이 끝난 식당에서 쓸쓸히 홀로 늦은 저녁 식사를 할 수밖에 없었다.

감정 정리가 안 된 탓인지 음식 맛도 제대로 느껴지지 않았다. 그저 무의식적으로 손을 움직여 음식을 입속에 넣고 턱을 움직여 삼키는 행위를 반복할 뿐이었다.

"……."

멍하니 생각에 빠져 자연스레 식사는 뒷전일 수밖에 없었다. 조금 더 시간이 흐르자 아이린 씨가 주방 문을 열고 들어와 베리가 앉은 식탁을 향해 다가왔다.

"어머, 아직도 다 못 먹은 거야? 음식이 맛이 없는가 봐?"

"아뇨. 그냥 생각 좀 하느라고……."

쓴웃음을 지으며 빠르게 음식을 입속에 넣기 시작하는 베리의 모습에 아이린 씨는 궁금하다는 표정을 한 채 맞은편 의자에 앉았다.

"도대체 무슨 일인데 그렇게 멍하니 생각에 빠진 거야? 아, 체하니까 그렇게 급히 먹지 마. 내일 학교에서 검술 대회가 있다고 한 것 같은데, 몸 관리를 잘해야지."

남은 음식을 몽땅 입에 쓸어 넣고 벌컥벌컥 무식하게 물을 들이키는 베리. 미소 띤 얼굴로 자신을 바라보는 아이린 씨를 향해 뒤통수 긁적이며 입을 여는 베리였다.

"이길 수 있었는데… 또 져버렸거든요, 왕자님과의 대련에서."

"헤에, 그랬어?"

"네, 좀 비겁하긴 하지만 대련 도중 마법을 사용했는데도요."

"흐음… 왜 비겁하다고 생각하는데? 검만 사용해서 대련하자고 한 것도 아니잖아."

"그건 그렇지만, 뭐랄까… 마법이란 것 자체가 일 대 일 승부에선 좀 정당하지 않아 보인다고 해야 되나?"

아이린 씨는 하얀 이를 보이며 잠시 소리 내어 웃었다.

"그럼 마법사는 어떻게 싸우라고?"

"……."

"그건 네가 기사 양성 학교에 다니고 있어서 그런 사상을 주입받은 때문일 거야. 뭐, 꼭 나쁘다고 볼 수는 없겠지만 말야."

생각해 보니 그런 것 같기도 했다. 기사 양성 학교의 선생들도 마법사들이 마법을 사용하는 것에 대해 좀 껄끄러운 태도를 보였다. 잠시 눈을 깔고 생각에 빠진 베리를 향해 아이린 씨는 덧붙여 말했다.

“그래서 그런 것 때문에 고민에 빠진 거야? 일 대 일 승부에서 마법을 사용한 것이 부당해 보이는 것 같아서 말야?”

“그런 것도 있지만, 어떻게 마법을 사용해야 될 것인가 하는 고민도… 조금 웃기긴 하지만 들더라고요.”

“흐음. 뭐, 웃긴 건 아니지. 마법을 사용하는 스펠 유저라면 한 번쯤 그런 고민이 빠지는 게 당연할 것일 테니.”

“그럴까요?”

“그래, 흔히 일반인이 생각하는 마법의 이미지라는 것은 불태우고, 얼리고, 지지고, 폭발시키는 그런 마법이 대부분이잖아. 하지만 그런 살상적인 마법보다는 상황에 따라서 아주 기초적이고 간단한 것이 더 쓸모가 있는 경우가 많으니까 전투 시에 마법이란 것처럼 쓰기에 고민되는 것도 없는 게 사실이지.”

확실히 파괴적인 마법도 그 나름대로 쓰임이 많지만, 혼란을 일으키거나 적의 공격을 무위로 돌리는 그런 마법보다는 효율성이 적다고도 생각해 볼 수 있는 문제였다. 특히 일 대 일 전투에서는 더욱 그렇다. 방금 전만 해도 베리가 단순히 타격을 입히기 위해 왕자에게 빛 화살 주문을 사용했지만 눈을 노려 라이트 주문을 사용했다면 결과는 어떻게 되었을까? 재수가 좋다면 엄청난 빈틈을 얻을 수도 있었을 것이다. 빛 화살 주문은 타격을 주는 것이 효과의 끝이지만, 눈을 노려 라이트 주문을 사용한다면 잠시 시각을 잃게 할 수도 있는 법이니까 말이다.

“……”

생각에 빠진 베리를 바라보던 아이린 씨가 눈을 빛내며 다시 말을 이었다.

“지금 내가 공격할 테니 막아볼래?”

“고, 공격이요?”

“간다.”

말이 끝나기가 무섭게 아이린은 무엇이라 주문을 읊으며 정령을 소환했다. 아무것도 없는 허공에 살라만더와 실프의 모습이 형상화되고, 그에 긴장한 베리가 정신을 집중할 때 생각지도 않은 기묘한 수법으로 정령들은 베리를 향해 자신의 힘을 사용하기 시작했다.

“으어어—! 이, 이게 뭐야?!”

갑자기 뜨거운 바람의 열기가 베리의 코와 귀, 입속을 파고드는 것이었다. 그 설명할 수 없는 기묘한 느낌에 베리가 당혹성을 내지르자 아이린이 번개와 같은 손놀림으로 식탁에 놓인 나이프를 주워 들고 베리의 목 언저리를 공격해 왔다.

“……!”

그리고 끝이었다. 정령의 힘이 사라지고 잠시 한숨 돌릴 틈도 없이 아이린에게 당해 버린 것이다.

목에 느껴지는 금속성의 날카로운 느낌에 질겁해, 멍하니 아무런 말도 하지 못하는 베리. 아이린은 나이프를 거두고 평소와 같이 미소 지으며 그런 그를 향해 말했다.

“이게 만약 실제 전투였다면 넌 죽었겠지.”

“…….”

“이기려는 각오와 의지도 승부에선 다른 것에 못지않게 중요한 법이지. 개인적으로 난 마법에 있어서는 정직함이란 오히려 버려야 할 문제라고 생각해. 최종적으로는 네가 판단할 문제겠지만 말야.”

그 말을 끝으로 아이린은 자신의 방으로 들어가 버렸다.

상처는 하나도 입지 않았지만 목 언저리가 미치도록 따끔한 것 같았다. 베리는 한 손으로 연신 목 주변을 쓰다듬으며 아이린이 공격한 수법과 자신이 내일 어떻게 마법을 사용할 것인지에 대한 생각에 빠져들어갔다.

주위가 완벽히 어둠에 빠져 버릴 정도로 시간이 오래되었지만 잠은 오지 않았다. 침대에 앉아 멍하니 천장을 바라보고 있던 베리는 한숨 쉬며 몸을 일으키곤 뒤뜰로 나갔다.

왕자가 지어준 검치고는 조금은 귀여운 느낌의 이름인 스트룬을 부여잡고 빛 주문을 띄워 시야를 확보한 채 정적이 가득한 뒤뜰 한쪽을 멍하니 노려보던 베리는 미친 듯 검을 휘두르며 답답한 가슴을 풀어내기 시작했다.

며칠 전에 본 발렘이란 청년의 엄청난 공격이 순간 베리의 머리 속을 가득 채웠다. 같은 또래라고는 생각할 수 없는 엄청나고 대단한 무위에 그때 베리는 한동안 말조차 제대로 할 수 없었던 것이다.

자룬 왕자도 그런 움직임은 보이지 못했었다. 목검으로 나무를 벤것은 둘째 치고, 무엇이라도 파괴하고 베어 넘길 것 같은 발렘의 기도는 베리에게 충격 그 자체로 다가왔다.

게다가 그는 베리에게 무엇인가 안 좋은 감정을 품고 있는 듯했다. 왜 그런지 이유는 알 수 없었지만, 강한 상대가 자신에게 분노를 표하고 있다는 사실만으로도 자연스레 긴장하게끔 했으니 검술 대회가 코앞으로 다가온 지금 잠을 이루지 못하는 건 당연한 일인지도 몰랐다.

한참 동안 왕자와 발렘을 생각하며 몸을 날리고 검을 휘두르다가 발이 풀려서 어둡고 딱딱한 지면으로 곤두박질치는 베리. 입에서 단내가 날 정도로 체력을 소모한 까닭에 한참 동안 그 자리에 누워 숨을 고를 수밖에 없었다.

"밤중에 무슨 소란이냐, 이 바보 같은 녀석!"

멍하니 누워 밤하늘을 빛내는 별을 보다가 베리는 갑작스레 누군가 자신을 향해 외치는 목소리를 들었다.

"……."

간신히 몸을 일으키고 주위를 둘러보자, 베리는 뒤뜰 언저리에서 인상을 찌푸리며 자신을 바라보는 기르디를 발견할 수 있었다.

"잠이 오지 않아서, 돋도 풀 겸 연습하는 겁니다."

"나에게 지도를 받은 주제에… 인간 애송이한테 단번에 깨질 셈인가? 그렇게 몸을 혹사하다가는 실력의 반도 제대로 내질 못할 텐데."

"알고 있습니다. 하지간……."

"멍청하긴. 보나마나 별 시답지도 않은 문제로 머리 썩히고 있겠지."

"……."

"네가 사용할 수 있는 마법 중 제일 강력한 것을 지금 내게 걸어봐라."

고개를 숙인 채 아무런 말도 하지 못하는 베리를 바라보며 기르디는 코웃음 치고 그렇게 말했다.

"그, 그게 무슨 뜻인자……."

"말 그대로다. 뭐든지 좋으니까 나에게 한번 주문을 사용해 봐라."

"위험할 텐데."

"너 같은 녀석 마법에 맞고 위험할 정도라면 예전에 수백 번도 넘게
죽었을 거다."

기르디가 말을 끝내자마자 평소에 쌓인 울분을 풀 절호의 찬스라고
생각하며 베리는 마법을 사용하기 위해 숨을 고르고 정신을 집중하기
시작했다.

스트룬을 땅에 꽂고 수인을 맺으며 주문을 읊는다. 자신에게는 제일
어려운 주문 중 하나인만큼 자연스레 사용하는 것에 더욱 신중해질 수
밖에 없었다.

조금 시간이 흐르자 베리의 손에선 찌릿거리는 무엇인가가 밝은 빛
을 내며 형상화되기 시작했다. 그 빛이 점점 강해지며 폭발할 듯 사방
으로 튀어 오르자 기르디도 살짝 이마를 찌푸리며 한 손에 쥔 검을 고
쳐 잡는 것이었다.

"라이트닝 볼트(Lightning Bolt)!"

푸른빛을 띤 그것이 구불구불 물결치듯 뱀처럼 자신을 향해 쇄도하
자 기르디는 정신을 집중하고 자신의 앞에 검을 꽂았다.

꽝—!

큰 소리와 함께 시야를 제대로 확인할 수 없을 정도로 먼지가 자욱
이 흩뿌려지기 시작했다.

'흔 좀 났을걸.'

세 번째 단계의 주문을 사용할 수 있다는 것은 기르디조차 몰랐던
것이다. 적어도 어디 한 군데는 상처를 입혔을 거라 생각하며 베리는
득의의 미소를 짓고 먼지가 가라앉길 기다렸다.

"휴, 겨우 이 정도인가?"

그러나 기르디는 싱겁다는 얼굴을 한 채 그런 베리를 바라보고 있었다.

"마, 말도 안 돼!"

상처 입기는커녕 가소롭다는 듯 미소 짓고 있는 기르디. 그 어이없는 광경에 어느 정도 자신의 마법에 자신을 가지고 있던 베리는 먼지가 다 들어가도록 입을 벌릴 수밖에 없었다.

"뭐, 제대로 맞는다면야 아무리 나라도 맨몸으로 버티기 힘든 마법이겠지. 하지만 마법사들이랑 싸우는 것도 이골이 나서 말이다."

"……."

"더 걸어볼 마법이 남아 있는가?"

"그게 제가 쓸 수 있는 마법 중에서 제일 강력한 것입니다만."

"그럼 하나마나겠군. 여하튼 내가 해줄 수 있는 말은 이것뿐이니까 잘 들어라."

길게 말을 하는 것이 영 불편하다는 듯 살짝 인상을 찌푸리는 기르디. 검술 스승치고는 제대로 된 조언 한 번 해준 적 없었기 때문에 베리의 태도는 자연스레 조심스러워질 수밖에 없었다.

긴장한 눈빛으로 자신을 바라보는 베리를 보며 헛기침 한 번 하곤 다시 입을 열었다.

"일 대 일 승부에서 마법을 사용하는 것은 그만큼 위험을 감수해야만 하는 일이다. 제아무리 대단한 마법사라 해도 급하게 마법을 쓰는 것은 자신의 본실력을 절반도 활용하지 못하는 일이기 때문이지. 실패할 확률도 그에 비례해서 커지고 말이다. 여하튼 검사와 마법사의 승

부는 거리가 중요한데… 음, 더 길어지면 머리만 아플 테니 대충 넘어
가고. 대충 결론짓자면 충분한 공간과 시간의 여유가 있다면 물론 마
법을 익힌 쪽이 승부를 주도할 것은 분명한 일이지."

"……."

"하지만 마법이란 것도 개인이 노력해서 이루어낸 실력 중 하나이
고, 그것에 당해 재기 불능에 빠진 쪽은 '마법'을 탓할 것이 아니라 근
본적으로 자신의 실력이 부족하다는 걸 생각해야 하겠지. 너도 방금
전에 본 것처럼 마법은 무적이 아니다. 정신력, 민첩성, 체력 등과 맞
물려 경험과 기량만 우수하다면 얼마든지 파훼가 가능하지."

기르디가 말하는 것은 바로 베리가 지금 고민하고 있는 문제 중 하
나였다. 아이린을 통해서 들은 것인지 아니면 대충 분위기를 봐서 눈
치를 챈 것인지 정확한 사정은 알 수 없었지만, 기르디는 지식과 경험
을 바탕으로 베리에게 조언해 주고 있었다.

"그리고 모험가라든지 실전이 잦은 기사라면 마법을 디스펠(Dispell)
할 수 있는 도구쯤은 하나 정도 가지고 다니는 것이 정석이라고 할 수
있으니까… 여하튼 쓸모없는 곳에 정력 낭비하지 말고, 너는 최선을
다해 상대와 겨루면 되는 것이다. 그게 설령 실전이든 검술 대회든 말
이다."

멍하니 자신을 바라보는 베리를 무시하고 말을 끝내기가 무섭게 기
르디는 집 안으로 들어가 버렸다. 왕자 이상으로 할 말을 아끼는 성격
이라고 생각하며 베리는 살짝 미소 지었다.

"아, 그리고 이것… 자기 전에 먹고 자도록."

안으로 들어가자 본래의 목적을 떠올린 듯 기르디는 베리를 향해 작

은 약병을 집어 던졌다.

"이게 뭐죠?"

"몸에 좋은 것이니까 잔말 말고 먹기나 해. 내 생각 같아서는 독약이라도 주고 싶다만."

잠시 투덜거리며 기르디는 빠르게 몸을 돌려 사라져 갔다.

"뭐, 저렇게 말하는 걸 보면 몸에 해롭지는 않을 듯하네."

우유처럼 흰빛을 뿜고 있는 그 액체를 멍하니 바라보다가 빛 주문이 효력이 다한 것을 보고 한숨 쉬며 베리도 자신의 방으로 향했다.

어제저녁 무리를 한 덕에 꽤 몸이 무거울 것이라 생각했지만 예상외로 몸은 가볍고 경쾌하기 그지없었다.

"그 약이 효과가 있긴 있는 모양이군."

평소보다 훨씬 컨디션이 좋은 상태라고 해야 될 정도였으니, 베리는 새삼 그런 좋은 약을 왜 기르디 녀석이 내게 준 것일까 하고 의심해 볼 수밖에 없었다. 평소에 칭찬은커녕 실력이 늘어도 흠 잡기에 바쁜 기르디였으니 말이다.

여하튼 학교에 갈 시간이 다가오자 다시 한 번 대회 규칙이 적힌 종이를 읽는 베리였다.

대회의 룰은 대충 요약하자면 다음과 같았다.

자의든 타의든 경기장 밖으로 벗어난 경우 장외로 간주하고 패배. 지정한 무기 이외의 다른 것을 사용할 경우 반칙패. 포션 등 마법적인 아이템을 사용할 경우 역시 반칙에 해당됨. 사용할 경기장은 남성부 다섯 개, 여성부 한 개이고 16강이 결정된 경우 첫째 날 시합은 자연

종료됨. 16강 전 한 경기당 제한 시간은 10분이고, 16강부터는 30분으로 늘어남. 심사는 학교의 선생님들 및 특별 초빙한 왕국 기사단이 하게 됨. 시합은 이틀에 걸쳐서 하게 되는데, 본선이 결정된 이틀째는 일반인에게도 관람이 허가됨.

부상을 심하게 입거나 속행하는 것이 불가능하다고 생각된다면 역시 패배로 간주 경기를 종료하는 등, 종이에는 추가적으로 몇 개의 중요한 룰이 더 적혀 있었다.

"마법을 쓰지 말라는 룰은 없군, 확실히."

'검술 대회'라는 이름에 걸맞게 마법을 사용하지 않고 순수한 검술 실력으로만 상대를 제압할 것이냐, 아니면 조금 치사해 보인다 해도 마법을 사용해서 쉬운 승리를 거둘 것이냐. 이 문제 때문에 며칠 전부터 엄청 고민할 수밖에 없었지만, 어제 기르디와 아이린 씨가 조언해 준 덕분에 베리는 마음을 잡을 수 있었다.

'마법을 사용하지 않는다면 16강은커녕 일회전에서 떨어질 확률이 높다. 일단 올라가는 데까지는 어떻게라도 올라가고 보자.'

키가 조금 작은 축에 속하는 만큼 체력, 근력의 갭은 스피드와 마법으로 메울 수밖에 없었다. 그렇게 검술의 기교가 뛰어난 것도 아니었으니 말이다.

명상을 마치고 가방을 챙긴 베리는 방을 나섰다.

"잘 다녀와―! 몸 관리 잘하고."

"하아암~ 뭐, 적당히 하라고."

"오빠, 힘내세요."

식당 문을 열자 익숙한 얼굴의 세 명이 베리의 눈 안으로 들어왔다.

잠이 덜 깬 것인지 부스스한 머리를 하고 있는 셀브렛을 한 번 노려보고 베리도 딱딱한 얼굴로 그런 셋을 향해 입을 열었다.

"뭐, 별거 아닌 일 같지만… 하는 데까지는 해볼게."

걱정스런 눈빛으로 시아는 그런 베리의 손을 잡아왔다. 따스한 온기가 느껴지자 한결 긴장이 풀리는 것 같아서 베리도 그런 그녀에게 살짝 미소 지어줬다.

"너무 무리하진 마세요."

"맞는 데는 이골이 났으니까 걱정하지 마. 성직자들도 꽤 오는 모양이라고 하니 별문제없을 거야."

"그래도 오빠가 좀 쓸데없는 데 오기 부리는 경향이 있잖아요."

"그, 그렇긴 하지."

"자룬 왕자님이 상대로 걸리면 그냥 기권하시는 게 좋을 것 같은데."

"뭐, 승부는 겨뤄봐야 아는 법이니까. 생각해 둔 수도 있고."

손을 잡고 이야기에 빠진 둘을 향해 아이린은 헛기침을 한 번 해 보이며 말했다.

"말하는 것도 좋지만… 시간 늦는 거 아냐?"

"이크, 이러다간 정말 늦을 것 같네요."

"그럼 잘 다녀오라고.'

선 상태로 꾸벅꾸벅 졸고 있는 셀브렛의 볼을 꼬집어주고 베리는 학교를 향해 부지런히 움직이기 시작했다. 지각 때문에 경기를 참가도 하지 못할 순 없는 노릇이었으니 말이다.

겨울치고는 바람도 잔잔하고 날씨도 따뜻한 편이었다. 일회전에서운 좋게 부전승을 거두게 된다면 두 번, 아니라면 세 번씩이나 싸워 이겨야 16강에 들 수 있었으므로 최대한 체력을 아껴서 나중의 대결에 대비하는 편이 승부의 관건이라고 할 수 있을 것이다. 일회전부터 치열하게 파김치가 될 때까지 승부를 결정짓지 못한다면, 나중에 더욱더 괴로워질 것이란 건 불 보듯 뻔했기 때문이다.

게다가 승리한 사람도 16강이 결정될 때까지 치료 마법을 받을 수 없었다. 부상을 입어도 참고 견디거나 눈물을 삼키고 포기할 수밖에 없는 것이다.

어찌 보면 잔인하다고 할 수 있겠지만, 뛰어난 실력자를 추리는 데는 그 정도쯤은 감수해야 한다는 것이 선생들의 한결같은 의견이었다. 게다가 백 명이 넘는 학생이 경기하는 만큼 시간을 아끼는 측면도 있고 말이다.

'난 바로 그 점을 노린다.'

베리가 생각해 둔 작전도 그 점을 이용한 것이었다. 상대를 잘 만날 경우 손쉽게 일회전, 이회전은 돌파할 수 있을 테고, 그 후의 경기에도 유리한 고지를 잡을 수 있는 경기 운영의 허점을 이용한 전략이었던 것이다.

'난 A조 9번인 건가? 뭐, 그렇게 숫자 자체는 나빠 보이지 않는데.'

모든 학생들이 추첨을 끝내자, 얼마 지나지 않아 곧 대진표가 완성되었다. 넓은 운동장에 준비된 여러 개의 경기장을 보며 떨리는 가슴을 잡고 행운을 바라던 베리는 거대한 대진표를 향해 시선을 돌렸다.

"휴— 왕자는 B조군. 카루 녀석도 B조인가? 으음, 코인 녀석도 B조인 것 같고… A조에 아는 사람은 저번에 본 그 발렘이라는 녀석뿐인가? 내가 주욱 이기고 올라간다면 8강에서 만나겠군."

평생 추첨운은 없을 것이라 생각했던 베리였지만, 결과는 의외로 나쁘지 않았다. 8강에서 발렘이란 녀석과 만난다는 것이 조금 꺼림칙했지만, 일단 8강에만 들면 장학금은 받을 수 있으니 말이다. 기를 쓰고 이겨야 할 이유가 없는 것이다.

일회전 상대의 이름은 카일로스라고 했다. 반 아이들 이름도 제대로 외우지 못하는 자신이 다른 반이나 다른 학년 학생의 이름을 외우는 것은 불가능에 가까운 일이었으니 상대하는 사람의 이름이 낯선 것은 당연하다고 볼 수 있었다. 여하튼 하늘이 도운 모양인지 그 카일로스라고 하는 상대도 1학년생인 듯했다.

'이길 수 있다!'

추첨 결과도 나쁘지 않았고 일회전 상대도 그리 강해 보이진 않았으니, 일단 베리는 안도의 한숨을 내쉴 수 있었다.

등록금만 면제받는다면 내년의 생활이 더 윤택해질 것이 분명했다. 올해만 해도 지독한 가난함에 찌든 때문에 사고 싶은 것은커녕 휴일에도 식당에서 죽은 듯 박혀 있어야 했으니 말이다. 조금 더 나은 생활을 위해서라도 있는 힘을 다해 승부에 임할 수밖에 없다.

"곧 경기가 시작됩니다. 남학생들은 운동장으로 집합하시길 바랍니다. 여학생들은 강당에 마련된 곳에서 경기를 겨루게 되니 그쪽으로 이동하시길 바랍니다. 다시 한 번 말씀드리겠습니다."

마법을 이용한 웅장한 목소리가 학교 전체에 울려 퍼지고 있었다. 긴장을 억누르고 베리도 경기에 참가하는 다른 학생들의 뒤를 좇아 천천히 걸음을 옮기기 시작했다.

심판을 맡은 선생이나 기사들의 호령에 맞추어 하나둘씩 시합이 시작되기 시작했다. 선수들이 굉장한 기량을 선보일 때 학생들은 운동장을 뒤덮을 정도로 엄청난 환호성을 지르기도 했고 형편없는 움직임을 보일 때는 비난 섞인 야유를 보내기도 했다.

이래저래 경기를 관람하며 대기하고 있는 학생들만 초조할 뿐이었다. 좀 과장되게 말하자면 도살장에서 차례를 기다리는 소의 심정이랄까? 아픈 상처를 부여잡고, 위로해 주는 이 하나 없이 쓸쓸히 링을 벗어나는 패자의 모습을 볼 때마다 대기자들은 심란한 마음을 금할 길이 없었다. 그저 묵묵히 나도 저렇게 되진 말아야겠다고 생각하며 마음을 먹을 뿐.

베리도 당연히 그중 한 사람에 속해 있었다. 피가 마르는 듯한 기다림을 참아내며 연신 눈을 굴리고 다른 학생들의 시합을 훑어보는 것이다.

그리고 얼마나 지났을까.

"베리, 그리고 카일로스! 호명된 사람은 빨리 경기장으로 올라가라!"

대회 진행을 돕는 한 선생님의 목소리에 퍼뜩 정신을 차린 베리는 대기석을 벗어나 경기장 위로 올라갔다.

"와아아—!"

"우우—! 저게 뭐냐! 때려쳐라, 때려쳐!"

막상 무대 위로 올라서자 함성과 야유 소리로 베리는 정신을 차리기 힘들었다. 미친 듯 뛰는 심장을 애써 억누르고 숨을 고르며 자신의 반대편에 선 상대를 노려보았다.

"......."

상대도 긴장한 듯 얼굴 표정이 심각하게 굳어 있었다. 그런 모습에 자신만 긴장한 것이 아니라는 생각이 들어 베리는 한결 무거운 마음을 덜어낼 수 있었다.

심판을 맡은 선생님은 몇 가지 중요한 규칙을 말해 주고, 둘을 향해 싸울 준비가 되었는지 물었다.

"준비됐습니다."

"저도 됐습니다."

"그럼 시합을 시작하도록 하겠다!"

심판의 외침 소리와 함께 드디어 일회전이 시작되었다. 경직된 몸을 애써 부지런히 움직이며 둘은 서서히 서로의 거리를 좁혀 들어갔다.

"하압―!"

금발을 휘날리며 카일로스는 베리를 향해 선공을 취해갔다. 전력을 다한 것은 아닌 듯한 그 공격을 베리는 가볍게 몸을 움직여 피하고 형식적으로나마 팔을 움직여 반격했다.

"크―"

승기를 잡고 공격해 들어가려던 참에 상대가 적절히 검을 날려 반격하자 카일로스는 눈살을 찌푸리며 뒷걸음질쳤다.

"와아―! 제법인데."

"그냥 밀고 들어가!"

경기를 관람하는 학생들의 함성 소리보다 더 크게 울려 퍼지는 것은 미친 듯이 뛰는 자신의 심장 고동 소리였다. 탐색에 들어간 모양인지 눈을 빛내며 자신의 허점을 찾기 시작한 상대를 바라보며 베리는 한 손으로 수인을 맺기 시작했다.

걸음을 멈추고 상대가 이상한 행동을 취하자 카일로스는 순간 당황에 빠질 수밖에 없었다. 공격할 것인가, 좀 더 지켜볼 것인가 판단을 내려야 했던 것이다.

"칫!"

막 카일로스가 몸을 움직여 검을 날리려고 결정한 그 순간, 한발 앞서 베리의 주문은 완성되었다.

"슬립(Sleep)!"

사제들을 위한 대기석 한 켠이었다. 조용해야 할 그곳은 왁자지껄 수다 떠는 세 소녀에게 점령당해 남이 보면 휴게실이라고 오해할 정도로 변모해 있었다.

"와, 이제 베리가 시합하는 모양인데."

견습 사제복을 입은 단정한 외모의 소녀가 경기장을 주시하며 입을 열었다. 조금은 새침해 보이는 소녀는 그 말을 듣고 호호 웃음을 터뜨리며 말했다.

"일회전에서 떨어지면 얼굴도 못 들고 다니겠지? 스텝이 꼬여서 넘어진다거나 해서 지면 더욱 그렇고 말야."

"리체야, 그런 소리는 하지 말아야지. 말이 씨가 된다고 하잖아. 난 아무리 그래도 이회전 정도는 진출했으면 좋겠는데."

"미레시아 언니도 참 마음이 넓단 말야. 저 녀석 기고만장한 꼴이 얼마나 보기 얄미운데 그래."

미레시아는 혀를 차며 말하는 리체에게 살짝 고개를 끄덕여 주고, 긴장한 얼굴로 경기장으로 올라가는 베리의 모습을 보았다.

꽤나 긴장한 모양인지 베리는 경직된 얼굴을 하고 자신의 상대를 노려보고 있었다.

"가능한 한 시합 때는 조용히 보기만 하자고. 재수없어서 고위 성직자님한테 걸리기라도 하면 당장 쫓겨날 테니 말야."

엘리의 말에 고개를 끄덕이며 긍정하고는 미레시아도 입을 열었다.

"너희들은 혼만 나는 정도로 끝나겠지만 나는 더 심하게 벌을 받을 거라고. 특히 리체 너, 호들갑 떨지 말고 얌전히 보기만 해!"

사이즈가 그다지 안 맞는 모양인지 사제복을 입은 리체의 모습은 영 어색하기만 했다. 게다가 한시도 가만있지 못하고 수다를 떨고 몸을 움직여 대니, 사람들 눈에 안 띌래야 안 띌 수 없었던 것이다.

"치, 내가 뭘 어쨌다고 그래! 알았어, 조용히 보기만 하면 될 거 아냐."

입술을 내밀며 투덜거리는 리체의 모습에 미레시아는 한숨을 내쉬며 고개를 떨굴 수밖에 없었다.

잠시 후 심판의 호령 소리와 함께 경기가 시작되자 셋은 꿀 먹은 벙어리처럼 경기를 주시하기 시작했다.

"……."

미레시아는 왠지 모르게 경기를 바라보는 자신의 가슴도 참을 수 없을 정도로 떨리는 듯했다. 카일로스라고 한 그 학생이 베리에게 먼저 선공을 날리자 눈을 찔끔 감으며 놀랄 수밖에 없었던 것이다. 자신의 마음이 너무 심약해서 그런 것인지, 아니면 베리에게 그렇게 호감을 느끼고 있었던 것인지… 왠지 모를 초조한 기분에 그녀는 마주 잡은 손을 꽉 쥐며 경기를 지켜볼 수밖에 없었다.

몇 번의 작은 격돌이 있은 후, 잠시 소강 상태에 빠진 그 순간이었다.

카일로스라던 소년의 몸은 멀리서 눈에 띌 정도로 둔해지고, 그 틈을 놓치지 않고 베리는 폭발할 듯 몸을 움직여 검을 날렸다.

갑작스레 몸이 무거워지며 저절로 눈이 감겨오기 시작하자 카일로스는 상황이 어떻게 된 것인지 깨달을 새도 없이 자신을 향해 쇄도하는 베리의 공격을 얻어맞을 수밖에 없었다.

퍽!

힘껏 휘두른 검에 맞고 둔탁한 소리와 함께 카일로스의 몸은 경기장 바닥으로 내동댕이쳐졌다.

심판은 더 볼 것도 없다는 듯 고개를 설레설레 저으며 베리의 승리를 선언했다.

"승리, 베리 코퍼슨!"

마법을 사용한 것을 눈치 챈 사람은 일단 아무도 없는 듯했다. 베리가 십 년은 늙은 듯한 표정을 지으며 한숨 쉬고 안도하자 기다렸다는 듯 관중은 환호성을 터뜨리며 외쳐 댔다.

"와아~ 잘했다!"

"애송이 녀석 주제에 제법인데!"

쓸쓸한 미소를 지으며 대기석으로 돌아가는 베리. 이기긴 쉽게 이겼지만 왠지 모르게 기분이 썩 좋지 않은 표정이었다.

대기석에 돌아와 멍하니 앉아 다시 자신의 차례가 오길 기다리는 바로 그 순간이었다.

"오, 나의 베리 군! 이런 곳에서 만나게 돼서 참 기쁘기 그지없군 그래."

"제발 그 말투 좀 고치라고! 내가 왜 '너의' 베리 군이야."

"하하. 뭐, 신경 쓰지 말라고. 그냥 가벼운 조크니까 말야. 여하튼 너의 승리를 위해 노래라도 한 곡 불러줄까?"

사람 천성은 절대 안 변한다는 말이 옳긴 옳은 듯했다. 아무리 뭐라 욕을 해도 절대 고칠 생각이 눈곱만큼도 없는 카루의 저런 성격은 더욱더 그런 듯했다.

한숨 쉬며 아무런 대꾸를 않자 이상하다는 듯 바라보다가 카루는 털썩 베리의 옆 자리에 앉고 경기장을 주시하기 시작했다.

"여하튼 그런 급박한 상황에 그리 집중하지 않고 마법을 쓰다니. 베리, 너도 실력이 많이 는 듯하군."

"…눈치 챈 모양이군."

"뭐, 어쩌다 보니 그렇게 됐어. 여하튼 그 정도 실력이면 다음 경기도 무난히 이길 것 같군 그래. 상대만 잘 만난다면 말야."

"글쎄……."

말끝을 흐리며 생각에 빠진 베리를 무시하고 카루는 멀리서 시합하고 있는 자룬 왕자를 바라보았다. 왕자는 아름답다고 할 수 있을 정도로 놀라운 검술을 펼치며 시간이 얼마 지나지 않았음에도 효과적으로 상대를 제압하고 있었다.

“쿠쿡, 역시 대단하군.”

상대의 손목을 내려쳐 재기 불능으로 만들고 유유히 승리를 거둔 자
룬 왕자. 베리가 카루의 얼굴을 보자 평소의 여유로운 미소를 띤 얼굴
과는 달리 날카롭게 눈을 빛내며 경기를 주시하는 그의 모습을 발견할
수 있었다.

“아, 곧 내 차례인 듯하군. 그럼 조금 있다 다시 보도록 하지.”

카루는 몸을 일으키고 베리에게 살짝 윙크해 준 뒤 경기장 안으로
걸음을 옮겨갔다. 긴장은커녕 더욱 유쾌하다는 듯 가볍게 걸어가는 그
모습에 베리는 질린 눈을 할 수밖에 없었다.

그런 그의 등을 한참이나 바라보다가 고개를 떨구며 베리는 입을 열
었다.

“피차 넘어야 할 벽인가⋯⋯.”

상대의 공격에 당해 경기장이 떠내려갈 정도로 울부짖는 학생의 비
명 소리. 그걸 즐거이 웃으며 바라보고 외치는 학생들의 환호 소리⋯
시간이 지날수록 베리의 마음은 무거워져만 갔다.

길다면 길고 짧다면 짧은 기다림의 시간이 흐른 후, 넋이 나간 표정
으로 멍하니 떠들썩한 경기장을 바라보다가 자신의 차례가 다가왔음을
깨닫고 베리는 천천히 걸음을 떼어놓았다.

일회전을 통과한 것은 피차 상대도 똑같다고 볼 수 있었으므로 전
경기처럼 쉽게 상대를 제압한다는 것은 불가능에 가깝다고 할 수 있었
다.

“⋯⋯.”

하지만 베리는 일회전처럼 가슴을 떨며 긴장하진 않았다. 냉철한 판단력으로 상대의 공격을 쫓으며 행동하는 것이 무엇보다도 자신의 실력을 배가시키는 최우선 사항이라는 것을 알았기 때문이다.

사실 이런 상황이 조금 싫다는 생각이 들기도 했다. 동물원의 원숭이나 서커스의 광대도 아니고 함성과 야유를 지르며 자신을 바라보는 사람들의 모습이 왠지 고르게 보기 역겨웠던 것이다.

"정말 성격에 문제가 있는 것 같기도 해."

지든 이기든 빨리 시합이 끝나기만 바랄 뿐이었다. 멍하니 몸을 움직여 경기장 위로 올라가자 상대 학생이 인상을 찌푸리며 말했다.

"굼벵이를 삶아먹었나… 건방진 1학년생 놈이구만."

상대는 같은 또래라는 것이 믿어지지 않을 정도로 위압적인 얼굴을 하고 있었다. 나쁘게 말하자면 애늙은이 타입이랄까. 머리 크기 하나 차이날 정도로 베리보다 키도 컸고 말이다.

"크크, 아주 묵사발을 내주지."

옆으로 찢어진 눈을 빛나며 상대가 자신을 도발하는 말을 하자 베리는 한숨 쉬며 어떤 마법을 사용할 것인지 머리를 굴리기 시작했다.

'생각 외로 멍청한 놈인 듯하군. 그걸 사용해 볼까?'

머리가 나쁜 상대에게 더욱 잘 먹혀들어 간다고 들은 마법을 분명히 하나 외워두긴 했었다. 첫 번째 단계의 주문인 만큼 사용하는 것도 그리 어렵지 않았고 말이다.

"둘 다 싸울 준비가 되었나?"

"다 됐습니다!"

"저도 됐습니다."

이래저래 머리를 굴리다 보니 숨을 고를 여유도 없이 곧장 경기가 시작되었다. 다른 작전을 세울 겨를도 없이 상대가 자신에게 검을 날리자, 베리는 살짝 입술을 깨물며 공격을 흘려낼 수밖에 없었다.

몸집이 좋은 것은 폼이 아니라는 듯 덩치의 공격은 매섭기 그지없었다. 잘못 맞으면 한 방에 아작날 수도 있다는 생각이 들어 베리는 움직이는 것에 더욱 신중을 기하기 시작했다.

"하아압—!"

하늘 높이 두 손으로 검을 들어 올려 기합을 내지르며 아래로 내리긋는 무식한 공격이었다. 베리가 그리 어렵지 않게 뒷걸음질쳐 피해내자 예상했다는 듯 덩치는 곧장 검을 회수해 몸통을 노려 찌르기를 시도해 왔다.

"크윽!"

상대가 검술 실력이 그리 뛰어난 것은 아니었지만, 이대로 가다가는 이긴다고 해도 쉽게 이기진 못할 것이란 생각이 순간 들었다.

'어쩔 수 없지.'

잠시 뒤로 물러나 거리를 벌리고 베리는 다시 수인을 맺으며 주문을 외우기 시작했다. 결정을 내린 이상 성공을 하든 실패를 하든 빨리 승부를 매듭짓고 싶었기 때문이다.

"친구(Friend)."

덩치는 도대체 베리가 무슨 짓을 하는 것인지 알 길이 없어서 황당하다는 표정을 지었다. 그리고 주문이 완성되고 얼마 후 헤벌쭉 미소 지으며 검을 내려놓는 것이었다.

그런 그를 향해 마주 미소를 지어 보이며 베리가 먼저 입을 열었다.

"정말 오랜만이야, 그렇지 않아?"

"응, 너 정말 간만에 보는 것 같다."

시합을 하다 말고 갑자기 두 학생이 대화를 주고받자 마법이란 것을 알 길이 없는 관중들은 멍한 표정을 지을 수밖에 없었다.

"근데 지금 우리 싸워야 되지 않아? 난 이번에는 반드시 우승해야 한다고."

"아, 맞아! 그랬지. 근데 너 소식은 들은 거야?"

"무슨 소식?"

"모르고 있었나 보네. 오늘 아침 네 부모님이 사고를 당해서 지금 굉장히 위독하시다고 하던걸."

"뭐, 뭐야! 그런 일이 있었단 말야?!"

"내 말이 거짓말로 들리는 거야?"

"아, 아니, 그렇지만 건강하시던 분들이 왜 갑자기……."

"이러고 있을 때가 아니라니까. 빨리 집으로 가봐."

베리의 단호한 말에 곤란한 표정을 짓고 땀을 뻘뻘 흘리며 덩치는 입을 열었다.

"그, 그치만 난 우승해야 하는데……."

"너, 부모님보다 이런 대회에서 우승하는 게 더 소중한가 보지?"

"물론 아니지! 그럼 난 이만 집으로 가볼게."

"그래, 어서 빨리 가보라고."

말을 끝내기가 무섭게 덩치는 어딘가를 향해 무작정 뛰쳐나가기 시작했다.

심판은 어떤 판정을 내려야 하나 순간 당황할 수밖에 없었다. 방금 전까지 잘 싸우던 두 녀석들이 지네들끼리 뭐라고 말을 주고받더니 상황이 이렇게 꼬여 버린 것이다.

"자, 장외패!"

심판이 이렇게 당황할 정도였으니, 자연스레 경기를 보는 학생들은 더 어이가 없을 수밖에 없었다. 환호성을 지를지 아니면 비난의 야유를 퍼부을지 순간 망설일 정도로 말이다.

"저, 저거 뭐야!"

경기를 보던 관중들 중 제일 황당해한 사람은 다름 아닌 세 소녀였다. 베리가 핀치에 몰리자 입을 벌리며 즐거워했던 리체는 더욱 그랬고.

"레이디의 미인계냐! 제길, 저건 사기야! 인정 못해! 다시해!"

"정말 베리가 무슨 수를 쓴 것일까? 경기 도중 뭐라고 하는 것 같긴 했지만……."

"으으. 젠장, 일회전에는 별 허약한 놈이 걸려서 이기고 이번에는 미인계를 써서 이기다니! 비겁하다, 정말!"

정말로 분하다는 듯 눈썹을 치켜올리며 연신 투덜거리는 리체였다.

"무슨 수를 쓴 것 같긴 한데… 여긴 좀 멀어서 잘 알아보기 힘들어."

스펠 유저답게 미레시아는 베리의 경기 도중 무엇인가 마법의 기운을 감지할 수 있었다. 첫 번째 단계의 마법이라서 그 기운이 극히 약했던 때문에 제대로 성질을 파악해 낼 수 없었지만 말이다. 성력(聖力)과 마력(魔力)의 차이점 때문에 그렇기도 했고.

짝 하고 손뼉을 마주쳐 보이더니 엘리가 그런 둘을 향해 입을 열었다.

"근데 한 번만 더 이기면 본선 진출 아냐? 베리가 내일까지 살아남을 수도 있겠네."

"서, 설마 그럴 리가!"

"내가 봤을 때도 그럴 가망성이 높은 것 같아. 어이가 없긴 했지만 베리는 경기 두 번 다 땀 한 방울 흘리지 않고 이겼잖아? 이겼다고는 해도 다른 학생들 대부분이 어디 한 군데 상처를 입었는데 말야. 체력은 두말할 것도 없고 상처는커녕 한 군데 흠집도 없을 정도인데… 다음 시합이 유리할 수밖에 없지."

"크흑!"

미레시아의 말에 리체는 땅이 꺼져라 한숨을 쉬어댔다. 자신도 반쯤 그렇게 생각하고 있었던 문제이니 뭐라 반론을 하기도 힘들었던 것이다.

"제길, 소 뒷걸음질하다가 쥐 잡는다고 하는 말이 왜 있는지 이제 알겠군. 저 녀석이 오늘 재수가 좋아도 엄청 좋은가 봐."

"이제 곧 휴식 시간인가? 베리도 식사하러 간 모양인데."

투덜거리는 리체를 뒤로하고 엘리가 미레시아를 향해 입을 열었다.

"그런 것 같은데? 우리도 식사나 하러 가자고."

자신을 내버려 둔 채 둘이 걸음을 옮기자, 순간 리체는 눈살을 찌푸리며 외칠 수밖에 없었다.

"으으, 같이 가!"

이래저래 일진이 안 좋은 날이라 생각하며 리체는 그런 둘의 뒤를 서둘러 좇아갔다.

"이러다가 정말 우승이라도 하는 거 아냐? 으아, 내가 지금 무슨 생각을!"

고개를 휘휘 저으며 주린 배를 잡고 식당으로 걸음을 옮기는 리체. 대꾸는 안 했지만 두 소녀들도 비슷한 생각을 할 수밖에 없었다.

베리는 준비해 둔 도시락을 들고 터덜터덜 식당으로 향했다. 교실은 이미 다 봉쇄된 듯하고, 시합의 스케줄 때문에 평소보다 학생들의 수는 극히 적은 편이었던지라 그냥 식당 구석에서 자리 잡고 식사를 하는 걸 택한 것이다. 추운 겨울 밖에서 홀로 쓸쓸히 식사하는 것도 영 청승맞은 것 같아서 말이다.

여하튼 구석에 빈자리를 발견하고 그 자리에 막 앉으려고 하던 참이다. 반대편에 한 여학생도 베리와 비슷한 생각을 했는지 말도 없이 달려나와 자리를 잡는 것이었다. 다른 자리로 옮길까 망설이다가 그 여학생이 다름 아닌 펠시라는 것을 알아채고 베리는 실없는 미소를 지으며 자리에 앉았다.

"……."

둘은 아무런 말도 하지 않은 채 그렇게 묵묵히 식사를 하기 시작했다. 남이 보면 모르는 사이라고 오해할 정도로 부지런히 손을 움직여 음식을 입에 넣고 씹어서 삼키는 일련의 행위를 반복할 뿐이었다.

그렇게 조용히 음식을 해치우고 있던 도중 익숙한 목소리가 왁자지껄하게 베리의 귓속으로 파고들어 왔다.

"제길, 다 먹고 살자고 하는 짓이니까 지금은 레이디가 옷을 벗고 미인계를 쓰든 말든 신경 쓰지 말자고."

"리체야, 아까부터 그 문제에 제일 신경 쓰고 있는 사람은 너 아니었어?"

"그, 그럴 리가 없잖아!"

"지금도 계속 신경 쓰고 있잖니. 나랑 미레시아 언니는 조용히 듣고만 있을 뿐이고."

"맞아, 베리가 이기는 건 좋은 일이잖아. 아무리 배가 아프다고 해도 그렇게 심하게 말하면 안 되지."

"으으, 아무리 그래도 난 미레시아 언니처럼 마음을 곱게 먹을 수 없다고. 이게 내 천성이야. 천성!"

바보 녀석들은 어디 가나 눈에 뜨이는 법이라는 생각을 순간 베리는 할 수밖에 없었다. 그리고 이기고 올라가는 걸 축하하는 듯해줄망정 저렇게 투덜거리며 화를 내다니… 왜 내 주위에는 저런 이상한 녀석들만 있는 건지……. 베리는 신음성을 흘리며 과거의 시간을 반성할 수밖에 없었다. 비록 자의는 아니었지만 원천봉쇄하지 못한 스스로를 원망하면서 말이다.

"아, 베리! 거기서 혼자 뭐 해!"

눈썰미 좋은 미레시아가 음식을 들고 베리를 향해 다가오며 외쳤다. 조용히 눈에 뜨이지 않은 곳에서 식사를 하려던 계획은 이미 산산조각 난 듯했다. 엘리와 리체도 미레시아의 뒤를 좇아 음식을 들고 다가왔다.

"여어, 펠시랑 같이 데이트하는 중이었어? 우리가 방해된 것은 아닌지 모르겠네."

"데이트라니… 그냥 우연히 만나서 식사하게 된 것뿐이야."

알밉게 말을 건네오는 리체를 반쯤 무시하고 베리는 묵묵히 식사를 할 뿐이었다. 바라보는 것은커녕 인사도 없이 베리가 빠르게 음식을 입에 넣자 맞은편 의자에 앉으며 미레시아가 입을 열었다.

"그렇게 먹다가 체하겠네. 말 좀 하면서 여유있게 먹으라고."

"익숙해져서 상관없어."

"무슨 빨리 먹기 대회를 하는 것도 아니고 말야. 자, 물 좀 마시면서 먹어."

"아아."

미레시아가 건네오는 물컵을 받아 들고 벌컬벌컥 들이키는 베리. 리체는 눈살을 찌푸리며 그 모습을 바라보다가 살짝 코웃음 치며 투덜거렸다.

"그나저나 베리는 대진 운도 참 좋아. 아니, 도대체 무슨 수를 써서 이긴 거야, 이번 승부는? 뇌물이라도 준 거야?"

"별로."

"으으, 답답하니까 제대로 대답 좀 하라고. 아까 도대체 그 뚱보 녀석이랑 무슨 말을 한 거야?"

"리체의 마음이 이해가 되긴 해. 나도 그 점이 아까부터 궁금했다고."

"이번 승부가 끝나면 알게 될 거야."

도시락을 챙기고 자신을 바라보는 소녀들의 시선을 무시한 채 베리는 식당 밖으로 나가 버렸다. 타이밍 좋게 식사가 동시에 끝난 펠시도 몸을 일으켜 베리의 뒤를 좇듯 밖으로 나갔다.

"뭐야, 저 녀석! 친구들끼리 그냥 말해 주면 어디가 덧나나!"

"흠, 글쎄. 무슨 사연이 있는 모양인데. 일단 우리도 두고 보자고. 다음 시합의 결과가 모든 것을 알려줄 것 같으니 말야."

조금은 굳은 얼굴로 식사를 하기 시작하는 미레시아를 노려보고 리체도 무엇이라 투덜거리며 포크를 들고 음식을 입에 넣기 시작했다.

"……."

아무 말 없이 걸음을 옮기던 베리가 뒤에서 느껴지는 인기척에 살짝 뒤돌아보자, 그곳에는 평소와 같이 감정없이 무미건조한 얼굴을 한 채 펠시가 뒤따르고 있었다.

"빠른 원숭이를 잡을 때는 그물이 제일 좋겠지."

놀랍게도 그녀는 베리를 향해 먼저 말을 걸어왔다. 무슨 말인지 잘 알아들을 수는 없었지만 말이다.

"그게 무슨 소리……?"

"이번 상대는 강할 거야."

말이 끝나기가 무섭게 그녀는 베리의 옆을 스쳐 지나갔다. 멍하니 그 모습을 바라보던 베리는 그녀가 한 말에 대해 생각에 빠질 수밖에 없었다.

폭풍과도 같은 공격에 상대는 연신 뒷걸음질치며 물러섰다. 기회를 놓치지 않겠다는 듯 발렘은 감정없는 표정으로 천천히 상대를 더욱 몰아붙여 갔다.

"저, 졌습니다!"

더 이상 계속한다고 해도 의미없는 시합인 것이다. 어지간히 긴장한 것인지 질린 눈으로 연신 거친 숨을 들이키던 학생은 심판을 바라보았다. 이제 더 이상 일 초도 발렘과 같이 검을 섞고 싶지 않다는 듯 식은 땀을 흘리며 덜덜 떠는 학생을 안쓰럽다는 듯한 눈으로 쳐다보며 심판은 발렘의 승리를 외쳤다.

"승자, 발렘 레이시엘!"

학생들은 놀라 입을 벌린 채 아무 말들이 없었다. 일방적인 경기가 될 거라고 예상은 했었지만 이토록 황당한 전개가 될 것이라고는 아무도 예상하지 못했던 것이다.

그만큼 평소의 발렘과는 다른 모습이었다. 도대체 무슨 일이 그를 그렇게 분노하게 한 것인지는 몰라도 귀신같이 달려들어 상대의 검이 박살날 정도로 공격을 퍼붓는 것은 예전의 그라면 상상도 하지 못할 광경이었던 것이다.

승리를 거두었음에도 불구하고 아무런 감흥이 없는 듯 발렘은 경기장 밖으로 나가 버렸다.

대기석에 도착 이후에도 그는 아직 분이 풀리지 않은 듯 손에 쥔 검을 놓지 않은 채 굳은 얼굴을 하고 있을 따름이었다.

심상치 않은 기운을 뿜는 그를 대기석의 모두는 긴장한 눈으로 바라보고 있었다. 괜히 눈에 띄어서 안 좋게 낙인찍히고 싶지 않다는 것은 한결같은 모든 남학생들의 소망이었던 것이다.

방금 전까지 떠들썩했던 대기석은 이제 바늘 하나 떨어지는 소리도 들릴 만큼 침묵으로 점철되어 있었다.

"여, 발렘. 여기서 뭐 하는 거야? 식사는 했어?"

그때 침묵을 깨고 구세주처럼 나타난 학생은 다름 아닌 학생회장 코인이었다. 그는 평소의 활발한 성격처럼 표정이 굳어 있는 발렘에게 다가갔다.

"생각없어."

"먹지도 않고 어떻게 저대로 싸우려고 해? 내가 사줄 테니까 어서 가자."

"흐음."

"같이 가자니까. 네가 여기서 인상 쓰고 있으니까 애들이 불안해하잖아."

"아, 그런가. 미안하게 됐군."

주위 사람들에게 꾸벅 고개를 한 번 숙여 보인 발렘은 코인의 손에 이끌려 갔다. 순간 주변의 사람들은 어둠이 가시고 해가 뜨는 것 같다는 생각을 할 수밖에 없었다.

"세상에… 저런 사람도 있긴 있군."

"뭐라고 말도 꺼내기 힘들었다니까."

시간이 좀 흐르자 대기석의 모두는 그제야 한마디씩 입을 여는 것이었다. 고양이를 앞에 둔 쥐의 심정이 어떤 것인지 알겠다는 생각을 하며 말이다.

이래저래 검술 대회의 열기는 더욱 뜨거워지고 있었다.

연습실에는 이제껏 이기고 올라온 출전자들이 제각각 심각한 표정을 한 채 검을 휘두르고 있었다. 일 초도 낭비하고 싶지 않다는 것은 베리도 그런 모두와 비슷한 심정이었기 때문에 가슴속에 올라오는 흥분을 감추며 묵묵히 검을 움직여 굳은 몸을 풀고 있었다.

'세 번째 단계의 주문은 쓰기 힘들 것 같으니까 이번에는 더욱 주의해야겠군.'

손쉽게 승리를 거두었다고는 해도 치열한 전투 속에서 마법을 두 개나 사용한 후였던 것이다. 준비한 마법도 거의 바닥을 드러내고 있고 하니 더욱 주의해 경기에 임할 준비를 할 수밖에 없었다. 이번 경기에 어떻게 이기느냐가 검술 대회의 모든 것을 좌우할 만큼 중요하다는 것을 듣지 않아도 베리 스스로가 뼈저리게 느끼고 있었던 것이다.

"빠른 원숭이를 잡을 때는 그물이 제일 좋겠지."

순간 펠시가 했던 말이 떠올랐다. 준비해 놓은 마법이 그녀가 한 말과 그리 다르지 않다는 것을 깨닫고, 이미 대충 이번 승부는 어떻게 싸워야겠다라고 머리 속으로 작전을 세운 후였다.

"결국에는 시간 싸움인 건가."

언제나처럼 이번에도 주문을 사용할 시간이 문제였다. 상대는 멍하니 바라보며 기다려 주지 않는다. 요행으로 두 번의 싸움은 쉽게 승리를 거둘 수 있었지만, 앞으로는 그렇게 쉽게 되지 않을 것이란 것은 불보듯 뻔한 사실이다.

"휴."

막 거친 숨을 내뱉으며 연습실에 벗어나려던 때였다. 단정한 은색의 머리를 빛내며 한 소녀가 그런 베리를 향해 한 걸음 접근해 왔다.

"32강까지 진출했다면서? 축하해."

수건을 내밀며 말을 걸어오는 단정한 외모의 소녀가 다름 아닌 렌시라는 것을 알아챈 베리는 어색한 웃음을 지을 수밖에 없었다.

"와아, 어찌 됐든 이번에 이기면 본선 진출인 거네."

"그렇게 된 것 같네."

"이길 수 있도록 기도해 줄 테니까 너도 힘 닿는 데까지 노력하기로 약속해."

"뭐, 자신은 없지만 열심히 하지."

베리가 자신없다는 듯 볼을 붉적이며 어눌하게 말을 하자 어색한 웃음을 지은 채 렌시도 고개를 끄덕여 주었다.

"의욕이 너무 앞서는 것도 안 좋긴 하지. 여하튼 본선 진출을 하도록 응원해 줄 테니까 믿어."

"응. 힘낼게."

"그래, 그럼 나중에 코자고."

손을 흔들며 렌시는 그런 베리의 곁을 벗어나 강당으로 향해 갔다.

"되든 안 되든 이거 열심히 할 수밖에 없겠네."

기르디 녀석에게 한 방 먹여주기 위해서라도 없는 힘 짜어짜 열심히 할 수밖에 없는 듯했다. 실력이 안 된다면 무슨 억지를 부려서라도 말이다.

더 이상 생각할 틈도 없는 듯해서 베리는 경기장으로 향했다.

여기까지 올라온 것이 운이 아니라는 듯, 상대는 날카로운 눈초리를 하며 자신을 바라보고 있었다.

"……"

떨리는 가슴을 외면하고 기선을 제압당하지 않기 위해 베리도 그런 상대를 노려보았다. 상대는 2학년생들 중에서도 손꼽힐 정도로 강한 사람이라고 언뜻 들은 것 같았다. 이름은 베네딧이라고 했던가.

'지금부터가 시작이다.'

심판의 호령 소리와 함께 경기는 시작되었다. 황당한 승리를 두 번씩이나 거둔 만큼 학생들의 시선도 베리에게 집중되어 있었다.

"하압—!"

이를 악물고 먼저 선공을 한 것은 베리였다. 코웃음 치고 막아내는 상대를 향해 기회를 놓치지 않겠다는 듯 인상을 찌푸리며 연신 검을 날려댔다.

베네딧도 웃음을 거두고 진지한 눈빛으로 그런 베리의 공격을 방어하기 시작했다. 쉽게 이길 거라고 예상하진 않았지만, 상대의 기량이 자신의 비해 절대 떨어지지 않는다는 것을 순간 베리는 눈치 챌 수 있었다.

시간이 흐를수록 경기는 치열한 양상을 보이기 시작했다. 누가 우세하다고 말할 수 없을 정도로 박빙의 승부를 펼치며 검을 휘두르고 막아내는 것이다.

"크윽!"

검술의 기량은 역시 2학년 선배 쪽이 한 수 위였다. 베리 자신도 분하지만 그 사실을 인정할 수밖에 없었다. 상대는 눈이 보이지도 않을 정도의 속도로 적절히 공격과 방어를 해내며 자신을 놀리고 있었기에.

"……."

그러나 베리도 호락호락 그 공격에 당해 나가떨어지진 않았다. 저것보다 배는 매섭다고 할 수 있는 왕자의 공격을 여태껏 경험해 왔던 터이다. 쉽게 포기하고 패배할 정도로 나약한 마음을 가졌다면 매일매일 계속되는 지옥 같던 훈련을 견딜 수 있을 리 만무했다. 자존심은 둘째 가라면 서러울 정도로 강한 기르디였다. 32강 정도에 떨어졌다고 말한 다면, 수련이 부족하다 어쩌다 하며 훈련의 강도를 높일 것이 자명한 일이다.

체력을 아껴둔 것이 이 순간 무엇보다도 큰 이득이 되었다. 경기 초 반 무섭게 검을 날리던 상대는 어느 순간부터인지 숨을 헐떡이며 움직임이 둔해지기 시작한 것이다.

폭풍처럼 매섭게 공격을 하던 상대방이 시간이 지날수록 느슨하게 자신을 대하자 베리도 어느 정도 생각을 하며 공격과 방어를 거듭 해 갔다.

"칫."

그러나 우위를 점하려고 할 때마다 상대는 효과적으로 검을 날려 타이밍을 끊었다. 빠른 속도로 뒷걸음질쳐 공간을 확보하고 말이다.

"……."

베리는 이대로 승부가 계속된다면 경험이 부족한 자신이 불리하다는 것을 눈치 챘다. 그 증거로 자신의 체력도 서서히 고갈되어 가기 시작했던 것이다. 움직임도 눈에 띄게 둔해지고 있었고.

'지금 하지 않으면 늦는다!'

문제는 주문을 사용할 수 있을 정도로 시간을 확보하는 것이었다. 첫 번째 단계의 주문이 아닌 만큼 사용하는 데 어느 정도 준비 시간이 필요할 텐데, 상대가 사파랗게 눈을 뜨고 자신을 보는 한 그럴 여유를 내긴 힘들었다.

‘남은 마법을 총동원한다면 가능할지도…….’

어차피 오늘 마지막 남은 시합이었다. 조금 무리를 한다고 해도 하루 정도 쉴 여유가 있는 이상 망설일 이유가 없었던 것이다.

“하아압! 으라차!”

베리가 남은 힘을 마음껏 사용하며 연달아 검을 날리기 시작하자, 상대는 눈을 빛내며 연신 반격할 기회를 노렸다.

“죽어!”

순간 허점을 발견한 소년은 베리의 옆구리를 향해 검을 찔러왔다. 조금의 실수도 용납치 않는 찰나의 시간, 베리는 춤을 추는 것처럼 한 바퀴 회전해 상대의 공격을 무마시켰다.

찌이익—

생각보다 더 빠르고 날카로웠던 듯, 찌르기는 옷을 찢어냄과 동시에 베리의 옆구리에 작은 상처를 남겼다.

“지금!”

거친 숨을 들이쉬며 베리는 정신을 집중하기 시작했다. 작은 빛덩어리 여러 개가 그런 그의 손에서 춤추듯 날아오르자, 시합을 보고 있던 관중들은 작은 탄성을 내지를 수밖에 없었다.

“춤추는 불빛(Dancing Light)!”

여러 개의 빛덩어리는 상대의 눈 근처를 향해 너풀거리고, 시력을 잃어버릴 듯한 밝음에 베네딧은 당황하며 연신 뒷걸음질칠 수밖에 없었다.

‘도망가는 것 역시 빠른 사람이군.’

코웃음 치며 베리는 준비했던 두 번째 주문을 캐스팅하기 시작했다.

“칫, 마법인가.”

밝은 빛의 덩어리들을 벗어나 어느 정도 정신을 차린 베네딕은 검을 땅에 내려놓은 채 무엇이라 주문을 외우는 상대를 발견할 수 있었다. 생각할 것도 없이 몸을 날려 검을 휘두르려 했지만…

“거미줄(Web)!”

그보다 베리가 한발 앞서 주문을 완성시킨 것이었다. 끈적한 무엇인가가 자신의 몸을 조여오며 움직임을 방해하자 베네딕은 당황할 수밖에 없었다.

“제가 이긴 것 같군요.”

땅에 떨어진 검을 주워 들고 베리는 그런 베네딕을 향해 쓴웃음 지으며 말했다.

“웃기는 소리 하지 마!”

허리와 다리를 거미줄이 친친 감고 있었지만 베네딕은 쉽사리 승부를 포기할 수 없었다. 움직이는 것이 힘들다고는 해도 아직 정신만은 멀쩡하니 말이다.

“어쩔 수 없군요.”

중얼거리며 베리는 다른 주문을 캐스팅하기 시작했다. 마지막 남은 마력과 체력을 몽땅 쏟아 브으며 어느 정도 생각에 여유를 가지고 말이다.

거미줄을 끊고 베네딕이 막 베리의 근처까지 도달하려던 참이었다.

“상승(Levitate)!”

알 수 없는 힘에 이끌려 베네딕은 허공으로 떠오르기 시작했다.

“으아~ 이, 이게 뭐야!”

허공에서 허우적거리며 비명을 내지르는 베네딧. 그 어이없는 광경에 관중들은 비웃을 생각조차 못하고 그저 입만 벌릴 뿐이었다.

"이제 끝내야겠군요. 죄송합니다."

"사, 살려줘!"

공중에 뜬 베네딧의 몸을 베리는 검을 이용해 살짝 밀어내었다. 허공에서 헤엄을 치는 듯 허우적거리던 그는 경기장을 벗어나 관중석 근처까지 밀려났다.

시간이 조금 흐르자 마법의 효력이 다한 것인지 베네딧은 땅을 향해 뚝 떨어져 내렸다.

"으아아아!"

높이는 얼마 되지 않았지만 공중에서 떨어진다는 공포가 굉장히 큰 모양이었다. 체면이고 나발이고 베네딧은 애처로운 비명을 지르며 울부짖었다.

그리고 추락하는 것은 날개가 없다는 진리처럼, 조금은 둔탁한 소리를 내며 지면으로 추락하는 베네딧.

"스, 승리!"

심판은 이번에도 역시 황당한 목소리로 베리의 승리를 외쳤다. 멍하니 넋을 잃고 경기를 바라보던 학생들은 순간 운동장이 울릴 정도의 환호성을 내지르기 시작했다.

"와아아! 대단하다!"

"저런 마법을 쓸 줄이야!"

싱거운 미소를 지으며 그런 관중들을 훑어보던 베리는 시합장을 벗어나 어디론가 발걸음을 옮기기 시작했다.

‘여하튼 살아남긴 한 듯하군.’

경기장을 벗어난 뒤에야 겨우 승리를 실감할 수 있었다. 생각대로 마법이 제대로 먹혀들어 갔기에 힘든 상대를 제압할 수 있었던 것이다.

여하튼 한 번만 더 이기면 그토록 간절히 원하던 장학금이다. 베리는 새삼 자신이 대단한 일을 해냈다고 생각하자 얼굴 가득 미소가 피어오르는 것을 주체하기 어려웠다.

“내일 한 경기만 더 이기면 된다!”

그 경기를 이기면 바토 발렘과 싸우게 될 것이란 사실을 알고는 있었지만 일단 지금은 생각하지 않는 게 좋을 듯했다.

힘든 몸을 이끌고 베리는 천천히 식당으로 갔다. 몸은 비록 지치고 괴로웠지만 왠지 모르게 발걸음은 가볍기 그지없었다.

“역시 마법이었구나.”

왜 진작 깨닫지 못한 것인지……. 미레시아는 인상을 찌푸릴 수밖에 없었다. 어느 정도 거리가 있었다고 해도, 상대가 마법을 사용한 것인지 정도는 스펠 유저로서 당연히 알고 있어야 할 일이라는 생각이 들었기 때문이다.

“아, 맞아. 저 녀석 마법도 쓸 줄 알았지. 저번에 언뜻 세 번째 단계의 주문까지 사용할 수 있다는 말을 들은 것 같아. 비록 하나지만.”

“뭐, 그게 정말이야?”

“응. 그랬던 것 같아.”

고개를 끄덕이며 긍정하는 리체 녀석을 뒤로한 미레시아는 저번에 겪은 사건 하나를 떠올렸다.

“불이야, 불이 났어요—!”

호들갑스럽게 외치며 떠들던 베리 녀석. 그러나 그 불빛의 정체는 마법 주문의 하나였다. 그때 상황이 너무 급하게 돌아간 때문에 베리가 어떻게 그 마법을 사용한 것인지에 대해서 제대로 살필 수 없었지만.

“그래도 저렇게 능숙하게 검을 다루면서 마법까지 익히다니…….”

새삼 자신이 너무 베리를 가볍게 대해왔던 것은 아니었는지 미레시아는 잠시 고민에 빠져들었다.

“여하튼 전 경기의 어이없는 승리도 요행은 아니었던 모양이네.”

“후후, 역시 내 예상대로였군. 저럴 줄 알았다니까.”

“리체야, 지금 와서 그런 소리 해도 설득력이 없어.”

“으으! 뭐, 뭐가!”

“방금 전까지만 해도 사기 운운하면서 분한 표정을 짓고 있었잖니.”

“그게 다 연기한 거라고! 너희들이 너무 놀랄까 봐 말야.”

“헤에. 뭐, 어련하시겠어.”

하지만 리체와 엘리처럼 저렇게 가볍게 받아들일 일은 아닌 것 같았다. 마법만 배운 학생이라고 해도 저 나이 때 그런 성취를 보이기 힘든 법인데, 검술까지 함께 배웠으면서 세 번째 단계의 주문을 사용한다는 것은 잠재적인 재능과 노력이 뒷받침되어야 가능한 일이었기 때문이다.

“……”

자신만 하더라도 엄청난 노력과 수행으로 성력(聖力)을 발전시켜 왔으니, 베리가 남몰래 피나는 노력을 했을 것이란 건 말해 주지 않아도 명백한 일이었다.

"미레시아 언니, 무슨 생각을 그렇게 열심히 해?"

"응? 아무것도 아냐."

눈을 동그랗게 뜨고 질문하는 리체에게 대충 대답해 준 미레시아는 조금 더 심각한 표정으로 입을 열었다.

"난 이만 치료소 일손 도우러 가볼게. 너희들도 옷 갈아입고 잘들 돌아가라고."

"그래, 잘 가. 여하튼 내일부터 저 녀석의 기고만장할 꼴을 봐야 할 것 같네. 으으, 제길!"

투덜거리는 리체를 뒤로하고 미레시아는 걸음을 옮겼다.

그렇게 막 운동장을 벗어나려던 참이었다.

"나와 비교해 본다면 어떨까."

천재 소리를 듣고 커온 자신도 범상치 않은 실력을 가지고 있었다. 작은 마을에서 고아로 자라나서, 아무런 배경이나 힘도 없이 수도 대성당의 고위 성직자들 밑에서 가르침을 받을 수 있었던 것. 그리고 이 학교에서 마음대로 돌아다니며 일을 할 수 있게 된 것 모두가 또래의 소년, 소녀들과는 비교할 수 없을 정도로 강한 성력이 뒷받침되었기에 가능한 일이었으니.

"……"

미레시아는 왠지 모르게 가슴이 답답해져 옴을 느꼈다. 움직이지 않는 걸음을 억지로 떼며 미레시아는 부상자들이 가득한 치료소를 노려보았다.

어느새 아픔과 고통은 자신과 뗄래야 뗄 수 없는 관계로 변해 버린 것 같았다. 상처 입는 사람, 상처 입히는 사람…… 그리고 그것을 치료해 주는 사람. 모든 게 어긋나지 않는 이상적인 관계 말이다.

치열했던 검술 대회의 첫째 날도 서서히 파장(罷場)을 향해 달려나가기 시작했다.

"표정을 보니 올라간 것 같네?"

아이린 씨가 베리의 얼굴을 훑어보더니 입을 열었다.

"네, 운이 좋았던 것 같습니다."

"운도 실력이 없으면 불가능하잖아, 그런 검술 대회라는 건 말야."

"그렇게 말할 수도 있겠죠."

베리는 정말 간만에 홀가분한 기분을 느낄 수 있었다. 내일 있을 한 번의 승부가 부담이 되는 것은 사실이었지만, 일단 이 정도 성적이라면 기르디 녀석한테도 면목이 설 테니 말이다.

"휴, 이제 정말 한숨 돌리겠네요."

"며칠 후면 방학이지?"

"네."

"그 나이에 너무 심하게 공부하고 일만 붙잡는 것 같아. 쉬엄쉬엄 여유를 가지고 하는 쪽이 더 능률이 오르지 않을까?"

베리는 이래저래 별거 아닌 일 가지고 스트레스를 받았던 자신을 돌이켜 보면 조금은 한심하다고 말할 수 있을 것 같다 생각했다. 그래서 아이린 씨의 말에 쓴웃음 지으며 고개를 끄덕이고는 어디 놀기 좋은 곳에서 며칠 휴가라도 다녀오는 것은 어떨까 생각하기 시작했다.

"이번 겨울 방학은 어떻게 보낼 거야?"

"뭐, 솔직히 말하자면 무계획이죠."

"에르쥬나라도 한 번 더 다녀오는 건 어때? 아무 생각 없이 쉬기는 최적의 장소일 텐데 말야."

"그, 글쎄요."

순간 베리의 머리 속에 귀여운 쌍둥이 자매의 모습이 떠올랐다. 귀여운 것을 좋아하는 사람이라면 누구나 납치해 버리고 싶은 욕망이 들 정도로 하는 짓도 그렇고 성격도 외모도 어디 하나 귀엽지 않은 곳이 없는 여자 아이들. 솔직히 말하자면 다시 보고 싶은 마음도 굴뚝같았다. 언제나 미소 띤 얼굴로 자신을 대하던 카이츠도 그리웠고, 그 반대라고 할 수 있을 정도로 불만 가득한 얼굴로 인상을 찌푸리던 델리만도 보고 싶었다. 추억이란 것이 언제나 사람 머리 속에 미화되어서 남게 마련이지만, 언제부터인가 지루하기 짝이 없던 숲의 모든 것들이 그리움으로 변해 있었다.

'베르니아는 지금 어떻게 지내고 있을까?'

사악한 다크 엘프라는 이미지와는 다른 그녀의 성격과 외모, 눈부시게 아름다운 은발을 빛내며 거대한 와이번을 베어 눕히던 그녀의 화려한 검술은 평생 기억에 남을 정도로 충격 그 자체로 자리매김되어 있었던 것이다.

엘프들의 숲을 생각하면 언제나 그런 그녀의 모습이 떠오른다. 시아 녀석이 이상하게 정을 많이 준 것도 그녀였고, 헤어질 때 제일 슬픔을 느꼈던 것도 그녀였다. 사람을 빨아들이는 이상한 마력이 있다고 해야 하나? 정확히 설명할 수는 없지만 평범한 존재와는 다른 무엇이 그녀에게 있음은 분명한 사실이었다.

"이번에는 나도 따라갈 거야! 또 둘이서만 놀러 가려고 그러지?"

고양이 노엘과 놀던 셀브렛이 갑작스레 둘을 향해 외쳤다.

"이번에도 둘이서 가기만 해봐!"

"저번에 간 건 놀러 간 게 아니라니까 그러네."

"우씨, 그래도 나도 갈 거야―!"

"철 좀 들어라, 철 좀."

얄궂은 미소를 지으며 베리는 그런 셀브렛의 볼을 잡아당겼다. 인상을 찌푸리며 아등바등 반항해 대는 것을 무시하고 말이다.

그런 둘을 가만히 바라보다가 아이린 씨가 손뼉을 치고 입을 열었다.

"그럼 오늘은 파티라도 해볼까?"

"파, 파티요?"

"그래! 베리하고 자룬 왕자님이 무사히 본선 진출한 것을 축하하는 의미에서!"

"야아― 파티다!"

파티라는 말에 마냥 입을 벌리며 좋아하는 셀브렛. 뭐라고 대답해야 하나 망설이던 베리도 결국 고개를 숙이며 긍정할 수밖에 없었다.

"그럼 빨리 준비해야겠네. 셀브렛, 너도 도와줘야지?"

"헤헤, 알았어!"

신이 나서 부엌으로 달려가는 셀브렛을 쓴웃음 어린 얼굴로 바라본 베리는 시아의 방을 향해 걸음을 옮기기 시작했다.

똑똑―

노크를 하고 기다리자 곧 안에서 기별이 왔다.

"누구세요?"

"아, 나 베리야. 용건이 좀 있어서 그러는데."

"문 열렸으니 들어오세요."

문이 열리자 베리는 여자들 특유의 향기로운 냄새가 코끝을 스치는 것을 느꼈다. 잠시 머뭇거리며 당황하다가 주변을 살피게 된 베리는 시아와 어떤 소녀가 자신을 바라보고 있다는 걸 느낄 수 있었다.

"흥!"

코웃음 치며 자신을 보는 것은 여자 아이의 모습을 하고 있지만 다름 아닌 그 문제의 블랙 드래곤이었다. 무엇이라 말할까 망설이는 베리를 바라보며 시아가 미소 띤 얼굴로 먼저 입을 열었다.

"괜찮으니까 편하게 말씀하세요."

"으응… 왕자님하고 내가 본선 진출한 거 축하할 겸 해서 아이린 누나가 파티라도 해줄 모양인데……."

"와아, 그거 정말 좋은 생각이네요. 저도 곧 내려갈게요."

"그래. 그럼 난 먼저 가볼게."

기쁜 얼굴로 말하는 시아에게 고개를 끄덕여 준 베리는 불안한 기색을 감추지 못한 채 발걸음을 밖으로 옮겨갔다.

"……."

기민한 움직임으로 방을 빠져나가는 베리의 모습을 바라보던 시아는 평소의 그녀라면 상상도 하지 못한 날카로운 눈빛으로 돌변해 입을 열었다.

"제발 그 기운 좀 죽이시는 건 어때요?"

"뭐, 너는 상관없잖아? 어차피 보잘것없는 인간들에게나 먹히는 능력인데."

"이 식당에서 지내시는 이상 그 정도쯤은 지켜주셔야죠."

"크크. 뭐, 노력하고 있다고."

심각하게 말해 봤자 상대 쪽에선 좁쌀만큼도 고려를 하지 않는 듯하자 시아는 한숨 쉬며 고개를 떨굴 수밖에 없었다.

그런 그녀를 향해 살로빈은 긴 검은 머리를 쓸어 넘기고 입을 열었다.

"……."

충격적인 살로빈의 말에 듣는 시아의 표정은 시시각각 변하기 시작했다. 이해하기 위해 노력했지만, 상식이란 것을 가볍게 초월한 듯한 그녀의 말에 머리 속은 엉망진창으로 꼬여만 가는 것이다.

자신에게 선택을 강요하는 그녀의 모습을 바라보며 단호한 눈빛을 한 시아는 입을 열었다.

맛있는 냄새가 콧속으로 파고들고, 임시방편이었지만 색종이와 풍선으로 주변을 치장하자 그럭저럭 파티라고 부를 수 있을 정도의 분위기가 나는 듯했다.

"변태 오빠— 정말 축하해요."

"이 녀석! 그렇게 혼이 나고도 또 그 소리를 하는 거냐!"

"으으, 말로 하라고, 말로! 폭력 금지!"

"네가 곱게 말한다고 들을 녀석이냐!"

뭐가 그렇게 신이 나는 것인지 연신 소리 내 웃는 셀브렛이었다. 그런 셀브렛을 핀잔 주고는 있지만 베리도 그리 기분은 나쁘지 않는 듯한 표정이다.

"……."

시아는 미소 띤 얼굴로 그런 둘을 바라보았다. 그녀의 성격상 활발하게 입을 열어 말한다는 것은 정말 어울리지 않는 일이기도 했고, 꼭 입을 열어 말하는 것만이 생각과 감정을 표현할 수 있는 일은 아니었으니까.

아무런 말도 하지 않는 건 구석에서 와인을 마시는 기르디도 마찬가지였다. 떠들썩한 것이 싫다는 건 그의 변할 수 없는 천성인 듯했다. 가끔씩 미소 띤 얼굴로 말을 건네오는 아이린에게 무미건조한 얼굴로 대꾸하는 것이 그가 하는 말의 전부일 뿐, 음식을 먹거나 음료를 마시는 것이 그가 이번 파티에서 즐기는 유일한 행위인 것이다.

할 말을 아끼는 것은 황자도 비슷한 듯했지만 앞서 열거한 두 사람 정도는 아니었다. 일단 말을 건네오면 짧게라도 충실히 대꾸하니 말이다. 분위기가 가라앉을 정도의 심각한 표정으로 사람들을 대하진 않으니 다행이라고 할까. 아니, 그 나름대로 사람들과 어울리기 위해 노력한다고 보는 쪽이 적당할 듯하다.

벌컥.

휴업 중이란 간판이 걸려 있음에도 불구하고 노크도 하지 않은 채 누군가 식당 안으로 들어오자 사람들의 시선은 자연스레 그쪽으로 몰렸다.

"아이린―! 그리고 기르디!"

　문을 열고 식당 안으로 뛰어들어 온 불청객의 외모는 그야말로 범상치 않았다. 곱실거리는 풍성하고 매력적인 붉은 머리를 허리까지 늘어뜨리고, 탄력적인 갈색 가죽옷 사이로 보이는 하얀 피부가 그야말로 눈이 부실 정도랄까.

　“세상에, 너 시크 아니니?”

　“응, 나야!”

　눈물을 글썽이며 아이린은 두말할 것도 없다는 듯 뛰어 다가오는 그녀의 몸을 안았다.

　“바보야, 뭐 하다가 이제야 온 거야?”

　“사실 수도에 온 지는 꽤 됐어. 이것저것 일이 꼬여서 늦어버린 거지.”

　눈물을 글썽이며 말하는 것은 시크라고 불린 여성도 마찬가지였다. 어지간히 감격적인 듯, 둘은 서로의 몸을 얼싸안고 한참 동안 아무런 말도 하지 않았다.

　“흥, 귀찮은 녀석이 왔군.”

　코웃음 치며 말하고는 다시 와인을 들이키는 기르디.

　“너, 입버릇 안 좋은 것은 예전이랑 하나도 안 변했구나! 버르장머리 없는 들고양이 녀석 같으니!”

　크흑! 지금 저 여자가 뇌에 검이 꽂히고 싶어서 작정을 했구나! 베리가 순간 이렇게 생각하는 것도 큰 무리는 아니었다. 저 여성이 평소의 기르디가 들었다면 당장에 검을 휘둘러도 이상하지 않을 정도의 과격한 말을 내뱉었으니……

　“건방진 잡종 같으니!”

그러나 기르디는 잠시 인상을 찌푸리며 고개를 돌리는 것을 끝으로
더 이상 아무 말도 하지 않았다.

'기, 기르디가 왜 저러지?! 어디 아픈 거 아닌가?

무슨 이상한 약이라도 먹었나 싶어서 베리는 새삼 입을 다물고 생각
에 빠져 들어갔다. 그동안 기르디에게 이죽거리는 말을 할 수 있는 것
은 베르니아 정도밖에 없다고 알고 있었으니 말이다.

'하프 엘프?'

시선을 돌리고 시크라고 불린 여성에게 고개를 돌리자, 베리는 왜
기르디가 '잡종' 이란 말을 했는지 알 수 있었다. 엘프의 기다랗고 뾰
족한 귀도 아니고, 그렇다고 인간의 귀라고 볼 수는 없을 정도로 어중
간한 사이즈의 날카로운 귀를 본 순간 말이다.

"아, 밖에 내 제자 녀석이 있어. 카루야, 괜찮으니까 어서 들어와!"

다시 문이 열리고 들어온 것은 다름 아닌 노래 부르기를 좋아하는
그 카루였다. 그가 멍한 눈을 하곤 식당 안으로 들어오는 것을 본 베리
는 순간 예전에 카루가 했던 말을 떠올렸다.

"자네, 엘프들의 숲에 다녀온 적이 있다고 전에 말했었지?"

"혹시 카이츠님을 또 만날 스 있는 기회가 생긴다면. '시크릿' 아줌마는
잘 지내고 있다고 전해줄 수 있겠나?"

"내 사부 아줌마 이름이라네."

분명 예전에 한 번 카루가 베리에게 했던 말이었다. 그렇게 심각하
게 생각하지 않고 여태까지 반쯤 잊고 지내왔었는데, 뜻하지 않게 이런

곳에서 녀석과 다시 만나게 될 줄은…….

정말 예상하지 못한 일이었다.

"아, 베리! 이런 곳에서 또 보게 되는군."

웃는 얼굴로 자신에게 말을 건네오는 카루를 향해 베리는 대충 썩은 미소를 지어주었다.

"정말 기가 막힌 우연이군."

"베리야, 너 얘랑 아는 사이니?"

궁금하다는 듯 질문하는 아이린을 향해 고개를 끄덕이며 긍정하는 베리. 그런 그를 바라보며 카루가 하하 웃음을 터뜨리고 입을 열었다.

"나도 오늘 저녁에야 알게 돼서 말야. 사부 입에서 네 이름이 나올 줄은……. 여하튼 우리 인연도 참 보통이 아닌 듯하군."

진작에 아이린이나 기르디에게 물어볼 것을……. 괜히 잊어먹고 질 질 끌다가 이제 와서 알 수 있게 된 것이다. 내심 베리는 과거의 안이 했던 자신을 반성할 수밖에 없었다.

"둘은 아는 사이인 듯하네. 그래도 카루야, 아이린한테 네 소개를 하 렴."

"네. 처음 뵙겠습니다, 아이린님. 제 이름은 카루라고 합니다."

"아, 이 아이가 그 십오 년 전의 그 아이인 거지?"

"응, 맞아."

자신의 질문에 시크가 긍정하자 아이린은 조금은 슬픈 미소를 지어 보이며 카루를 향해 입을 열었다.

"그럼 초면은 아닌 듯하네. 기억은 나지 않겠지만 카루 군하고 전 예전에 한 번 만난 적이 있어요."

"그랬나요?"

"네. 그 당시 카루 군은 굉장히 어렸기 때문에 기억이 안 나는 건 당연하겠죠. 여하튼 저도 잘 부탁해요. 들었겠지만 내 이름은 아이린이라고 해요. 편하게 부르셔도 좋으니 호칭은 상관하지 마세요."

더 이상 아무런 말도 하지 않은 채 서로를 마주 보는 아이린과 시크. 베리는 대화 이상의 무엇인가가 그 시선에 담겨져 있다는 것을 말해 주지도 않았지만 눈치 챌 수 있었다.

"와아~ 정말 기가 막힌 타이밍에 오는구나, 너란 녀석도!"

"파티라도 하고 있었던 모양인가 봐?"

화제를 돌리며 미소 던 얼굴로 아이린이 먼저 입을 열었다.

"응, 맞아! 그러니 너랑 네 제자도 함께 즐기자고!"

"뭐, 사양하진 않겠어. 보통 각오로 나와 함께 파티를 즐길 수 없다는 건 예전부터 알고 있었지?"

"어련하시겠어! 술은 충분하니까 염려하지 말라고! 식당문도 닫아놓을 테니 말야!"

평소의 아이린답지 않게 활기찬 모습이었다. 그런 그녀의 말을 듣고서야 안심했다는 듯 외투를 벗어 던지며 시크가 말했다.

"좋았어! 그럼 신나게 놀아보자고! 아차, 그런데 좀 심각한 문제가 있네."

"갑자기 왜 그래?"

"응…… 나 이런 일이 일어날 줄은 몰라서 악기는 가져오지 않았거든."

"맙소사! 파티에 네 연주가 빠지면 즐거움이 절반으로 줄어버린다고!"

심각하게 안색을 굳히며 말하는 아이린. 상황이 꽤 심각하게 돌아가는 듯해서 베리는 볼을 붉적이며 그녀를 향해 입을 열었다.

"제 방에 하프가 하나 있긴 한데……."

"이거 참 절묘하네."

"내가 원래 시기 맞추는 것은 잘하잖니. 아, 베리라고 했지? 좀 형편없어도 소리만 나면 상관없으니까 일단 한번 가져와 볼래?"

시크의 말이 끝나기가 무섭게 베리가 자신의 방에서 작지만 꽤 화려하게 생긴 하프를 가져와 건네주자 시크는 줄을 뜯으며 심각하게 하프 소리를 감정하는 것이었다.

급기야는 아무런 언급 없이 오래도록 하프를 노려보기만 하자 아이린이 그녀를 향해 말했다.

"왜 그래? 무슨 이상한 점이라도 있는 거니?"

"마, 맙소사!"

얼굴 가득 놀라움을 띠고 시크는 작게 탄성을 내질렀다. 왜 그러냐는 듯 모두가 그녀를 바라보자 시크는 침을 꿀꺽 삼키며 안 떨어지는 입을 열었다.

"이거 정말 최고급품인데… 아름다운 것은 둘째 치고 엄청난 마법이 걸린 거잖아!"

"네가 그렇게 말할 정도면 보통 물건은 아닌가 보네?"

"정말 탐이 나는데! 베리야, 쓸모없다면 이 물건 나에게 팔지 않겠니?"

"그건 하나뿐인 어머니의 유품이라서 팔 수 없습니다."

"어, 어머니의 유품?"

“네, 정말 죄송합니다.”

“끄응. 그럼 어쩔 수 없지.”

말끝을 흐리는 그녀의 표정은 정말 아쉬움으로 가득 차 있었다.

‘역시 귀한 물건이었구나.’

사실 그 하프가 자신에게는 어울리지 않을 정도로 귀한 물건이라는 걸 예전부터 눈치 채고 있었다. 세월이 흐르고 마법을 더 잘 운용할 수 있게 되면서 마법이 걸린 물건을 보는 눈도 자연 높아질 수밖에 없었던 것이다.

하지만 얼굴도 기억하지 못하는 어머니와 자신을 이어주는 매개체는 일단 이 세상에 저 물건 하나밖에 없다고 볼 수 있으니 베리는 설령 돈이 없어서 굶어 죽는다고 해도 팔지 않을 생각이었다. 이번 일을 계기로 더 마음을 굳게 먹을 수 있었고 말이다.

“그럼 시작하자.”

시크는 의자에 앉은 후 서서히 하프를 연주하기 시작했다. 작고 여린 음색이 수줍은 듯이 식당에 울려 퍼지자 모두는 귀를 기울이며 연주를 즐겼다.

“……”

작고 여린 음은 어느새 미치도록 슬프고 호소력 넘치는 그것으로 돌변해 가기 시작했다.

멍하니 입을 벌리며 노래를 듣던 베리는 순간 눈물이 볼을 타고 흘러내리는 것을 느낄 수 있었다.

듣기 좋은 음악이라면 살면서 꽤 들어본 것 같기도 했다. 그러나 그녀의 연주는 단순히 ‘좋다’ 라는 말로 단정지어 표현하기에는 부족한 성질의 것이었다.

그만큼 너무나 애절하고 아름다웠다. 눈물을 흘리는 것이 당연하다고 느껴질 정도로, 심장이 부서질 만큼 애처로운 멜로디였다.

연주가 끝나자 모두는 얼어붙은 듯 아무런 말조차 할 수 없었다.

"흠흠, 그럼 이제부터는 신나게 가자고!"

어색한 미소를 지으며 그런 모두를 훑어보더니 시크는 다시 경쾌한 멜로디의 음악을 연주하기 시작했다.

"카루, 노래 불러."

"말하지 않아도 부르려고 했어요."

타이밍 좋게 카루가 그런 그녀의 연주에 화답해 목소리 높여 노래를 부르기 시작한다. 어깨가 저절로 움직일 정도로 유쾌한 노래에 모두의 감정도 그에 맞춰 유쾌해지고 있었다.

시리도록 차가운 겨울의 한기도 그런 모두의 기분을 누그러뜨릴 수는 없었다. 웃고, 마시고, 즐기며, 파티의 열기는 그렇게 더 더욱 뜨거워져만 갔다.

"사태가 그렇게 심각해진 거야?"

신나게 술을 마시고 논 때문에 아이들은 모두 잠이 든 상태였다. 알코올이 들어가자 조금 상기된 얼굴을 한 아이린 씨는 눈앞에 기대앉아 자신을 바라보는 그녀를 향해 천천히 입을 열었다.

웃고 있었지만 그녀의 표정은 슬픔에 가득 차 있었다. 뭐라고 설명하지 않아도 그 눈을 보면 어느 정도 사실을 유추해 낼 수 있었지만, 아이린 씨는 조용히 그녀의 대답이 나오길 기다렸다.

"그래, 벌써 한 나라가 반쯤 망했으니까."

"정말 그것이 사실이었던 모양이지?"

"응. 갈수록 악화되기만 하고 있지. 다음의 타깃이 누가 될지 모두 걱정하고 있지만… 힘을 합쳐서 싸우자는 제의는 그 누구도 하고 있지 않아서."

"인간들은 그렇다 쳐도 엘프들과 다른 종족들은?"

"도망칠 궁리만 하고 있는 게 대부분일걸. 묘인족의 용사가 몇 찾아오긴 했지만… 후훗, 바보 같은 녀석들뿐이지 뭐. 가만히 있다가 나중에 개죽음당하는 것이 좋을까. 아니면 명예로 치장된 덧없는 죽음을 일찌감치 맞이하는 게 좋을까? 어차피 죽는 건 매한가지일 텐데 말이야."

고개를 떨구고 흐느끼듯 말하는 시크를 바라보며 아이린은 살짝 이마를 찌푸린 채 다시 입을 열었다.

"탑은? 그리고 드래곤은?"

"글쎄, 인간들보다는 나을 테지만 침묵을 지키고 있는 건 둘 다 마찬가지야. 언제나처럼 드래곤은 자신들과 관련된 것들만 해결할 테고 말이야. 사태를 해결하기 위해서 손을 쓰고 있는 건 일단 우리들 정도밖에 없는 것 같아."

"맙소사!"

사태가 이 지경이 되었지만 누구 하나 제대로 해결할 의지를 보이지 않는다. 끔찍한 상황보다 더 놀라운 것은 그 일을 받아들이는 지성을 가진 물질계 종족 모두였다. 소소로운 작은 것에 홀려 눈앞에 큰 위험을 놓쳐 버리는, 바보라그밖에는 설명할 수 없는 그 모든 것들 말이다.

한참 동안 두 사람은 아무 말이 없었다. 작게 한숨 쉬고 눈앞의 와인을 단숨에 마셔 버린 후 아이린은 그녀를 향해 재차 말을 꺼냈다.

"그건 그렇고 도대체 그 빌어먹을 유니콘은 어디에 박혀 있는 거야?"

"살로빈의 애완 동물 말이니?"

"애완 동물이라… 과연 그렇겠군. 지상 최강의 사치품이겠지."

평소 그녀의 이미지와는 정말 판이하게 다른 말투였다. 조금은 술에 취한 귀여운 자신의 친구를 바라보다가 시크는 쿡 하고 싱거운 웃음을 터뜨렸다.

"정말 엄청나게 스트레스가 쌓인 모양이구나, 너도."

"매상의 삼 분지 일이 저 블랙 드래곤 때문에 떨어졌다면 말이야, 장사하는 사람 입장에서는 백 번 천 번이고 분노를 터뜨릴 수밖에."

"깔깔깔― 도대체 언제부터 장사꾼이 되어버린 거야? 정말 너답지 않아."

"뭐, 평화에 익숙해진 건 인간이 아니라 나일지도 모르겠구나."

고개를 흔들고 잔을 채우는 아이린을 향해 시크가 다시 말했다.

"뭐, 마스터가 알아보고 있긴 하는 모양인데, 게다가 베르니아가 직접 뛰고 있는 모양이야."

"베르니아라……."

"기르디에게 들어서 대충 너도 알고 있었지?"

"엘프들의 숲에서 다시 봤다는 말 정도밖에는 듣지 못했어."

"뭐, 기르디답군. 마스터가 특별히 지시를 내린 일인 것 같던데."

"그런가……."

“확실히 그녀가 일 처리는 깔끔하게 하는 편이잖아. 그리고 미인이고 말이야.”

“칫, 그런 일을 하는 데 외모는 중요하지 않다구.”

투덜거리며 다시 와인을 들이키는 아이린에게 시크는 다시 한 번 쿡 웃을 수밖에 없었다.

“뭐, 그래도 잘되겠지. 일단 용제(龍帝)가 개입한 건 사실이고 말이야. 상황이 이 정도 되었으니 탑에서도 조만간 입장을 밝힐 테고.”

“으응, 그래그래.”

“무엇보다도 우리가 힘을 쓰고 있잖니? 인간들에게는 별로 알려져 있지 않지만 그래도 우리 역시 꽤 대단한 집단이라고.”

“우웅······.”

“이 정도 심각한 사건을 겪어본 적은 없었지만, 그래도 모두가 힘을 합치면 반드시 잘될··· 야, 그만 좀 마셔!”

술기운을 이기지 못하고 탁자를 향해 퍽 이마를 떨구는 아이린을 시크는 잠시 멍한 눈으로 바라볼 수밖에 없었다.

“에휴, 저런 애를 도대체 누가 데려갈지······.”

일단 지금은 그냥 저대로 가만 놔두는 쪽이 나을 듯했다. 상황이 급박하다고는 해도 엉망진창으로 취한 상대와 대화를 나눌 수는 없을 테니 말이다.

조그만 창밖으로 떠오른 보름달을 바라보며 시크는 조용히 빈 술잔에 술을 채웠다. 달빛에 반사되어 현란한 붉은 빛깔을 뿜어내는 술을 단숨에 입 안에 털어 넣고는 여기저기 널브러진 채 엉망진창 곯아떨어진 주위의 녀석들을 훑어보았다.

“잘… 되겠지.”

자신에게 말하는 것인지 아니면 누구에게 대답을 구하는 것인지 알
수 없는 그런 말을 중얼거리며 그녀는 다시 빈 술잔을 채웠다.

Chapter 5

카이리온 기사 양성 학교 검술 대회(下)

카이리온 기사 양성 학교

검술 대회 (下)

카이리온 기사 양성 학교에서 손꼽히는 이벤트라고 한다면 뭐니 뭐니 해도 매년마다 한 번씩 열리는 검술 대회라고 할 수 있다. 16강에서부터 결승전까지는 나라에서 특별히 장소를 제공해서 일반인들도 관람하는 것을 허락해 왔던 것이다.

물론 올해도 준비된 곳에서 시합을 하기로 했고, 검술 대회 당일이 되자 수도 셀 수 없을 정도로 많은 관중들이 경기장으로 몰려들었다.

"자자, 날이면 날마다 오는 과자가 아닙니다—!"

"특제 애플파이가 단돈 6실버! 거기 꼬마야, 이거 하나 먹어봐! 검술 대회도 대회지만 이거 먹으려고 매년 여기 오는 사람도 있어요!"

"포도 주스도 있어요! 애플파이랑 먹으면 더 맛있습니다—!"

"발렘님과 자룬 왕자님 초상화입니다—! 곧 매진되니 빨리 사세요!"

많은 인파가 붐비는 곳에 장사꾼들이 빠질 리 없다. 얼마 정도의 자릿세를 내고 먹을 것이나 장식품들을 파는 사람들이 경기장으로 통하는 길에 빼곡히 들어차 있는 것이다.

단순히 관람을 하는 사람들, 경기를 응원해 주기 위해 모여든 가족과 친지들, 열성적인 여성 팬 등……. 열거할 수 없을 정도로 다양한 관중을 보는 순간, 베리는 입을 벌리며 놀랄 수밖에 없었다.

'이, 이런 곳에서 싸워야 된다고? 설마 농담이겠지!'

규모가 작지 않을 것이라 예상은 했었지만 사람들이 이토록 많이 몰릴 것이란 건 꿈에서조차 상상하지 못했던 일이다.

"……."

학교에서 열린 '조촐한' 예선 경기 때만 해도 몸이 얼어붙어 제대로 움직이기조차 힘들었던 베리였다. 무대 체질도 아니고 성격도 소심한 편이니, 이런 조건에서 제대로 시합을 치를 수 있을 리 만무했던 것이다.

"수도에 하릴없는 인간들이 이렇게 많았나……?"

"베리야, 넌 올해 처음 겪어서 몰랐던 모양이구나. 검술 대회는 너희 학교만의 이벤트가 아니지. 아마 도시 전체 시민들이 이 경기 결과를 기대하고 있을걸? 우승자가 누가 될까 하고 해마다 내기를 크게 벌이는 형편이니까."

"…그 정도 수준이었단 말입니까?"

황당하다는 얼굴로 베리가 질문하자 아이린이 슬며시 미소 지으며 말했다.

"당연하지. 수도 전체의 축제라고 할 수 있을걸? 아니, 수도라고만 표현하기도 뭐하군. 나라 전체의 행사라고 봐도 부족함이 없을 거야, 아마."

자신도 이 나라 국민인데 왜 모르고 있었을까. 돌이켜 생각해 보자 행사는커녕 생일조차도 제대로 챙기지 않았던 과거가 슬며시 떠오르고 있었다. 밖에 나가는 것은 끔찍하게 싫어하고 집에서 궁상이나 떨며 지내는 그런 광경 말이다.

멍하니 생각에 빠져 있는 베리를 향해 아이린이 입을 열었다.

"아참, 지금쯤 아마 네 팬클럽도 조직됐을걸?"

"패, 팬클럽이라니?! 제게 말씀이십니까?"

"응, 평민 출신으로 본선에 진출한 건 아마 네가 최초일 거야. 그리고 넌 얼굴도 귀여운 편이잖아."

"맙소사!"

카이리온 기사 양성 학교의 남학생, 그중에서 제일 강한 서른두 명의 소년들이 나라 전체 소녀들의 동경의 대상이 된다는 것은 어찌 보면 당연한 일이다. 귀족이라고 해도 자질이 떨어진다면 입학할 수 없는, 속칭 '히어로 클래스' 라고 불리는 그곳에서도 손꼽힐 정도로 강한 능력을 가졌다면 그것은 말 그대로 탄탄대로 인생을 보장받는다고 할 수 있는 것이다.

거기다가 외모도 뛰어나다면 말 그대로 '엘리트' 그 자체라고 해도 부족함이 없었다.

"아무리 그래도 팬클럽이라니……."

검술이 뛰어날수록 외모가 상대적으로 부족한 경우가 많았으니까 동경의 대상이 필요한 꿈 많은 소녀들에게 베리가 어필되는 것은 어찌 보면 당연한 일이다.

"저 같은 형편없는 녀석을 좋아하는 사람이 있다니……. 그거참, 어이가 없군요."

"혜~ 너무 자신을 과소평가하는 거 아냐?"

"그럴 리가요. 외모는커녕 체구도 작은 편이고… 게다가 전 평민이잖아요."

"평민이니까 더 부각되는 거지. 앞서 말했듯이 이 검술 대회에서 본선 진출한 평민 출신은 너 하나뿐이라니까. 게다가 팬클럽의 여자 아이들 대부분은 평민으로 이루어져 있다고. 물론 개중엔 귀족도 있겠지만."

"그, 그런가요?"

"추가하자면, 평민 여자랑 귀족 남자랑 엮어질 가능성이 얼마나 된다고 생각해? 로맨틱한 소설이라면 모르겠지만 말야."

아이린의 논리적인 말에 베리는 꿀 먹은 벙어리처럼 한동안 아무런 말조차 할 수 없었다. 확실히 '최초', 그리고 '하나' 뿐이란 점에서 다른 학생들과는 확실히 달랐으니, 이래저래 베리가 사람들 입에 오르내리면서 이슈가 되는 것도 당연하다.

"……."

특이한 외모도 그 나름대로 개성으로 받아들여진 상태였다. '보기 드문 검은 머리카락을 가진, 마법을 사용하는 평민 출신 1학년 기사 후보생'. 어감 자체도 다른 학생과는 확연히 다른 분위기를 풍기고 있지 않은가. 이래저래 베리의 고생길이 열릴 전조가 보이는 순간이다.

"시아 언니, 조심해야겠네."

셀브렛이 베리를 한 번 훑어보더니 그렇게 말했다.

"뭐, 뭘?"

"이대로 가다가는 다른 여자 아이가 채가 버릴지도 모른다고. 아니, 혹시 모르지, 뒷담 까면서 다른 여자 꼬시고 있을지도."

의심에 찬 눈으로 베리를 바라보는 셀브렛과 시아. 어떻게 말해야 하나 고민하다가 먼 하늘로 시선을 돌리며 화제를 바꾸는 베리였다.

"아, 날씨 좋다. 어제도 그렇고 오늘도 그렇고…… 겨울치고는 따뜻한 편이네."

"역시 변태 오빠답게 말 돌리는 것 좀 봐. 능청맞아! 여자의 적 같으니!"

"뭐, 뭐야! 네 언어 구사 능력은 왜 그런 쪽으로만 발전하는 거냐!"

"주위에 오빠 같은 사람이 있으니까 그렇지! 바보, 똥꼬!"

"바보 똥꼬한테 어디 한번 맞아봐라."

메롱 하며 아이린의 등 뒤로 달아나는 셀브렛. 반드시 나중에 복수하겠다고 다짐하며 베리는 치솟아오르는 분을 삼킬 수밖에 없었다.

"곧 경기가 시작되겠습니다. 참가하는 학생들은 대기실로 모여주시기 바랍니다."

마법으로 이루어진 웅중한 소리가 주위로 메아리치자 베리는 자신을 바라보는 세 여자를 향해 말했다.

"그럼 전 이만 가보도록 할게요."

"그래, 무리하지 말고 힘내."

"바람둥이 파워로 우승해 버려!"

"너, 나중에 두고 보자!"

주먹 쥔 손을 부르르 떨며 셀브렛에게 으름장을 놓은 베리는 다른 학생들과 같이 경기장 안쪽에 마련된 대기석을 향해 걸음을 옮기기 시작했다.

"무사히 끝나야 할 텐데……."

시아는 순간 등줄기로 싸늘한 한기가 스쳐 지나가자 불길한 생각을 떨쳐 버리며 앞서 가는 아이린의 뒤를 서둘러 좇아갔다.

"어제 너무 마셨나."

'아이린표 특제 영양 물약'을 자기 전에 먹고 왔다고 해도 좋은 컨디션이라고는 말할 수 없는 몸 상태였다. 과음한 것은 둘째 치고, 어제 지나치게 몸을 혹사했으니 말이다.

"뭐, 어떻게든 되겠지."

무책임하다고 할 수 있겠지만, 일단 투덜거리는 것은 나중에 잔뜩 해도 될 일이니까 어떻게 싸울지 계획을 세우고 실천하는 쪽이 더 시급하다.

"……."

마법과 검술을 동시에 사용하는 것이 이득이 될 때도 있었지만, 꼭 좋다고만 볼 수는 없는 노릇이었다. 눈코 뜰 새 없이 바쁜 와중에 빈틈을 노려 주문을 외우고 상대의 스타일에 맞춰 자신도 효율적으로 체력을 분배하며 신경 써야 했다.

어중간한 실력은 때로는 자신에게 독이 되기 마련인 것이다. 이제 더욱 강한 상대와 시합해야 할 텐데, 앞서 통했던 전술들을 다시 사용한다는 것은 한마디로 불가능에 가까웠다.

전날에는 자신이 마법을 사용할 수 있다는 것을 대부분의 학생들이 모르고 있었기 때문에 괜찮았지만, 이제는 그런 것도 더 이상 바랄 수 없다.

'제길!'

검술도 능하고 마법도 잘 쓴다면 그건 인간을 일찌감치 초월한 존재일 테고… 사실 어느 한 분야만 제대로 배우는 것이 더 합리적인 일이라고 볼 수 있다.

게다가 베리에게는 마력을 증폭시키는 지팡이도 없고, 마법사에게는 방해만 될 무거운 검을 들어야만 하는 것이다. 손과 몸이 자유로워야 빠른 시간에 강한 위력의 주문을 사용할 수 있기 마련인데, 쇳덩어리를 손에 들고 쉴 새 없이 몸을 어지럽게 움직이며 주문까지 쓰는 것은 뇌가 두 개인 인간이나 할 수 있는 일이다.

"휴."

이래저래 마음에 걸리는 것투성이인 베리였다. 벌 떼처럼 모여든 관중들에 대해선 거부감만 들었고, 높은 귀족이나 국왕이란 작자가 특별히 참석해 관람한다는 것도 짜증이 나는 요소 중 하나였다.

발렘이나 자룬 왕자의 이름이 적힌 머리띠와 피켓을 들고 열성적으로 응원을 하는 여자 아이들이 마음에 안 드는 것도 매한가지였다. 게다가 적긴 했지만 자신의 이름이 적힌 그것들을 착용한 여자 아이들의 무리를 벌써부터 발견할 수도 있었다.

"크으, 제길!"

베리는 머리를 움켜쥐며 괴로운 신음 소리를 흘릴 수밖에 없었다. 형편없이 깨져 비난과 욕설을 듣는 자신의 모습이 자꾸 머리 속으로 연상되었기 때문이다.

다른 참가 선수들처럼 겸허하게 모든 것을 받아들이고 싶어도, 사람들 앞에 나서는 것은커녕 밖에 나가는 것조차 꺼리는 베리 녀석이 이 모든 상황을 제대로 이해한다는 것은 실로 불가능에 가까운 일이라 할 수 있었다.

"……."

베리가 대기석에 앉아 한참을 그렇게 멍하니 먼 하늘만 쳐다보고 있을 때였다.

"안색이 안 좋군. 무슨 일이 있었던 건가?"

어깨까지 흘러내린 흑발을 휘날리며 자룬 왕자가 다가와 말을 건넸다. 뭐라고 대답할까 망설이다가 베리는 볼을 붉적이며 입을 열었다.

"사람들이 굉장히 많아서요. 조금 부담스럽군요."

"흠, 그런가?"

"네. 이런 상황을 제가 싫어하기 때문에 그런 것인지는 모르겠지만…… 져도 상관없으니 빨리 벗어나고 싶군요."

말을 하면서도 베리는 초조한 기색을 감추지 못했다.

슬쩍 하얀 이를 드러내며 자룬 왕자는 그런 그를 향해 부드럽게 말했다.

"처음에는 다 그런 법이지."

"자룬 왕자님도 저랑 비슷하셨나요?"

"응, 나도 처음에는 그랬지. 하지만 시간이 지나고 익숙해지니까 견딜 만해지더군."

"그럴까요?"

“처음에는 사람들이 없는 것처럼 자연스레 행동하려고 하는 것이 좋을지도 모르겠군.”

귓속을 울리는 함성과 열광적인 응원을 벌이는 모습들을 어떻게 무시할 수 있을까. 하지만 사람이 마음먹기에 따라서 자신의 감정도 변하게 되기 마련일 것이다.

“노력해 보죠.”

“부디 준결승전에서 볼 수 있기를 빌지.”

“…그건 너무 무리한 주문인 것 같은데요.”

“글쎄. 운만 따른다면 가능할 수도 있겠지.”

상쾌한 미소를 지은 채 왕자는 베리를 떠나 자신의 대기석으로 돌아갔다.

‘죽이 되든 밥이 되든 일단 해보는 수밖에.’

사람들 시선에 신경 쓰다 보면 한도 끝도 없을 테니 일단 자신의 실력을 믿고 용기있게 행동하는 것이 제일 나을 듯했다.

시간이 흐를수록 빈자리가 손에 꼽힐 정도로 줄어들었고 그에 맞추어서 경기장의 열기는 더 더욱 뜨거워져 갔다.

한 중년 남자가 의자에 앉아 사색에 잠긴 그를 향해 입을 열었다.

“이제 슬슬 시작할 시간인 것 같습니다.”

철통같은 경비로 혹시 모를 위험에 대비한, 경기장에 마련된 제일 화려한 특실이었다. 최고급인 듯한 붉은 포도주로 입을 적신 그는 몸을 일으켜 경기를 볼 수 있는 곳으로 이동하기 시작했다.

“……”

그에 맞추어 경비를 맡은 기사들도 온몸의 신경을 곤두세운 채 일사 불란하게 몸을 움직였다.

큰 행사인만큼 예측하지 못한 위험이 도처에 널려 있다고 할 수 있 었다. 작은 실수 하나 용납되지 않는 일. 움직임에 신중을 기하는 것은 당연한 것이라 봐야 했다.

경기장으로 통하는 문이 그 모습을 드러내자, 모두의 긴장은 극에 달했다. 여태껏 별문제는 없었지만 앞으로도 계속 그럴 것이란 보장은 어디에도 없었다.

어느 누가 독 묻은 단검으로 그의 뒤를 노릴지 모른다. 마법을 사용 해서 갑작스레 땅속에서 뛰쳐나올 수도 있다. 상상할 수 있는 방법은 무엇이든 고려하는 편이 좋다.

육중한 소리와 함께 문을 열리자 셀 수 없을 정도로 많은 관중이 그 를 향해 환호성을 지르기 시작했다.

"피리닌님 만세!"

"카이리온 만세─!"

경기가 시작되기도 전에 관중들의 함성은 극에 달했다. 긴장의 끈을 놓치지 않고 맡은 바 소임을 다하며 경호 기사들은 앞서 가는 피리닌 을 좇았다.

붉은 카펫은 경기장 가운데에 마련된 단상까지 연결되어 있었다. 피리닌은 조금은 답답해 보일 정도의 느릿한 움직임으로 단상에 올랐 다.

궁정 마법사가 우아한 손짓으로 수인을 맺자 곧 확성 주문이 완성되 었다.

피리닌은 아무런 말도 하지 않은 채 수많은 관중들을 훑어본 후, 옆에 있는 사람에게 말을 건네는 것처럼 자연스레 입을 열었다.

"모두 추운데 고생이 많으시군요."

열광적인 함성도 거짓말처럼 사그라지고, 넓은 경기장에 들리는 것은 오직 피리닌의 음성뿐이었다.

"특히 학생들이 부상이라드 입을까 걱정되는군요. 제가 늘 이맘때쯤이면 느끼는 것이, 이 검술 대회 시기를 앞당기면 어떨까 하는 것입니다. 아무래도 날씨가 쌀쌀하면 학생들이 제 실력을 내기가 힘들 것 같아서요."

좌중을 압도하는 힘은 없지만 부드러운 어조는 이야기에 쉽게 몰두할 수 있도록 하는 장점이 있었다.

"하지만 전통이란 것을 그렇게 쉽게 고칠 수도 없는 노릇이니 어쩔 수 없이 매번 생각으로 끝나고 말죠. 이번 검술 대회에도 작년과 같이 훌륭한 학생이 많이 나온 듯합니다. 누가 우승할지 아직은 알 수 없겠지만, 박진감 넘치는 경기를 펼쳐 줄 것이란 건 말하지 않아도 분명한 사실이겠죠……."

다시 말을 흐리고 피리닌은 참가 선수들이 앉아 있는 대기석 쪽을 바라보았다.

"저 선수들이 우리 카이리온을 이끌 새로운 주역이 될 것입니다. 변방의 오랑캐들과 호시탐탐 전쟁을 벌일 궁리만 하는 쥐새끼들에 대항해 피를 흘리며 검을 휘두를 그런 훌륭한 기사 말입니다."

왠지 모르게 피리닌의 시선은 베리가 앉아 있는 대기석 근처에 고정되어 있었다.

"셀 수 없을 정도로 많은 위험한 사건이 앞으로도 계속 펼쳐질 것입니다. 그건 비단 '전쟁 뿐이 아닙니다. 다른 불의의 큰 사고로 나라가 흔들릴 정도의 위기가 닥쳐올지도 모르는 일이죠. 하지만 앞으로도 훌륭한 인재를 양성하고, 국민 모두가 그에 대비해 노력한다면 그 모든 것을 반드시 막아낼 수 있을 겁니다."

피리닌은 비웃는 것 같기도 하고 즐거운 것 같기도 한, 알 수 없는 미소를 짓고 있었다.

"좌우지간 모든 참가 학생들의 선전을 기원합니다. 또한 최선을 다해 경기에 임해주길 바랍니다."

그 말을 끝으로 피리닌은 단상을 물러나 특별히 마련된 관람석으로 향해 갔다.

"와아아!!"

"피리닌님 만세!"

그리고 기다렸다는 듯 열광적인 함성이 사방으로 메아리쳐 갔다.

현란한 환상 마법이 주위를 화려하게 밝히고, 신명나는 음악도 울려 퍼지며 경기의 시작을 알렸다.

'시작인가.'

베리는 자신이 첫 번째로 경기하지 않아도 된다는 사실에 안도의 한숨을 쉬었다. 일단 초장부터 단숨에 깨진다면 사람들의 비웃음을 살 것이 분명했기 때문이다.

여러 가지 행사를 끝내고 시간이 좀 흐른 후 자룬 왕자와 다른 한 선수가 경기장으로 올라갔다.

"제대로 한번 붙어봐!"

"끼야아! 자룬 왕자님이다!"

곧 시합이 펼쳐질 것이란 걸 눈치 챈 수많은 관중들은 열광적인 환호성을 지르며 저마다 개성적인 응원을 시작했다.

늘씬한 몸매와 단정한 외도 때문인지 자룬 왕자에게 향하는 여성 팬들의 고함 소리는 고막을 찢어버릴 정도로 대단했다.

'제, 제대로 싸울 수나 있을까?'

그러나 자룬 왕자는 조금도 흐트러진 모습을 보이지 않고 묵묵히 상대를 바라보며 있을 뿐이다. 베리는 내심 그런 자룬 왕자가 참 대단하다고 생각했다.

"시작합니다!"

경기장을 울리는 소리와 함께, 자룬 왕자의 앞 상대는 기민하게 몸을 좌우로 움직이기 시작했다.

역시 이런 곳까지 올라온 만큼 상대의 몸놀림은 예사롭지 않았다. 하지만 베리는 자룬 왕자가 그에게 진다는 생각은 눈곱만큼도 하지 않았다.

상대를 압도하는 기도라고 해야 할까. 자세히 설명할 수는 없지만 자룬에게는 상대 선수와는 격이 다른 무엇인가가 존재하고 있었기 때문이다.

꽤 수많은 강자와 만나보면서 베리의 눈썰미도 발전했던 것이다. 상대를 찢어버릴 것 같은 살기는 기르디가 최고였고, 흐르지 않는 연못처럼 고요하다가 한꺼번에 폭발시키는 기운은 카이츠가 제일이었다. 베르니아의 기도는 그렇게 강렬한 것은 아니었지만 천천히 상대를 옭아

매는 마력이 있었다. 또한 블랙 드래곤 살로빈의 살기는 사람의 혼을 빼앗을 정도로 끔찍한 성질이 있었고 말이다.

그들과 세세하게 비교하자면 좀 보잘것없긴 하지만, 자룬 왕자도 대단하다고 볼 수 있었다. 또 아직 어린 만큼 발전 가능성도 무궁무진할 테니 사람들에게 천재라고 불릴 만하다.

연신 불안정하게 주위를 돌던 상대는 빠르게 옆으로 회전해 검을 베어왔다. 피하기도 막아내기도 힘든 옆구리를 노리는 술수. 그러나 왕자는 눈 하나 깜짝하지 않은 채 아래에서 위로 검을 올려치며 공격을 흘러냈다.

"칫!"

이를 악물고 상대는 다시 불안정한 자세를 고쳐 잡으며 검을 양손으로 잡아 찌르기를 시도했다.

눈에 보이기도 힘들 정도로 날카로운 공세의 연속이었다. 자룬은 빠른 속도로 자신에게 접근하는 상대를 살짝 몸을 비틀어 피해내고, 눈을 빛내며 한 손에 쥔 검을 휘둘렀다.

찌이익—

옷이 찢기고 피가 튄다. 그러나 그리 깊지는 않은 모양인지 상대는 당황하지도 않고 빠르게 뒷걸음질쳐 몸을 날렸다.

"와아아!"

피를 보고 흥분한 것인지 관중들은 더 크게 환호성을 내지르기 시작했다.

찰나의 순간이었지만, 실력의 차이는 확연히 드러난 후였다. 빈틈이라고는 눈 씻고 찾아보아도 없을 정도의 완벽한 찌르기였지만 왕자는 그것을 피하고 반격해서 상처를 입힌 것이었다.

하지만 이렇게 아무런 저항조차 하지 못하고 패배할 수는 없는 노릇이었다. 흘러내리는 피도 추스르지 않은 채 상대는 다시 몸을 움직여 연달아 검을 휘둘렀다.

상대가 약한 것은 결코 아니다. 왕자의 실력이 그 나이라고는 도저히 믿어지지 않을 정도로 매서운 공격을 한 것이다. 하지만 왕자와 만난 것이 그의 불운이라면 불운이라 할 수 있었다. 어느 분야에나 상식을 넘어설 정도로 강하고 뛰어난 존재가 있기 마련인 것이다.

푹—

악에 받쳐 검을 휘두르는 상대를 우아한 움직임으로 피해내고 왕자는 상대의 허벅지를 노려 검을 찔렀다. 피할 것도 없이 공격에 적중당한 그는 피가 철철 흐르는 옆구리를 움켜쥐고 주저앉을 수밖에 없었다.

"…졌습니다."

더 이상 볼 것도 없는 확연한 실력의 차이였다. 시간이 흐를수록 자신만 더 추해진다는 것을 눈치 챈 이상 싸울 의미가 없어진 것이다.

승리가 결정되자 열광적인 함성이 승자를 향해 울려 퍼졌다.

"휴."

그래도 긴장하지 않은 것은 아닌 모양인지 자룬은 작게 한숨을 내쉬었다.

"수고하셨습니다."

대기석으로 돌아온 왕자에게 베리가 다가가 말했다. 자룬은 살짝 쓴웃음을 짓고 고개를 한 번 끄덕이더니 수건으로 땀을 닦았다.

“힘들었어.”

“보기에는 그렇게 고전하지 않으신 것 같던데…….”

“그렇게 보였겠지. 하지만 판단력이 조금만 늦었다면 진 것은 내 쪽이었을 거야.”

“그런가요?”

“그래. 그리고 저렇게 머리가 멍할 정도로 소리를 지르는데 제대로 싸울 수 있을 리가 없지 않는가.”

베리가 살짝 웃음 짓자 왕자는 질린 얼굴을 하고 말을 이었다.

“그래도 아닌 척한 거지 뭐. 일단 상대의 기세에 눌리면 안 될 것 같아서 말이야.”

“역시 그렇군요. 저도 좀 본받아야 할 것 같아요.”

여러 가지 이야기를 더 나누다 보니 경기장의 정리도 다 끝난 듯했다. 고개를 돌린 베리의 눈에 카루 녀석의 느긋한 모습이 들어왔다.

“이번 경기의 승자가 나와 붙을 듯한데 누가 이길 것 같나?”

“카루 녀석이 이기겠죠.”

“저 웃고 있는 학생 말인가? 아마 우리랑 같은 반이었던 것 같은데.”

“네, 전학 온 녀석이죠.”

“단언해서 말하는 걸 보니 실력이 범상치 않은 듯하군.”

“무지 강하죠. 아마 왕자님의 승리도… 장담할 수 없을 듯합니다.”

“그 정도인가? 나도 최선을 다해서 상대해야겠군.”

심판의 호령 소리와 함께 경기가 시작되었다. 카루는 여유로운 표정을 지은 채 연신 상대의 주위를 돌다가 어느 한순간 눈을 빛내며 검을 날렸다.

"윽!"

분명히 막았다고 생각했지만 공격은 옆구리를 스치고 지나가 작은 상처를 남겼다. 베리는 순간 카루의 검이 사라진 건 아닌가 하는 착각을 했다. 상대는 분명 검을 움직여 공격을 차단했는데, 검과 검이 맞물리는 그 찰나의 순간 카루의 검이 흐릿해지더니 배 근처에 상처를 낸 것이다.

초장부터 기선을 제압당한 탓인지 경기는 일방적으로 진행되었다.

'게다가 주가도 부르지 않고……'

분명히 저 녀석의 특기는 끊임없이 입을 움직여 주가를 부르고, 폭발할 듯 상대를 압박하는 매서운 공격을 날리는 것이다. 하지만 지금의 스타일은 정반대라고 할 수 있었다. 주위를 돌며 작은 상처를 남기고 천천히 상대를 옥죄는, 말 그대로 하이에나 같은 수법인 것이다.

"헉헉!"

쇠로 된 채찍에 맞은 듯한 상처가 상대방 학생 몸에 수도 없이 나 있었다. 카루는 유유자적 상대의 공격을 피해내더니 어느 순간 슬쩍 발을 앞으로 내걸었다.

털썩!

발에 걸려 넘어진 상대는 두 번 다시 일어나지 못했다. 탈진한 것인지 기절한 것인지 쓰러진 채였다. 그런 그를 바라보며 심판은 고개를 가로젓더니 카루의 손을 들어 올리고 승리를 외쳤다.

"와아아아! 대단하다!"

"진짜 엄청난데!"

왕자의 표정은 심각하게 굳어 있었다. 전력을 다하지 않은 건 카루도 마찬가지인 것이다.

'역시 강하군.'

저번의 환상 속에서보다 실력이 훨씬 더 상승한 듯했다. 얼마 전까지는 왕자의 실력이 카루보다 낫다고 판단했었는데……. 베리는 이번 싸움으로 그 생각을 수정할 수밖에 없었다.

'적어도 동등하거나, 그 이상.'

그리고 잠시 휴식 시간이 찾아왔다. 멍하니 경기장을 노려보다가 베리는 왕자를 향해 떨어지지 않는 입을 열었다.

"이번에는 제 차례군요."

"그런가? 상대의 이름은 무엇이지?"

"세이번… 이라고 하는 이름이었던 것 같습니다만."

"3학년생인가?"

"네."

"음, 고전할 듯하군. 뭐, 행운을 빌겠네."

자룬에게 살짝 고개를 끄덕이고 베리는 경기장을 향해 걸음을 옮겼다.

관중들이 시끄럽게 떠들어대는 소리가 커질수록 베리의 표정은 무겁게 가라앉아 갔다.

준비해 두었던 마법도 제대로 생각나지 않았다. 어떻게 싸워야 할지는 둘째 치고 떨려오는 다리 때문에 몸조차 제대로 가누기가 힘들었다.

하지만 베리는 이를 악물고 자신의 이름이 호명되어 경기장 위로 올라갔다. 싸워보지도 않고 포기할 순 없는 것이다.

"와아아아!!"

"저 아이가 평민 출신이라지? 생긴 거에 비해 검술 실력이 대단한가 보군."

"게다가 마법도 쓴다잖아. 이번 승부도 재미있을 것 같아."

"사랑해요! 여기 좀 봐주세요!"

무대에 오르면 사람들의 소리는 잘 들리지 않을 것 같았다. 그러나 그것은 오산이었다. 오히려 제각각 말하는 소리 하나하나가 또렷이 들려왔던 것이다.

베리의 심장은 터질 듯이 두근거리기 시작했다. 게다가 상대는 당장에라도 자신을 베어버릴 것 같은 눈초리로 바라보고 있었다.

"곧 경기를 시작하도록 하겠습니다."

수도 없이 많은 생각들이 머리 속을 헤집어댔다. 이제 나는 무엇을 해야 하나? 왜 이 자리에 있는 것인가? 어떻게 싸워야 할 것인가? 흙탕물로 한바탕 휘저은 것처럼 모든 것이 뒤죽박죽 엉망이었다.

'그렇지만……'

하지만 꿈이 있었다. 이루고 싶은 작은 소망. 왜 자신이 이곳에 있는 것인지는 중요하지 않았다. 왜 싸워야 하는가는 지금 판단할 문제가 아니다.

싸워야 했다. 자신 앞에 있는 상대가 문제가 아니라, 나 자신을 이기고 넘어서서 더 높은 곳을 향해 올라가야 한다. 꿈을 이루기 위해, 소중한 사람을 지키기 위해, 그리고 더 강해지기 위해.

'나는 싸워야 한다!'

심판의 목소리나 시끌벅적하게 떠드는 관중들의 환호는 더 이상 방해가 되지 않았다. 새하얀 눈으로 덮인 것처럼 모든 고민이 사라졌고, 더 이상 아무런 잡념도 떠오르지 않았다.

허리를 단숨에 베어버릴 것 같은 매서운 상대의 공격이 곧장 자신을 향해 쇄도해 왔다.

쉬이익—

바람을 가를 정도의 무서운 기세로 검은 베리의 몸을 노리고 접근하기 시작했다.

'물러설 순 없어!'

찰나의 시간, 머리가 땅에 닿을 정도로 낮게 몸을 숙이는 베리. 그리고 목젖을 노려 순간적으로 팔꿈치를 쳐 올렸다.

"헛!"

상대는 작게 숨을 들이키며 뒷걸음질치기 시작했다. 기회를 놓치지 않고 베리는 그런 그를 향해 날카롭게 검을 날렸다.

챙!

검을 양손으로 잡고 날린 매서운 공격이었다. 신장과 근력의 차이는 베리의 효율적인 수법으로 인해 메워진 상태였다.

"치잇……."

한 손에 쥔 검으로 대충 공격을 막아냈지만 자세가 흐트러지는 것은 어쩔 수 없는 일이었다. 그 빈틈을 노리고 베리는 곧장 무릎을 걷어 올렸다.

“우욱—”

둔탁한 소리와 함께 세이번은 잠시 고개를 숙이며 가슴의 고통을 참아냈다. 기르디가 자세의 중요성을 누누이 강조하며 언제나 자신에게 행해왔던 수법이었다. 맞으면서 눈과 몸으로 익힌 동작이니 만큼 사용하는 것도 능숙했다.

더 이상 허점을 만들지 않겠다는 듯 세이번은 이를 악물고 짧게 좌우로 검을 휘저었다. 그 공격마저 가볍게 피한 베리는 탄력을 이용해 잽싸게 상대의 후위를 향해 몸을 날렸다.

빠르게 몸을 돌리는 것은 힘들다. 배후를 잡히지 않기 위해서 세이번은 뛰어오르듯이 몸을 날렸지만…… 아쉽게도 베리의 공격이 한발 앞섰다.

퍽!

대각선으로 긋는 무서운 공격이었다. 둔탁한 소리와 함께 어깨에 적중한 검은 적지 않은 상처와 아픔을 세이번에게 안겨주었다.

베리는 잠시 숨을 고르더니 고통스러워하는 그를 내버려 두고 뒷걸음질치기 시작했다. 아픔 때문에 순간적으로 판단력이 흐려진 세이번은 그의 움직임을 뒤쫓지 않고 가만히 바라보고만 있었다.

놀랍게도 베리는 검을 바닥에 버렸다. 그리고 수인을 맺고 주문을 캐스팅하기 시작했다.

“제길!”

한동안 멍하니 그 모습을 바라보던 세이번은 검을 든 손에 힘을 주고 몸을 날렸다.

“반전(Reverse)!”

마법이 완성된 순간, 달려오던 세이번은 순간적으로 발을 멈추고 정신을 추스르려 했다.

"뭐, 뭐야, 이게?!"

세상이 온통 뒤죽박죽이었다. 원래 바닥에 있어야 할 물건들이 위에 아슬아슬하니 붙어 있었고 아래로는 푸른 하늘이 있었다.

"죄송합니다."

그리고 상대는 자신을 향해 밑에서 위로—실제로는 위에서 밑이겠지만—어느새 집어 든 검을 휘둘렀다.

피할 틈도 없이 그대로 공격에 맞을 수밖에 없었다. 혼미해져 가는 정신을 애써 붙잡으려 노력하며 세이번은 바닥에 쓰러졌다.

털썩—

시야가 정반대로 뒤집혀도 하늘은 언제나 파랗다는 것을 알았다. 그리고 세이번은 자신이 패했다는 사실도 납득해야만 했다.

"……."

상대가 안쓰럽다는 얼굴로 자신을 바라보고 있었다. 몸을 일으키려 해도 자신의 것이 아닌 것처럼 뜻대로 움직여지지 않았다.

"승리, 베리 코퍼슨!"

심판이 베리의 승리를 외쳤을 때 세이번은 그대로 정신을 잃을 수밖에 없었다.

'이겼나.'

손에 확실히 감촉이 있었다. 그러나 바닥에 쓰러진 세이번이란 소년은 금방이라도 일어날 것처럼 매섭게 자신을 바라보고 있었다.

끝이 아니라는 생각이 들어 검을 고쳐 잡을 때, 심판은 더 이상 경기를 속행하는 것이 불가능하다고 판단한 모양인지 베리의 이름을 외치며 승리를 선언했다.

"휴……."

그제야 베리는 안도의 한숨을 내쉴 수 있었다. 생각 외로 경기가 쉽게 풀린 듯해서 다행이었다.

상대의 실력은 절대 베리의 밑이 아니었다. 그러나 방심하고 있었던 것이다. 제대로 검을 휘두르지도 못할 것이라고 생각하며, 쉽게 승리를 거두기 위해 초반부터 무리하게 검을 휘둘렀다.

기선을 잡기 위해 한 행동이 오히려 정반대의 결과를 초래한 것이다. 상대의 입장에서 보면 분한 일이겠지만 말이다.

만약 뒤로 물러서거나 어설프게 검으로 공격을 막았더라면 위태로운 쪽은 베리였을 것이다. 단단한 체구답게 상대는 엄청난 근력을 가지고 있었다.

정면으로 붙어서 승리를 거두기에는 벅찬 상대였다. 승리를 거둘 수 있었던 것은 기술이 좋아서도, 신체적 요건이나 체력이 강해서도 아니었다. 순간적으로 최선의 임기응변을 펼쳤고, 다행히 그것이 상대에게 먹혀들어 간 것이다.

"와아아! 최고다!"

"너무 멋져요!!"

관중들도 열광적으로 그런 베리를 향해 환호성을 내질렀다. 질린 눈으로 그것을 훑어본 뒤 베리는 천천히 경기장 밖으로 걸음을 옮기기 시작했다.

잠시간의 휴식 시간이 끝나고 곧 새로운 시합이 펼쳐졌다. 수건으로 대충 땀을 닦은 베리는 인상을 찌푸리며 경기장으로 시선을 향했다. 왜냐하면 무대에 오른 발렘이 상대가 아닌 자신을 바라보고 있었기 때문이다. 그 살기는 왕자 이상이라고 봐도 좋을 듯했다.

'젠장! 도대체 내가 무슨 잘못을 했다고……'

불구대천의 원수라 해도 사람을 저런 눈으로 보지는 않을 듯했다. 게다가 아무리 생각해 봐도 자신의 머리 속에 저 발렘이란 사람은 없었다.

"그쪽이 베리라는 이름 맞나?"

"그럼 내가 사람을 제대로 찾은 모양이군."

"다름이 아니라 바로 선전 포고를 하러 온 것일세."

"더 이상 그녀에게 접근하지 말도록. 어쨌든 이후에 행동을 어떻게 하느냐는 너의 자유겠지만, 가능한 문제를 일으키고 싶지 않아서 말이야."

그녀가 누구인지도 모르겠고, 도대체 왜 그가 자신에게 원한을 품었는지 짐작도 가지 않았다. 쥐 죽은 듯이 조용히 지내는 만큼 타인에게 원한을 살 일을 저지른 것도 아닌데 말이다.

여하튼 생각하면 할수록 머리만 깨지는 일이었다. 속 시원하게 누군가 이야기라도 해준다면 소원이 없을 정도였으니 말이다.

"와아아!"

순간 엄청난 환호성이 베리의 심란한 머리를 파고들었다. 퍼뜩 정신을 차리고 바라보자 '일방적인' 수준을 넘어서서 '학대'라고 할 수 있을 정도로 끔찍한 시합이 시야 가득 들어왔다.

"으윽—"

괴물이라고 해야 할까, 아니면 엄청난 실력이라고 해야 할까. 시합 초반에는 그래도 평행 관계를 이루며 박진감 넘치는 경기를 보여주고 있었다. 하지만 어느 순간부터 발렘의 공격은 눈으로 쫓는 것이 불가능하다고 할 정도로 빠르고 날카로워지기 시작한 것이다.

'저것이 발렘이란 녀석의 실력인가······.'

상대에게 동정심이 든 것은 이번이 처음이었다. 기사 양성 학교라고 한다면 적어도 일정 수준 이상의 실력을 가지고 있어야 했고, 그중에서 특출나게 뛰어난 수준이라면 실전도 무리없이 소화할 정도의 기량을 가지는 법이었다.

하지만 저것은 상상을 초월했다. 카루나 왕자의 솜씨도 특별했지만, 발렘은 그보다 두 수는 위라고 할 수 있었던 것이다.

"졌어요! 그, 그만!"

상대는 겁에 질려 울 것 같은 눈빛으로 발렘을 바라보고 있었다.

"······."

떠나가라 소리를 지르던 건 언젯적 일이었냐는 듯, 거다한 경기장에는 순간 적막이 가득했다. 너무 일방적인 시합 내용에 무어라 할 말조차 잃은 것 같았다.

"승리, 발렘 레이시엘!"

심판의 외침과 함께 제일 먼저 환호의 목소리를 터뜨린 것은 다름 아닌 발렘의 여성 팬들이었다.

"사랑해요!!"

"너무 멋져요, 발렘 오빠─!"

열광적인 목소리가 들렸지만 발렘은 거들떠보지도 않았다. 오히려 승리한 것만으로는 부족하다는 듯 살기에 젖은 눈으로 베리를 쏘아보는 것이 아닌가.

"……."

예전이라면 모르겠지만, 베리는 굳이 고개를 돌려 그의 시선을 피하려 하지 않았다. 강해지기 위해선 당당하게 맞서 싸워야 한다는 사실을 깨달았기 때문인지, 아니면 큰 무대에 올라서서 싸운 후라 겁이 줄어든 것인지 잘 설명할 수는 없었지만, 중요한 것은 전과는 달리 자신이 변해가고 있다는 것이다.

아니, 오히려 꼭 싸워야 할 운명이라면 신나게 제대로 한번 싸워보고 싶었다.

장학금은 확보되었으니 괜찮을 거다라는 생각이 없는 것은 아니지만, 가슴을 불타게 할 정도로 설명할 수 없는 열기가 가슴속을 뜨겁게 달구고 있었다.

두 사람의 대결은 그렇게 다가오기 시작했다.

"와아, 베리 오빠가 이겼어─! 시아 언니, 저것 좀 봐!"

"응. 그런 것 같네."

"이렇게 사람들이 엄청 많은 곳에서 잘 싸우고 있는 걸 보니까 왠지 평소에 내가 괴롭히던 베리 오빠가 아닌 것 같아. 솔직히 말하면 쪼금 멋져 보이는걸. 언니는 어때?"

"나도 그런 것 같아."

“헤헤. 그냥 확 우승해 버렸으면 좋겠다.”

얼굴 가득 미소를 띤 채 수다스레 말하는 셀브렛을 무시하고 시아는 조용히 시선을 경기장 위로 옮겼다. 조금 피곤한 표정을 한 베리가 대기석으로 왔다.

“…….”

상처 하나 없이 이긴 것은 사실이었지만 왠지 모르게 불안한 기분이 들었다. 잠시 동안 그런 그의 얼굴을 바라보다가, 두 손을 가지런히 무릎 위로 모았다.

‘부디 큰일없이 무사히 끝나길.’

우승을 한다거나 큰 선전을 기대하는 것은 아니다. 몸이 엉망진창이라면 좋은 성적을 거둔다 해도 무슨 소용이 있겠는가? 나약한 생각이라고 남들이 뭐라 하더라도 상관없다. 큰 상처 없이 무사히 경기가 끝나길 기원할 뿐, 다른 무엇은 조금도 바라지 않았다.

그런 시아의 마음을 눈치 챈 것인지 아이린은 조용히 그녀의 손을 마주 잡았다.

“너무 걱정하지 마.”

싱긋 미소 지으며 자신에게 말하는 그녀를 보고 살짝 한숨 쉬며 시아도 작게나마 고개를 끄덕였다.

“맞아맞아. 베리 오빠가 다른 건 몰라도 맷집은 좋은 편이잖아. 뭐, 괜히 쓰잘데기없는 데 오기를 잘 부려서 그렇지 근성도 대단한 편이고 말이야.”

“셀브렛, 그런 말 하면 못 써.”

“헤헤. 언니도 걱정하지 말라니까. 전쟁터에 나가는 것도 아니고 이런 대회에서 무슨 큰일이야 나겠어?”

쓴웃음 지으며 시아는 조용히 셀브렛의 머리를 쓰다듬었다.

“응, 맞아. 잘 되겠지.”

자신이 너무 부정적으로만 생각하고 있는 건 아닌가 하고 조금은 반성하는 시아였다. 관중들의 환성이 다시 한 번 크게 경기장을 울리더니 곧 새로운 학생들이 대기석을 벗어나 무대로 올라갔다.

“저 사람은? 예전에 한 번 본 기억이…….”

“응? 무슨 일 있어?”

“아무것도 아니에요. 신경 쓰지 마세요.”

무대에 오른 선수 중 한 명은 확실히 낯익은 얼굴이었다. 또래의 남자치고는 눈에 띄게 단정한 얼굴이라 쉽사리 잊혀지지 않았다고 할까. 뭐, 시아의 기억이 정상인들과는 비교할 수 없을 정도로 훌륭한 것이긴 하지만 말이다.

그래도 아는 사람이 이기는 것이 낫겠지, 하고 생각하며 시아는 조용히 경기가 시작되길 기다렸다.

한편 그리 떨어지지 않은 경기장의 한 켠에서는 단정한 얼굴의 두 소녀가 경기를 관람하고 있었다.

“와, 저것 좀 봐! 베리가 이겼어!”

“젠장.”

“같은 반 친구가 무사히 장학금을 받게 되었는데 그렇게 울상을 짓고 있으면 안 되지. 그리고 리체야, 제발 부탁이니 내 손수건 좀 그만 물어뜯어. 그거 꽤 비싼 거라고.”

"으으, 몰라몰라!"

"그래도 이번에는 꽤 근사하게 싸워서 이겼잖아. 1학년생이 세 명이나 본선에 진출해서 여러 모로 관심을 끈 검술 대회인데 말이야. 세 명 모두 16강전을 나란히 통과하다니. 이건 대단하다고밖에는 말할 수 없겠네."

여러모로 이변이 많은 대회라고 할 수 있었다. 귀족이 아닌 평민이 본선까지 올라갔다는 것 자체가 최초로 있는 일이었고, 본선에 오른 1학년생 모두가 나란히 8강까지 올라갔다는 사실도 놀라운 일이다.

여하튼 그 두 가지 놀라운 점에 나란히 속해 있다는 사실 자체만으로 베리는 모두의 주목을 받고 있었다.

"뭐, 조금 대단하긴 했지만."

덧붙여서 여기까지 올라온 것이 요행이 아니라는 듯 멋지게 상대를 제압해 이긴 것이다. 꿈 많은 소녀들은 얼굴을 붉히며 동경의 눈빛을 보내고, 새로 만들 노래의 가사에 오늘 있었던 베리의 활약을 적기 위해 벌써부터 음유 시인들은 분주히 머리를 굴리고 있었다. 뭐, 조금 과장해서 말하자면 말이다.

인상을 가득 찌푸리며 중얼거리는 리체를 질린 얼굴로 잠시 바라보다가 엘리는 퉁명스레 다시 입을 열었다.

"너도 참 지나치게 불단이 많은 것 같은데 말이야, 베리도 나름대로 열심히 노력해서 여기까지 오게 된 거라고!"

"칫, 알았으니까 그만 좀 해. 나도 이왕 이렇게 된 거 순수하게 응원해 주기로 했으니까."

"그거 조금 믿을 수 없는 발언인데?"

"내가 무슨 악마도 아니고 말이야, 사실 조금 배가 아프긴 하지만 그래도 참는 수밖에 없잖아."

내심 베리가 중도 탈락하길 원했던 리체였지만 상황이 이쯤 되니 대놓고 지길 바라는 건 좀 무리가 있었다.

갑자기 리체가 순순히 그런 말을 내뱉자 뒤통수를 긁으며 엘리가 말했다.

"그렇다면 다행이지만."

"어, 이번에는 코인 오빠가 하는 모양인데?"

특유의 거만한 미소를 지으며 코인이 뚜벅뚜벅 무대 위로 올라갔다. 두 소녀는 더 이상 말을 잇지 않고 그의 얼굴로 시선을 향했다.

다음 시합의 선수들 중 하나는 다름 아닌 학생회장인 코인이었다. 베리는 그가 어떻게 이번 시합 때까지 무사히 올라온 것인지 궁금해하다가 경기가 시작되고 나서야 새삼 그의 실력을 다시 인식하곤 놀랄 수밖에 없었다.

앞서 본 발렘 정도는 아니지만 그의 검술 실력 또한 대단했다. 베리의 검술이 실전에 바탕을 둔 임기응변의 성향이 짙다면, 코인의 수법은 방어적인 요소가 많은 정통 기사의 검술이다.

어느 것이 좋다고는 할 수 없었다. 기르디가 가르치는 검술에는 장점뿐만 아니라 단점도 있으니까.

"……"

여하튼 이 기회에 여러 사람들이 다양한 수법으로 상대와 맞서 싸우는 것을 볼 수 있었으니 베리의 입장에선 여러모로 도움이 된 검술 대회라 할 수 있었다.

펙!

깔끔하게 몸을 움직여 검을 휘두르자 곧 상대는 차가운 바닥으로 허물어졌다. 예상한 것처럼 큰 위기 없이 코인이 승리를 거두자 베리는 쓴웃음 짓고 자리에서 일어나 훈련실로 향했다.

16강의 경기가 대충 무리없이 마무리되자 곧 휴식 시간이 찾아왔다. 많은 사람들이 점심을 덕기 위해 경기장에 마련된 식당으로 가거나 시간을 때우기 위해 어딘가로 걸음을 옮기고 있었다.

제일 먼저 펼쳐질 자룬과 카루의 시합. 그 경기에 뒤이어 베리와 발렘의 시합이 시작될 것이다. 그리고 각각의 두 경기 승자는 준결승전에서 마주치게 된다.

코인이 결승전에 오를 것은 무난히 예상할 수 있었다. 결승전에서 누가 그와 겨루게 될지는 모르겠지만, 좋은 시합을 선보일 것이란 건 자명한 일이다.

'왕자와 카루, 그리고 발렘과 나. 단순히 생각해 보면 발렘이란 작자가 올라갈 확률이 제일 높을 것 같기도 하지만……'

하지만 승부라는 것은 언제나 변수가 작용하기 마련이다. 그래서 더욱 흥미로운 법이기도 하고 말이다.

"이길 수 있을까?"

몇 번 검을 휘두르다가 베리는 문득 그런 생각을 했다. 설령 운이 좋아서 발렘을 이긴다고 해도 다음 상대는 왕자, 아니면 카루였다.

강자와 싸울수록 요행으로 이길 확률은 자연히 줄어들게 된다. 여태껏 겪어왔던 승리도 상대의 오만이 부른 허점이 많은 만큼 이번에 펼쳐질 싸움이 진정으로 자신의 실력을 파악할 수 있는 기회가 될 것이다.

"……."

두려움과 기대, 그리고 표현할 수 없는 감정이 머리 속을 어지럽혔다. 식사도 하지 않은 채 그렇게 묵묵히 검을 휘두르던 베리는 경기장으로 천천히 발걸음을 옮기기 시작했다.

집중이 전혀 되지 않으니 연습에 도움이 될 리 없었다. 그렇다고 멍하니 앉아 시간만 축내는 것은 사양하고 싶었다.

어디론가 미친 듯 뛰어가고 싶은 기분이었지만, 그것은 남은 경기를 끝내고 해야 할 일이다. 그야말로 일 분 일 초가 더디게 흘러가는 것 같았다.

하지만 그냥 잠시 쉬는 것이 나을 듯했다. 베리는 아무 생각도 하지 않은 채 대기석에 앉아 경기장을 바라보았다. 희로애락이 엇갈린, 환호성의 중심이라고 표현할 수 있는 그곳. 말끔히 청소한 모양인지 여태껏 경기장을 적신 피도 보이지 않았다.

잠시라도 눈을 붙이는 쪽이 좋을 듯했다.

짧은 순간이었지만 모든 것을 잊고 싶었다. 그래서 그냥 무작정 눈을 감고 아무런 생각도 하지 않기 위해 노력했다.

경기가 막 시작되려 할 때서야 베리는 눈을 뜨고 정신을 추스렸다.

전의 경기와는 달리 카루는 매서운 눈초리로 왕자를 바라보고 있었다. 베리는 순간 먹이를 앞둔 독사의 그것과 비슷한 모습이라고 생각했다.

몸을 움직인 것은 거의 동시였다. 경기를 시작한 지 한참이 지나고, 보는 사람이 갑갑할 정도로 서로의 눈을 바라보던 그들은 어느 순간 서로를 향해 검을 휘둘렀다.

챙!

힘을 견주며 잠시 신경전을 벌이다가 빠르게 양 갈래로 갈라 섰다.

예상했던 것과는 정반대의 흐름이었다. 느릿느릿 걸음을 옮기며 기회를 노릴 뿐, 둘은 섣불리 먼저 공격을 하지 않고, 틈을 발견하기 위해 온 감각을 동원해 신경전을 펼치고 있었다.

보는 사람의 손에서 땀이 배어 나올 정도였다. 그것은 지루한 것과는 다른 차원의 성질이었다. 숨 막힐 정도로 목을 조여오는 기운이고, 언제 폭발할지 모르는 초조함이었다.

갑자기 한 여자 아이의 울음소리가 경기장에 메아리쳤다.

그리고 그것이 시발점이 되어 둘은 서로의 몸을 노리고 검을 찔러갔다. 카루는 조용히 목소리 높여 주가를 부르기 시작했고, 왕자는 그 특유의 날카로운 검술을 유감없이 드러내며 반격하고 있었다.

베리는 순간 그런 둘의 대결이 정말 아름답다는 생각이 들었다.

그것은 분명 짧은 시간이었다. 하지만 표현할 수 없을 정도의 수많은 공방과 술수들이 담겨 있었다.

한 번의 움직임에는 몇 번의 속임수가 녹아 있었던 것이다. 비록 음악은 없지만 중얼거리는 노래와 화려한 몸짓은 사람들의 입이 절로 벌어질 정도로 시선을 빼앗았다.

왕자의 몸은 어느새 자잘한 상처가 가득했다. 카루도 몇 군데 크게 다친 모양인지 영 안색이 좋지 않았다.

"……."

소강 상태에 이른 것인지 둘은 한참을 그렇게 마주 바라보았다.

왕자가 막 숨을 내쉬려고 하는 찰나의 빈틈을 놓치지 않고 카루가 검을 찔렀다. 그리고 그것은 정확히 옆구리에 적중했다.

퍽!

하지만 그것도 속임수였다. 한발 앞서 검을 휘두른 것은 카루가 아니라 자룬이었던 것이다.

카루는 비릿한 미소를 지으며 그런 그를 바라보다가 천천히 바닥을 향해 허물어지기 시작했다.

바닥은 두 사람이 흘린 피로 붉게 물들어 있었다. 처참한 광경을 멍하니 바라보다가 심판은 소리 높여 자룬의 승리를 선언했다. 환호성을 지르는 것도 잊은 채 관중 모두는 자룬을 경외감 가득한 눈으로 바라보았다. 그것은 더 이상 '흥미'의 시선이 아니었다.

털썩.

그리고 잠시 후 자룬도 차가운 돌 바닥 위에 쓰러졌다. 곧 성직자들이 두 개의 들것을 들고 무대 위로 바삐 올라왔다.

짝짝짝!

어느 순간부터 관중들은 우레와 같은 박수를 치며 그런 둘의 승부에 찬사를 보냈다. 남녀노소를 불문하고 대단한 무위에 감격하지 않은 자가 없었다.

생각지 못한 소동 때문에 조금 시간이 지체되었다. 잠시 후, 베리도 천천히 무대 위로 올라갔다.

　반대쪽에서 매섭게 자신을 바라보는 발렘. 전에 벌어진 싸움 따위는 이미 둘의 머리 속에서 지워진 지 오래였다. 중요한 것은 이번에 이루어질 자신들의 승부뿐인 것이다.

　기대에 찬 눈으로 관중들은 그런 그들을 바라보고 있었다. 무대에 오르고 나서 베리는 발렘을 향해 말했다.

　"도대체 왜 저를 그렇게 증오하시는 겁니까?"

　"……."

　"뭐, 지금 그런 건 중요하지 않겠죠."

　"그래."

　"최선을 다할 겁니다."

　"후회가 되지 않는 승부이길 빈다."

　짤막한 말을 끝내고 발렘이 조용히 심판을 보며 작게 고개를 끄덕이자 심판은 그제야 경기 시작을 외쳤다.

　떨리진 않았다. 혼을 앗아갈 듯한 눈빛이 두렵지 않은 것은 아니었지만 움직임에 크게 지장을 줄 정도는 아니었다.

　시합이 시작되었지만 그는 묘하게 가라앉은 눈으로 날 훑어보고 있을 뿐이었다. 어떻게 몸을 움직여야 할지 고민하다가 잠시 뒷걸음질쳐 거리를 벌려보았다.

　"……."

　마법을 사용하고 싶었지간 가슴 한구석이 왠지 뜨끔거렸다. 조금 더 거리를 벌리기 위해 막 몸을 움직였을 때 그의 검은 내 목 근처까지 접근해 있었다.

　고개를 숙이자 머리카락이 조금 잘려 나갔다. 생각보다 배는 빠른 움직임이었다. 절로 가슴이 서늘해지는 것 같았다.

　섣부른 움직임이 곧 형편없는 패배를 자초한다는 사실을 눈치 챌 수 있었다. 기세를 탄 것인지 그는 슬슬 내 몸을 노리고 검을 휘두르기 시작했다.

　그렇게 막기 어려울 정도의 공격은 아니었다. 하지만 여태까지 그가 벌인 승부가 그랬듯이 이 무렵이 제일 중요한 것이다.

　어느 순간부터 그의 검이 매서워지기 시작할지 몰랐다. 폭풍 전야의 고요함이라고 해야 하나? 빈틈을 노리고 검을 휘둘렀지만 상대는 간단하고 효율적으로 검을 움직여 방어해 냈다.

　'제기랄!'

　점점 가슴이 답답해지는 것 같았다. 초조함이 클수록 상대에게 빈틈만 보이는 꼴이겠지만, 표정 하나 변화하지 않은 채 묵묵히 기계처럼 몸을 움직이는 상대의 모습에 당황한 것은 인간인 이상 어쩔 수 없었다.

　"큭!"

　그의 검이 작은 상처를 남기고 팔을 스쳐 지나갔다. 역시 검술의 기량 차이가 큰 만큼 시간이 흐를수록 불리해지는 것은 내 쪽인 듯했다.

　조금 더 막아내다가 나도 빈틈을 노려 연달아 공세를 펼치기 시작했다.

　양손에 꽉 쥔 검을 좌우로 베고 몸통을 노려 찌르기를 하며 아래에서 위로 힘차게 내리긋는… 가진 수법을 모두 동원해 그의 허점을 공략해 나가기 시작했지만, 모든 공격은 그의 검에 막혀 사라질 뿐이었다.

"……."

실력 차이가 너무나 컸다. 눈 하나 깜짝하지 않은 채 그는 손쉽게 내 공격을 막아내는 것이다. 계란으로 바위 치기라는 말만 떠오를 수밖에 없었다. 시간이 흐를수록 자위하는 기분만 들기 시작했다. 지친 숨을 고르며 이를 악물고 다시 공격을 감행하려는 순간, 방어만 하던 그가 천천히 돋을 움직여 한 걸음씩 접근하는 것이 눈에 들어왔다.

그리고 어느 순간, 나는 그런 그를 벗어나기 위해 뒤로 물러나고 있었다. 이기기 위해선 당당히 맞서 싸워야 한다는 사실을 충분히 알고 있었지만 몸은 이성적인 생각보다 본능에 충실했다.

바로 그때 발렘은 성난 파도처럼 매섭게 공격해 오기 시작했다.

뒷걸음질치던 나는 어설프게 몸을 움직여 밀려오는 공세를 피했다.

마치 어린아이와 어른이 싸우고 있다는 착각이 들 정도였다. 미친 듯이 퍼붓는 공격은 셀 수 없을 정도로 많은 상처를 남기고 내 몸을 스쳐 지나갔다.

상처가 아프고 두려움이 강해질수록 가슴은 답답해져 왔다. 내 한심한 나약함이, 결국 패배로 가는 길을 자초한 어리석은 행동이란 것을 알았던 것이다.

퍽—

그때 검이 둔탁하게 머리를 때렸다. 순간 세상이 온통 흔들린다는 착각에 빠질 수밖에 없었다.

이마에서 흐르는 붉은 피는 턱을 타고 뚝뚝 땅으로 떨어졌다. 함성 지르는 것도 잊은 채 관중들은 나를 서커스단의 피에로 보듯 바라보고 있었다.

하지만 아픔이 커질수록 오히려 머리 속은 더 맑아지는 것 같았다. 붉은 피를 봐서 그런지 두려움과 망설임도 잊은 채 나는 발렘을 향해 검을 내질렀다.

공격이 적중하고, 내가 곧장 반격할 것이란 건 그도 예상하지 못한 듯했다. 나는 틈을 노려 연달아 검을 휘둘렀다.

"……."

하지만 우세하게 진행되던 건 정말 잠시에 불과했다. 어느새 그는 냉정한 눈빛으로 돌변해 다시 내 몸을 향해 검을 날려왔다.

"아으윽—"

복부에 제대로 꽂힌 모양인지 곧 엄청난 고통이 느껴졌다. 우두둑거리는 소리로 보아 갈비뼈가 몇 개는 아작난 것 같았다.

털썩.

공격에 적중당한 순간 나는 바닥을 향해 곧장 고꾸라졌다. 그런 나를 씁쓸한 미소를 지으며 바라보던 발렘은 등을 돌려 경기장 밖으로 벗어나려 했다.

하지만 난 천천히 몸을 일으켰다. 온몸이 삐걱거리며 고통스런 소리를 내질렀지만, 나는 피가 배어 나올 정도로 입술을 깨물며 자리에서 일어났다.

그리고 주문을 캐스팅했다. 그것은 일 대 일 승부에선 처음으로 사용하는 세 번째 단계의 주문이었다.

경기장을 벗어나려던 발렘이 뒤돌아서서 날 발견한 때는…… 막 내가 주문을 완성하려던 바로 그 순간이었다.

"가속화(Haste)."

그는 즐겁다는 듯 씨익 웃음 짓고 있었다. 나는 움직이지 않는 입꼬리를 억지로 말아 올리며 마주 미소 지었다.

피가 눈에 고여서 그런지 세상이 온통 붉었다. 또 새로운 체험을 하게 되어 다행이란 생각을 하며 난 천천히 발렘을 향해 걸음을 옮겼다.

'다리야, 제발 좀 움직여 다오. 그동안 너무 시시하게 대접해 준 것 같아서 미안하긴 한데 이번 한 번만이라도 좋으니 제대로 움직여 주지 않을래?'

한 손에 쥔 검을 고쳐 잡고 난 천천히 그를 향해 몸을 날렸다.

언제나 그렇듯, 내 인생은 붉은 핏빛이었다.

몸을 날렸다 싶은 순간, 어느새 난 발렘의 지척에까지 도달해 있었다. 가속화 마법은 지속 시간이 그리 길지 않았기 때문에 이를 악물고 난 그의 몸을 향해 연이어 검을 휘둘렀다.

챙챙—!

생각 외로 발렘의 반응은 느렸다. 아니, 그가 느리기보다는 내가 너무 빠르다고 하는 것이 옳았다. 입술에 흐르는 붉은 피를 혀로 핥아내고는 쉬지 않고 다시 검을 휘둘렀다.

머리의 상처는 쉬지 않고 피를 꾸역꾸역 토해내고 있었다. 가슴은 터질 듯이 요동치고 다리는 곧 쓰러질 것같이 흔들리는 게 위태롭기 짝이 없어 보일 것이다. 여러모로 최악의 상황이라고 할 수 있었지만 이상하게 기분은 그리 나쁜 편이 아니었다.

검을 위에서 아래로 내리긋는 순간, 처음으로 발렘이란 녀석의 얼굴이 살짝 뒤틀리는 것이 보였다. 그리고 내 얼굴의 미소는 한순간 더욱 더 짙어졌다.

'조금만 더.'

온몸이 욱신거린다. 급하게 마법을 사용한 때문인지, 체력은 이미 밑바닥에 접근해 있었다. 하지만 적어도 한 번만이라도 공격을 성공시켜야 포기할 수 있을 것 같았다.

부웅―

또다시 아슬아슬하게 검이 볼을 스치고 지나갔다. 미세한 실선을 남기고 붉은 피가 뚝뚝 바닥으로 흘러내리기 시작했지만, 얼굴 표정 하나 바꾸지 않고 난 그의 몸을 향해 검을 찔렀다.

그가 아슬아슬하게 옆으로 움직여 공격을 피해내자 나는 최후의 힘을 짜내어 곧장 대각선으로 검을 내리그었다.

"큭!"

그야말로 필살의 각오로 펼친 공격이었지만 검은 살짝 가슴을 스치고 지나갈 뿐, 달리 아무런 피해도 주지 못했다.

'젠장!'

승기를 잡는 순간 확실하게 결판을 내야 했다. 시간이 흐를수록 몸 상태가 안 좋아질 것이란 건 불을 보듯 뻔한 사실이었으니 말이다.

기세를 잡고 다시 폭풍처럼 공격해 들어올 것이라 예상했던 발렘…… 그러나 그는 묘한 표정으로 자신의 가슴 한 켠에 난 상처를 바라보고 있을 뿐이었다.

"……"

그런 그의 눈에 보이는 것은 상처의 아픔이나 분노 같은 차원의 성
질이 아니었다. 놀라움이라고 해야 할까? 재미있는 장난감을 발견한
순진한 어린아이의 표정과 비슷하다고 할 수 있었다.
　잠시 동안 멍하니 그런 자신의 가슴을 보다가 발렘은 살짝 인상을
찌푸리고 나를 향해 입을 열었다.
　"생각보다 제법이군."
　"이제부터가 진짜 승부입니다."
　"포기하는 것이 좋을 텐데. 그 상처로는 더 버티기 힘들 거야."
　"평생 후회하고 싶진 않습니다."
　단호하게 말을 끊으며 난 손 안의 검을 고쳐 쥐었다.
　"그런가. 뭐, 여하튼 나도 미적지근하게 끝이 나는 것은 별로 좋아하
지 않으니 말이야."
　"이기든 지든 결판이 나면 한 가지 부탁을 드리고 싶습니다."
　"부탁?"
　"왜 저를 그렇게 싫어하는지 알려주십시오."
　"꼭 그걸 내 입으로 말해야 하나?"
　"전 초능력자가 아니니까요. 듣지 못하면 알 수 없습니다."
　"뭐, 좋아. 그렇게 하도록 하지."
　"감사합니다."
　"그럼 보는 사람들도 지루할 테니 이제 슬슬 끝을 봐야 할 듯하군."
　"먼저 공격하겠습니다."
　흔쾌히 고개를 끄덕이는 발렘을 보며 난 그가 비비 꼬인 남자가 아
니라는 생각을 할 수 있었다. 여하튼 그 문제는 나중에 생각하기로 하

고 삐거덕거리기 시작하는 몸을 애써 움직이며 그의 몸을 향해 검을 휘둘렀다.

부웅—

가속화 마법이 제대로 걸린 때문인지 검의 움직임도 평소보다 배는 빠른 듯했다.

챙!

검과 검이 마주치는 그 순간, 예리한 금속음이 귓가를 때렸다. 어차피 승부는 찰나에 결정되기 마련이니까, 한번 잡은 기세를 놓치지 않고 붙들기 위해 연이어서 난 검을 휘두르기 시작했다.

눈으로 따라갈 수 없을 정도로 맹렬하게 검을 휘둘렀지만, 발렘은 마치 태산같이 견고하게 미동조차 않고 방어해 낼 뿐이었다.

“흐아아압—!”

끈적하게 들러붙은 피가 뜨거운 땀에 녹아 붉은 이슬이 되고, 목 선을 따라 미친 듯 뛰는 가슴까지 흘러내린다. 문득 예전 엘프들의 숲에 갔을 때 카이츠님과 대화했던 것이 떠올랐다.

자기보다 강한 상대와 대적하게 되었을 때 어떻게 싸우는 것이 제일 승률을 높일 수 있을까요, 란 내 어리석은 질문에 그는 미소 지으며 대답했다.

‘애초에 자기보다 강한 상대와 싸운다는 것이 어리석은 일. 실력과 신체 조건이 비슷하다면 동요하지 않고 이기려는 의지가 강한 쪽이 승률이 높겠지.’

어떤 상황이 닥치더라도 냉정하게 사태를 파악하는 것이 중요하다라는 것. 사실상 엘프들의 숲에서 그에게 배운 것은 하나뿐이라고 봐도 좋았다.

"빛(Light)!"

사방을 하얗게 밝히는 작은 구체를 발렘의 눈을 향해 쏘고 나는 곧장 그의 허벅지를 향해 좌우로 검을 휘둘렀다.

"큭."

빛 주문 때문에 잘 보이진 않지만 어렴풋이 손끝에서 살을 베는 감촉이 느껴졌다. 하지만 여기에서 만족하고 뒤로 물러선다면 영원히 그를 이기지 못할 것이 분명했다.

허리를 최대한 지면에 바짝 숙이고 자세를 고쳐 잡으며 곧장 아래에서 위쪽으로 검을 뻗었다. 마법이 걸린 때문에 인간이라고 할 수 없을 정도로 내 움직임은 민첩했다.

뱀과 같은 미끈한 공격은 정확히 그의 배와 가슴을 때렸다. 빠르게 뒤로 물러나는 발렘을 향해 빛 화살 주문을 쏘아 적중시키고는 부들거리는 다리와 후끈거리는 머리, 미친 듯 쑤셔오는 가슴을 외면하며 난 몸을 날렸다.

"크아아!"

젠장! 정말 장난이 아니게 아프다고! 아픔도 나누면 절반이라는데 너란 인간도 조금 다치는 것이 합당한 일이 아니야? 제기랄, 제기랄! 아무리 강력한 성력으로 치료한다고 해도 말이야, 이렇게 심하게 다치면 적어도 며칠은 침대에서 썩어 지내야 할걸? 으윽, 그러니까 셀브렛 녀석의 비웃음거리가 되기는 죽어도 싫다고!

쉴 새 없이 병신같이 뭐라 중얼거리며 나는 아무렇게나 검을 휘둘렀다. 아무런 말조차 하지 않고 견디기에는 그 고통이 너무 컸다. 내 인내심이 작다고 할 수도 있겠지만, 정말 미치지 않고서는 당장에 기절해 버릴 정도로 그 통증이 대단했기 때문이다.

비 맞은 땡중처럼 기분 나쁘게 혼자 무엇이라 중얼거리고 침과 피를 질질 흘리는 내 자신이 우습지 않은 것은 아니었지만, 사람이 극에 달하면 눈에 뵈는 게 없다는 말과 같이 이왕 이렇게 망가진 거 끝까지 철저히 망가져 주겠다는 일념으로 난 흐느적거리며 검을 날렸다.

"……."

그도 적지 않게 부상을 입은 것은 확실했다. 쥐도 궁지에 몰리면 고양이를 문다고, 피를 철철 흘리며 미친 듯이 이렇게 자신에게 검을 날리는 사람의 모습에 당황하는 것이 그 역시 뜨거운 피가 흐르는 인간이라는 걸 알려주는 듯했다.

갈수록 온몸에 힘이 빠지고 눈이 감겨져 왔다. 추운 겨울이라서 그런지 차가운 한기가 상처로 스며드는 것이 참 뭐라 표현하기도 힘들 정도로 괴로웠다.

"헉헉."

최후의 몸부림이라고 해도 좋을 만큼 내 표정과 몸은 엉망진창 그 자체였다. 몸속에 피가 고인 모양인지 코가 씰룩거릴 정도로 기침이 나오고 눈은 정신을 집중하려 해도 자꾸 감기려 한다.

"제길……."

말라붙은 피 냄새는 몸 안의 것을 토해 버리고 싶을 정도로 역하다. 그리고 어느새 가속화 마법도 지속 시간이 다 끝나 버린 모양인지 몸의 움직임도 느리기 짝이 없었다.

다행이라고 한다면, 발렘도 어느 정도 지친 상태라는 것이다. 또 의

외로 가슴에 난 상처보다 허벅지에 난 상처가 깊은 모양인지 한 걸음 한 걸음 움직일 때마다 안색이 영 좋지 않았다.

'이제 슬슬 포기해도 좋지 않을까?'

나약한 생각이라고 비웃을 수도 있겠지만, 정말 재수가 없다면 죽어 버릴 수도 있을 정도로 내 몸 상태는 처참 그 자체였다.

'첫 키스도 아직 해보지 않았는데… 이대로 죽는 건 억을하다고.'

우스운 생각 때문에 살짝 움직여지지 않는 입술을 씰룩거렸다. 발렘은 그런 나를 잠시 노려보다가 기합을 내지르며 몸을 날렸다.

"크헉!"

막긴 했지만 곧 엄청난 고통이 온몸을 휘감았다. 반쯤 굽혀진 무릎을 간신히 추슬러서 바닥으로 곤두박질치는 것은 면했지만 발렘은 어느새 검을 회수하고 연이어 옆구리를 노리며 검을 휘둘렀다.

하지만 내가 그의 옆으로 파고드는 것이 조금 더 빨랐다. 종이 한 장 차이로 온몸을 웅크리고 공격을 피해내자 표정을 바꾸고 공격에 대비하는 발렘의 얼굴을 볼 수 있었다.

퍽!

양손 높이 검을 휘두르는 모션을 취한 후, 나는 발을 걸어 올려 발렘의 허벅지를 때렸다. 순간 예상조차 하지 않는 공격을 적중당한 발렘의 표정도 경악으로 가득했다.

"으윽!"

으흐흐, 검에 맞아 다친 곳을 때렸으니 너도 좀 아플 거다. 기르디한테 배운 악독한 수법도 이럴 때 도움이 되는군. 상대가 무기를 들고 있어도 그곳에만 정신에 팔려 있으면 다른 공격에 당해 버린다고 했던 말. 그리고 그 치사한 공격에 맞아서 땅바닥을 뒹굴었던 과거를 회상해 봐도 지금의 일격은 기쁘기 그지없었다.

난 말이지, 상대가 아무리 강하다고 해도 쉽게 포기하지 않는 그런 놈이거든. 아니, 이왕 질 거라면 최대한 발버둥은 쳐야 덜 억울하지 않겠어? 뭐, 물귀신이라고 말해도 좋아.

'그래, 진짜 승부는 이제부터라고! 앞으로 조금만 더, 조금만 더 힘을 내면 나도 우승할 수 있어!'

그런데 이상하게 어느 순간부터 몸이 말을 듣지 않았다. 마치 자신의 것이 아닌 양 오른손에 쥔 검을 떨어뜨리고 천천히 새하얀색으로 온 세상이 물들기 시작했다.

"조금만 더……."

바닥에 떨어진 검을 주우려고 한 순간, 마치 취한 사람처럼 내 무릎과 몸은 비틀거리며 지면을 향해 천천히 허물어지는 것이었다.

'바보같이 지금 뭐 하는 거야, 내가?'

빨리 일어나야 할 텐데 몸에 힘이 들어가지 않는다. 주인을 잃고 떨어진 불쌍한 내 검을 생각해 봐도……. 게다가 이렇게 쓰러지면 어디 심하게 다친 것으로 오해하고 시아 녀석이 걱정할 텐데.

"조금만……."

우승하는 것은 무리라고 해도 발렘을 이기면 나에 대한 주위의 평가가 바뀔 것이 분명했다. 쓸모없고 약한 평민 녀석이 아니라 그래도 어느 정도 굉장한 면도 있구나, 하는 조금 더 '인간' 다운 눈빛으로 날 바라봐 줄 것이 확실했다.

"……."

입을 열어 속삭이는 것도 어느 순간 불가능해졌다. 지렁이처럼 잠시 꿈틀거리다가 나는 천천히 눈을 감았다.

순간 아픔보다는 이제 쉬고 싶다는 생각이 온 머리 속을 사로잡았다. 볼에 닿은 차가운 바닥의 감촉을 느끼다가 어느새 난 정신을 잃었다.

〈4권으로 계속〉

겉보기에는 우중충해도 의외로 안은 정갈한 방이다. 한 소년과 일곱 명의 여성이 차를 마시며 담소를 나누고 있다. 화면이 그중 검은 머리의 소년에게 줌업되기 시작한다.

베리: 우중충한 소년의 재미없는 밑바닥 스토리도 드디어 3권. 일단 인내심 가지고 읽어주신 독자님들께 감사의 말씀을 드립니다. 사회는 일단 주인공인 제가 맡을 것 같군요.

셀브렛: 한 변태의 성장 일기라고 봐도 좋지 않을까?

리체: 압박 한 표! 어린아이 주제에 너 꽤 날카로운데?

엘리: 지금 상황을 봐도 조금 동감이 되는 게 사실이군. 왜 남자 캐릭터보다 여자 캐릭터가 비정상적으로 많은 거야? 아무리 생각해도 말이 안 되는 일이라고!

아이린: 그래도 이번 3권은 검술 대회가 중심인만큼 여자 캐릭터의 중요도가 다소 감소된 경향인데요. 발렘 시점으로 챕터 하나가 통째로 진행되기

도 하고.

미레시아: 일단 이 자리에서나마 어필을 하는 수밖에 없죠. 남자는 스토리상 어쩔 수 없이 자주 나오게 되잖아요. 숫자가 적은 만큼 경쟁 상대도 적고. 으으, 아무리 생각해도 여자 캐릭터가 너무 많아!

펠시: (살짝 움찔거린다)

시아: (동감한다는 듯 미소 지으며 고개를 끄덕인다)

베리: 자자, 일단 투덜거리는 장소가 아니니 자제하기로 합시다. 그런 이야기는 개인 면담을 요청해서 하는 쪽이 더 나을 것 같으니까요. 4권에는 저도 무사히 진급해서 2학년이 된다고 하는군요.

리체: 그럼 또 새로운 연하 캐릭터가 등장하겠군. (한숨 쉰다)

펠시: 아무리 판타지라그 하도… 너무 심해.

베리: 흠흠, 물론 연하 캐릭터도 등장하겠죠. 그렇지만 그게 꼭 여자가 될 것이라고는 아직 말 못하죠.

셀브렛: 변태의 성장 알기니까 당연히 여자 쪽일 것 같아.

베리: (잠시 그런 셀브렛을 쏘아보다가) 그리고 본격적인 탑에서의 환상 여행도 시작됩니다.

펠시: 환상이라면 2권에서 했던 그런 것? 근데 어떻게 알았어?

베리: 아까 글쓴이가 미리 귀띔을 해줬거든.

아이린: 그거라면 나도 조금 들은 바 있어요. ‘베리 녀석의 진정한 고생이 시작될 것이다’ 라고 하는 것 같던데…….

시아: 아픔이 없으면 강함도 없다! 라는 것이 언제나 작가가 울부짖는 말이니까요. 오빠는 4권에서도 많이 다칠 것 같네요.

베리: (할 말을 잃은 채 잠시 멍하니 입을 벌리고 있다가 독백) 과연 내 고생은 언제 끝나는 걸까. 정상적인 삶을 동경하게 될 줄이야…….

펠시: 그것이 주인공의 운명이라는 거겠지.

리체: 그래도 최근에 묘하게 여자가 꼬이잖아? 여자 캐릭터는 몽땅 솔로뿐인데 말이야.

시아: (갑자기 안색이 어두워진다)

셀브렛: 역시 변태의 성장 은…….

베리: 끄아아~ 거기에서 스톱!

미레시아: 너무 몰아세우면 불쌍하잖아. 그럼 이번에는 제가 화제를 돌리죠. 그나저나 무사히 8강까지는 올라갔는데, 과연 장학금은 받을 수 있을까요?

아이린: 일단 한 번 한 약속은 지킨다고 하는 것 같더군요. 그 후에 관련 이벤트가 생길 것도 같고.

펠시: 여태까지의 패턴으로 봐서는… 무슨 더러운 수를 쓸지 몰라.

엘리: (고개를 끄덕임)

베리: 뭐, 한번 믿어보는 것도 나쁘진 않겠죠. 약속이라고 한다면 일단 서로 간의 신용이 제일이니까.

리체: 믿는 도끼에 발등 찍히면 더 아플 텐데…….

시아: 카운터 히트인가요?

리체: 데미지는 1.5배. 열혈을 사용하면 두 배.

베리: 재미없는 패러디는 그만!

미레시아: 자자, 화제를 돌려서 설문 조사 결과에 대해 한마디씩 해보기로 합시다.

베리: 100회 특집으로 했었던 그 설문 조사 말이죠?

셀브렛: 제일 좋아하는 캐릭터 1위에 베리 오빠가 뽑혔다고 들은 것 같은데 말이야.

베리: 참고로 셀브렛 넌 '싫어하는 캐릭터' 에 발렘과 함께 공동 1위란다.

셀브렛: 뭐, 상관없어. 음지에서 날 응원해 주시는 다른 독자 분도 있을 테니 말이야.

펠시: 설문 조사 결과를 대충 요약하자면 다음과 같습니다.

베스트 캐릭터—1위 베리, 2위 카루, 3위 시아, 4위 작가.

워스트 캐릭터—1위 발렘과 셀브렛, 2위 베리, 3위 살로빈.

뒷담을 제일 잘할 것 같은 캐릭터—리체.

야한 것을 제일 밝힐 것 같은 캐릭터—기르디.

리체: 베리가 예상외로 인기가 좋아서 작가도 꽤 놀란 모양이야.

엘리: 발렘 오빠와 셀브렛이 워스트 캐릭터 공동 1위에 뽑힌 이유도 상대적으로 베리를 좋아하는 분이 너무 많으셔서 그런 것 같은데?

베리: 일단 이 자리를 빌어 감사의 말씀을 드리고 싶네요.

셀브렛: 그래도 삽질만 죽어라 한다고 싫어하시는 분도 많을걸?

아이린: 뭐, 베리 성격이 조금 그런 기질이 있긴 한 것 같군요.

미레시아: 워스트 캐릭터 2위에 뽑힌 걸 봐도 알 수 있죠.

리체: 그런데 어째서 작가가 4위인 거야? 이건 설마 조작인 건가!

엘리: 워스트 캐릭터는 3위까지만 적어놓고, 베스트 캐릭터를 4위까지 공개한 것만 봐도……. 작가의 정신 상태를 의심해 볼 필요가 있음을 알려주는 것 같습니다.

베리: 이 설문 조사의 압권은 야한 것을 제일 밝힐 것 같은 캐릭터에 기르

디가 뽑혔다는 것.

　미레시아: 기르디 씨는 누구? 음란한 사람?

　베리: 으, 음란한 사람일까. (먼 곳으로 시선을 돌림)

　아이린: 여자에게 관심없는 캐릭터 1위라면 몰라도 확실히 뭔가 조금 이상한 것 같긴 하네요.

　셀브렛: 맞아, 기르디 오빠보다 베리 오빠 쪽이 100배는 더 음란한 것 같은데 말이야.

　리체: 그런데 왜 뒷담을 제일 잘할 것 같은 캐릭터 1위가 나인 거야?!

　베리: 음, 솔직히 말하면 그 부분은 나도 좀 이상하다고 생각해.

　엘리: 확실히 리체는 싫은 점이 있으면 그 사람 면상 앞에 대놓고 말을 하는 타입이지.

　베리: 사실 그것도 좋다고는 할 수 없는 거지만.

　시아: 설문 조사에 참여하신 모든 독자 분들께 감사의 말씀을 드립니다.

　리체: 불현듯 참여도가 적으면 연.중.해 버릴 거라고 위협했던 작가 녀석

이 생각나는군.

　엘리: 여하튼 이제 슬슬 이 자리도 끝을 낼 시간이 온 것 같네요.

　미레시아: 주말 저녁에 하는 토크쇼도 아니고… 뭔가 수다만 떨다가 흐지부지 끝이 나는 것 같군요.

　셀브렛: 시아 언니가 다른 남자와 밀애를 벌이면 '미레시아' 일까?

　미레시아, 시아: (조용히 셀브렛을 노려본다)

　베리: 정말 두서가 없는 이야기라 죄송합니다. 셀브렛, 말장난하지 마!

　펠시: 마지막으로 독자님들께 인사를 하고 끝을 내도록 하죠.

　아이린, 시아, 리체, 엘리, 미레시아, 펠시, 베리 & 드디어 베리에게 붙잡혀 끙끙거리는 셀브렛: 읽어주셔서 감사합니다! 다음 권에서 만나요!

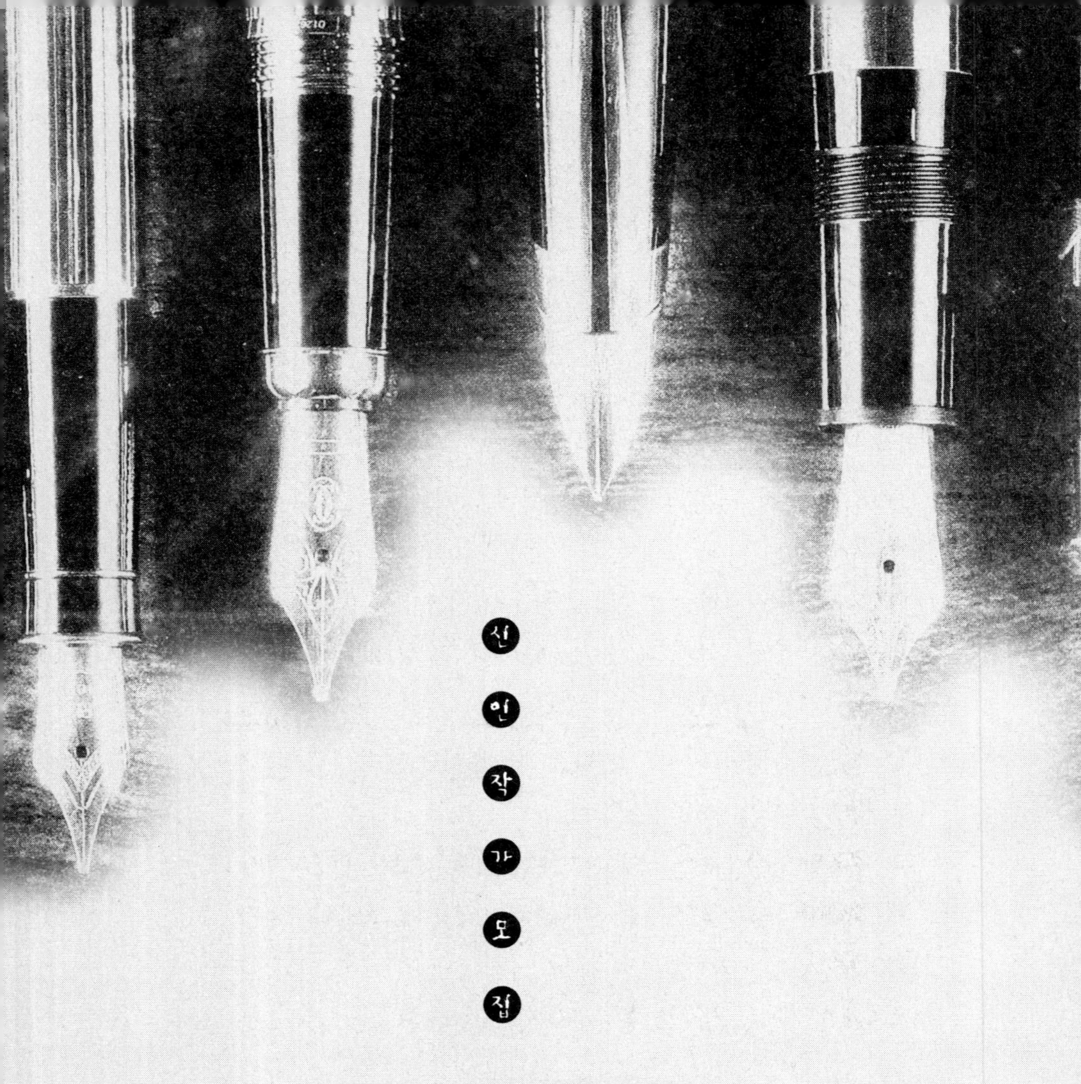

신
인
작
가
모
집

시작이 반이라고 했습니다.
작가의 길에 대한 보이지 않는 벽을 과감히 깨뜨리십시오!
청어람은 작가 지망생 여러분들의
멋진 방향타가 되어드리겠습니다.

저희 도서출판 청어람에서는
소설 신인 작가분들을 모집합니다.
판타지와 무협을 사랑하시는 분들의 많은 참여를 바랍니다.
소정의 원고(A4용지 150매)를 메일이나 우편으로 보내주시면
검토 후 출판 여부를 알려드리겠습니다.

주소:경기도 부천시 원미구 심곡1동 350-1 남성B/D 3F 우편번호420-011
TEL:032-656-4452 · FAX:032-656-4453
http://www.chungeoram.com
e-mail:chungeoram@chungeoram.com